SCHERE 9

Isabella Archan wurde 1965 in Graz (Österreich) geboren. Nach Abitur und Schauspieldiplom folgten viele Jahre Theaterengagements an Stadt- und Staatstheatern in Österreich, der Schweiz und Deutschland. Seit 2002 lebt Isabella Archan als Freiberuflerin in Köln, wo sie eine zweite Karriere als Autorin begann. Neben dem Schreiben ist sie immer wieder in Rollen in TV und Film zu sehen, u. a. im Kölner »Tatort«, in der »Lindenstraße« und in »Diese Kaminskis«. Ihre eigenen Krimiabende erfreuen sich großer Beliebtheit. Im Emons Verlag erschien ihr Kriminalroman »Tote haben kein Zahnweh«.
www.isabella-archan.de

ISABELLA ARCHAN

KRIMINALROMAN

emons:

Bibliografische Information der Deutschen Nationalbibliothek
Die Deutsche Nationalbibliothek verzeichnet diese Publikation in der Deutschen Nationalbibliografie; detaillierte bibliografische Daten sind im Internet über http://dnb.d-nb.de abrufbar.

MIX
Papier aus verantwortungsvollen Quellen
FSC® C083411
FSC
www.fsc.org

Umschlagmotiv: mauritius images/luciopix/Alamy, shutterstock.com/Suchat Maliwan
Umschlaggestaltung: Nina Schäfer
Gestaltung Innenteil: César Satz & Grafik GmbH, Köln
Lektorat: Hilla Czinczoll
Druck und Bindung: CPI – Clausen & Bosse, Leck
Printed in Germany 2016
ISBN 978-3-95451-983-5
Originalausgabe

Dieser Roman wurde vermittelt durch die
Autoren- und Verlagsagentur Peter Molden, Köln.

Es gibt keinen anderen Teufel als den,
den wir in unserem eigenen Herzen haben.
Hans Christian Andersen

Die Grenze ist überschritten,
der Spiegel ist zerbrochen.
Aber es reflektieren die Scherben.
Edgar Allan Poe

PROLOG

Hallo – gestresst, atemlos, erschöpft?

Zu viel von allem in Ihrem Leben?

Dann machen Sie eine Pause. Eine Pause von sich selbst.

Setzen Sie sich entspannt hin.

Die Schultern lockern sich,

die Arme werden schwer,

die Füße geben den Druck ab,

der ganze Körper lässt los.

Atmen Sie tief ein und langsam aus.

Und mit dem Ausatmen lassen Sie alles los, was Sie belastet, beschwert, bedrückt.

…

Wunderbar.

Und jetzt gehen Sie mit mir auf eine kleine Reise,

auf eine kleine innere Reise,

auf eine Reise in die Welt Ihrer Vorstellungskraft:

Stellen Sie sich vor,

Sie sind ein Mann in den mittleren Jahren.

Langsam, aber sicher driften Sie in diese Zeit, in der man Ihnen Ihre Sünden ansieht, diese sich auch an Ihrem Körper bemerkbar machen.

Der Bauchspeck hängt mehr nach unten, Sie müssen ihn zur Seite schieben, um Ihr bestes Stück mal wieder sehen zu können. Gut, Sie könnten sich nackt vor einen Spiegel stellen, aber da fällt der erschlaffte Hautsack umso mehr auf und würde Ihnen die Laune verderben.

Ihre Sehkraft hat schon nachgelassen, doch noch bleibt die Lesebrille in Ihrem Sakko, lieber deuten Sie beim Essen auf das dritte verschwommene Hauptgericht von oben, bis jetzt hatten Sie immer Glück mit Ihrer Auswahl. Sie sind oft nach dem Lunch müde und haben schon mehr als einmal die Bürotür zugemacht nach dem Motto: »Jetzt kommt ein dringender Anruf rein, in der nächsten halben Stunde keinesfalls stören«, und haben sich auf der Besuchercouch ein heimliches Nickerchen gegönnt.

Am erschreckendsten ist allerdings der rosa Kreis auf Ihrem Hinterkopf, rund und glatt, kein Haar scheint hier mehr wachsen zu wollen. Sie werden bald verzweifelt versuchen, ihn mit dem längeren Deckhaar zu überkämmen. Wahrscheinlich bleibt am Ende nur die Kojak-Variante übrig.

Aber, und das jetzt mit Ausrufezeichen, Ihre Manneskraft, die hat noch nicht gelitten, ganz im Gegenteil. Abrufbar bei jedem Anblick von geilen Titten und sicher noch Lichtjahre von Viagra entfernt.

Das wiegt den Rest fast auf.

Und solch ein prächtiger Vorbau lacht Sie eben an, ist eben dabei, vor Ihnen auf und ab zu schwingen, zu wogen, sich in Ihre zupackenden Hände zu schmiegen. Die Titten sind echt, das können Sie spüren. Mannomann, da hat es sich doch gelohnt, den Ehering rechtzeitig abzustreifen.

Sie stecken Ihre Zunge in ein Ohr, Sie drücken Ihren erigierten Schwanz in Ihrer Anzughose gegen einen Jeansrock, das Mädel soll die Vorfreude spüren können.

Dir besorg ich es jetzt, Weib, denken Sie noch, bevor Ihr Denken restlos durch das nach unten gesackte Blut zum Stillstand kommt. Der Trieb übernimmt.

Der Körper des Mädels presst sich an Ihren, Sie wanken gemeinsam durch das Zimmer, das Apartment, das die Firma gemietet hat. Dank den Computerdummies im idyllischen Rathaus dieser Stadt. Dank dem Bürgermeister, der sich entschlossen hat, etwas Geld in das veraltete Computersystem der Stadtverwaltung zu stecken und eine Expertenfirma aus Köln zu bezahlen, die Sie hierhergeschickt hat, um den Verwaltungsangestellten einen kleinen Einführungskurs in Vernetzung und Bedienung zu geben.

Auch dank der letzten Bar im Ort, die nach dem ermüdenden offiziellen Abendessen noch geöffnet hatte, mit dem Eichenholztresen und dem jungen Ding auf dem Holzhocker davor, das Ihnen schon bei Ihrem Eintreten nach dem langen heißen Tag einen langen heißen Blick zugeworfen hat. Was für ein Mädel.

»Bist du nicht zu jung, um noch so spät auf zu sein, Fräulein?« So haben Sie das Gespräch eröffnet.

»Deshalb warte ich doch hier auf einen Papa, der mich beschützt vor der Dunkelheit da draußen.«

Was für eine Antwort war das gewesen. Schon da hätten Sie das Mädel direkt auf dem Eichenholztresen nehmen können, aber hallo!

»Zu dir oder zu mir?« Wann eigentlich haben Sie diese Frage dem jungen Ding mit den prallen Brüsten gestellt?

»Ich wohn noch bei meinen Großeltern.«

»Das Apartment, das meine Firma gemietet hat, ist gleich zwei Straßen weiter, und wenn du später magst …«

Und ja, sie hatte gemocht.

Womit haben Sie sie wohl so beeindruckt, das junge Ding? Scheißegal, jetzt werden Sie es mit Ihrem Ding beeindrucken!

Ha! Das ist es, was man in den mittleren Jahren als Mann so braucht, oder?

Sie drücken das Mädel an die Wand neben der Stehlampe und dem Lesesessel, fahren ihr unter den Jeansrock, Baumwollhöschen, wie klassisch, wie geil! Sie heben schon mal Ihren Hintern hoch, lassen sie fühlen, was sie bald erwarten wird. Das Weib stöhnt und drückt sich von der Wand ab, die Leselampe fällt um, es kracht, und ein Splittern ist zu hören. Was für eine Show! Das geht auf Firmenrechnung.

Wieder geht der Tanz, das Gedränge Körper an Körper weiter, quer durch das Zimmer, Richtung Schreibtisch, da, Sie können schon die Kante an Ihrem eigenen Hintern fühlen, die Kante, die sich Ihnen etwas schmerzhaft in den unteren Rücken bohrt. Doch die unersättliche Zunge des Mädels macht den kleinen Schmerz wieder wett.

Wenn Sie sie jetzt drehen könnten, gäbe es die Möglichkeit, das Mädel auf dem Tisch zu nehmen, wow, so was hat in Ihrem Leben seit Ihrer Verehelichung lange nicht mehr stattgefunden.

Mit Ihrer linken Hand greifen Sie hinter sich, um sich am Schreibtisch abzustützen, Schwung zu nehmen für die Drehung, das Mädel ist schwerer als gedacht, oder Sie sind schlapper geworden in den Armmuskeln.

Ihre Fingerkuppen drücken auf die glatte Tischplatte, rutschen etwas weg, erspüren etwas Kühles, Festes, Metallenes. Ihr Hirn kann diesem Spüren keinen Gegenstand zuordnen, aber Ihr Hirn ist schon längst nicht mehr in der Lage, zusammenhängende Strukturen zu erfassen, das Blut dazu fehlt.

Sie drücken weiter, drücken auf das kühle, harte metallene Ding, gleich schaffen Sie die Wende, die Drehung mit dem anderen Ding.

Da schiebt sich der Unterleib des Mädels nach vorn, und das weibliche Becken stößt gegen Ihre Genitalien. Ihr Hintern hebt sich ein kleines Stück, rutscht auf die Tischkante, über die Tischkante, Ihr unterer Rücken beugt sich nach hinten. Im selben Moment stellt sich unter dem Druck Ihrer Finger der harte Gegenstand auf, geht einer metallenen kleinen Kobra gleich nach oben.

Kurz zuckt es in Ihrem Kopf noch auf, »Alarm!«, schreit da der kleine tiefe Teil in Ihrem Hirnstamm, der, der Atmung und Herzschlag kontrolliert und für das schiere Überleben zuständig ist, uralt und nicht so schnell zu beeindrucken wie das Zwischenhirn.

Doch in genau diesem Moment wuchtet sich der pralle Busen des Mädels auf Ihren Oberkörper und drückt Sie unerbittlich nach unten. Wie ein harter Penis in eine noch nicht bereite Scheide drängt sich der metallene Gegenstand in Ihren unteren Rücken, dort, wo die Nebennieren ihren Sitz haben, drückt sich durch Haut und Muskeln und Nervenbahnen und berührt am Ende mit seiner Spitze den Knorpel Ihrer Wirbelsäule.

Sie schreien auf, das Mädel denkt wohl, aus Lust, und ihre Brüste pressen gnadenloser. Sie keuchen und suchen nach Worten, suchen nach Halt, suchen nach einem Ausweg, nach einem Zeichen, um dem Weib Ihre Not zu signalisieren.

Mann, du dummes Luder, ich hab mich irgendwie verletzt, da ist was schiefgelaufen, du verblödete Kuh! Ich kann nicht mehr atmen, denken Sie oder schreien Sie, denn jetzt kommt ein Schmerz vom unteren Rücken hoch, der alles, aber auch alles, was Sie je an Schmerzen erlebt haben, lächerlich winzig wirken lässt.

Stellen Sie sich vor, wie jetzt das Blut aus Ihrem Penis zurück in den Kopf schießt und Ihr Denken schockartig zurückkommt. Da ist etwas schiefgelaufen, und Sie müssen etwas tun, verdammt! Sie müssen um den großen Schmerz herumdenken. Und endlich etwas sagen. Den Mund aufmachen!

»Mama!« Sagen Sie ganz unpassenderweise, und das bringt das Mädel endlich aus der Ekstase.

Es lässt ab von Ihnen, die Brüste weichen zurück, der Druck lässt Gott sei Dank nach. Ihr Körper rutscht von der Tischplatte zur Kante, Ihre Finger heben sich ein Stück, tasten den Rücken entlang, und da ist es wieder, das metallene, harte Ding, aber es ist so kurz geworden, so knapp, weil es jetzt fast zur Gänze in Ihnen steckt. Ihre Finger rutschen ab, da wird es auch nass, dahinten unten, Ihr Hintern kann sich an der Kante nicht lange halten, er rutscht herunter, und Sie kommen zum Stehen.

Ihre linke Hand kommt nach vorn, da, Ihre Fingerkuppen sind rot wie Tomaten, rot wie Rosen oder auch rot wie der Lippenstift, den das Mädel dort in der Bar an der Theke getragen hat.

»Ich blute.« Sagen Sie und sehen dem Weib vor Ihnen in die Augen. Jung ist es, so jung, aber hatten Sie das nicht vorher gewusst? War das nicht der Antrieb gewesen, die Motivation, Ihren Ehering abzustreifen und in der Hosentasche verschwinden zu lassen? Wann war das? Vor Äonen oder einer guten Stunde?

Ihre Beine geben nach, Sie knicken ein, rutschen nach unten wie ein Sack Kartoffeln, fallen auf die Knie, als ob Sie dem Mädel vor Ihnen einen Heiratsantrag machen wollten.

»Ich blute.« Wiederholen Sie, und Ihre linke Hand geht nach oben, Ihre roten Fingerkuppen zeigen in Richtung des blutjungen Mädels, das Ihnen gegenübersteht mit wirren blonden Haaren und immer noch geröteten Wangen.

Warum zum Teufel steht die dumme Kuh nur da und tut nichts?

Jetzt kippen Sie seitlich nach links weg, und Ihre roten Finger samt der Hand und dem ganzen Arm verschwinden unter Ihrem leicht übergewichtigen Körper. Der Aufprall auf dem Boden ist hart und bringt den Schmerz erneut zum Lodern. Von hinten unten zieht er einen Kreis, umrundet Ihren Bauch, setzt sich in Ihrem Unterleib fest. Wird so gewaltig, so strahlend.

Aus Ihrer umgekippten Perspektive heraus sehen Sie das Mädel, ein schräges Bild in zweierlei Hinsicht, das, statt zu helfen, immer noch dasteht und guckt. Guckt mit großen, tellergroßen Augen.

Es bewegt sich nicht.

Beweg endlich deinen Arsch und hol Hilfe! Das ist es, was Sie sagen wollen.

»Arsch!« Kommt aus Ihrem Mund, und das wird nicht reichen.

Der Schmerz ist über den Körper aufwärtsgewandert und hat sich in Ihrer Brust breitgemacht, sitzt dort und bohrt in Ihr Herz. Ihr Herz, das pumpt und rast, pumpt und trommelt, pumpt und stolpert. Wie lange noch? An Ihrem unteren Rücken ist es ganz kalt und nass geworden, und Sie liegen seitlich in einer Pfütze, einer Lache aus was? Blut? Ihrem Blut?

Wer hätte gedacht, dass Sie hier …

So überraschend …

Sterben …

???

Das gekippte Zimmer wird dunkler, Sie können nur mehr die Umrisse der Gegenstände wahrnehmen. Wo ist denn das Weib hin?

Da, endlich. Da ist das Mädel ja, jetzt direkt vor Ihnen, hat sich hingekniet, wird Ihnen jetzt helfen, hat sicher schon längst Hilfe gerufen, ist auf den Gang hinaus, hat an die Nebentür geklopft, geschrien, hat am Handy die Rettung gerufen, wird Erste Hilfe leisten.

Nah, ganz nah ist das Mädel jetzt mit seinen großen Augen, sieht Sie an, direkt an.

Und lächelt?

Für eine Sekunde sind Ihr Schmerz, Ihre Pein, Ihr Sterben vergessen. Für eine Sekunde blicken Sie fassungslos auf diesen hübschen lippenstiftverschmierten Mund, dessen Winkel sich nach oben heben und dort bleiben.

Keine Hilfe wird kommen.

Auch für diese Erkenntnis brauchen Sie nur diese eine Sekunde.

Später läuft noch der Film Ihres Lebens ab.

Später kommen noch der Tunnel und das Licht.

Der Tod lächelt uns alle an, das Einzige, was man machen kann, ist zurücklächeln, heißt es doch.

Stellen Sie sich vor!

TETRODOTOXIN

An einem anderen Ort, in einer anderen Stadt, trat ein völlig anderer Schmerz so langsam auf, dass Heinz zuerst dachte, er habe sich in seiner Sitzposition nur verkrampft. Er hob das Glas mit dem purpurnen Wein an und prostete lässig seiner Gesprächspartnerin zu, während er das linke Bein überschlug.

Rita mit ihrer frisch gefärbten roten Mähne, der er vor nicht mal einem Monat einen Heiratsantrag gemacht hatte, nickte nur, ihr Kopf blieb schief hängen, als wäre er zu schwer, um wieder zurück in die Mittelposition zu kommen. An ihrem rechten vierten Finger glitzerte der Verlobungsring und wirkte mit seinem Klunker etwas angeberisch. Rita hielt ihr Glas in der Hand, der rote Saft darin wogte wie eine Scholle bei leichtem Seegang.

Schon allein der Anblick verursachte bei Heinz eine spontane Übelkeit. Rita, wollte er sagen, Rita, mir ist kotzübel, komm, lass uns wieder gehen. Aber sein Kehlkopf widersetzte sich den Worten. Er musste also weiter schweigen und dachte über die Frau nach, die er heiraten wollte, oder dachte er an die andere, die er erst an diesem Nachmittag gevögelt hatte?

Ein Ziehen stieg durch seine Eingeweide hoch, Stiche in der Brust und unter den Achseln. Weiteres Schmerzempfinden im Schneckentempo, aber sich konstant steigernd.

Der Lärm in der Osteria Il Nido, dem Italiener im Kölner Stadtteil Rodenkirchen, den sich Rita für das Dinner heute Abend ausgesucht hatte, hatte in der letzten halben Stunde zugenommen. Fast alle Tische waren besetzt, samt den üblichen Verdächtigen an der Bar. Heinz wechselte wieder das Bein, kleine Stiche setzten sich in seinem Magen fest. Der Raum um ihn herum verlor mehr und mehr an Farbe, als wären die weißen Kugellampen, die roten Polster auf den Sitzen und der weiße marmorne Tresen von einem unsichtbaren Kobold ausgetauscht und durch graue Klumpen ersetzt worden.

Alter, etwas stimmt nicht mit dir, sagte er zu sich selbst. Seine innere Stimme funktionierte und war erstaunlich ruhig, erstaunlich gelassen, obwohl die Geschwindigkeit seines Herzschlages sich verdoppelte und er kalten Schweiß auf seiner Stirn fühlte. Die Stiche umrundeten Heinz' Mitte, umarmten seine Hüften in einem Klammergriff und fraßen sich in sein Rückgrat.

Es könnte mein Herz sein. Heinz empfand diesen gedachten Satz wie von einem fremden Ort aus, als hätte er sich geteilt und rief seinem Ich gegenüber etwas zu. Es könnte mein Herz sein.

Glaub mir und hör mir verdammt noch mal zu, du Idiot.

Ich und ich, dachte er weiter. Dialog eines geteilten Egomanen. Fast komisch, wenn er nicht Schaum auf seinen Lippen gespürt hätte, Schaum und noch etwas anderes. Blut. Er hatte sich eben heftig auf die Zunge gebissen.

Rita hat dir was in den Wein getan. So ist's und nicht anders.

Was? Rita hätte doch nie …?

Warum dieser Gedanke? Oder hatte er sich den kleinen Mann, den er in den letzten Wochen auffallend oft zu sehen glaubte, doch nicht eingebildet, und Rita hatte ihn beschatten lassen? Es könnte zu ihrem Charakter passen. Deshalb auch die Idee mit dem vergifteten Wein. Rita und ihre obsessive Eifersucht. Andererseits er und sein dauerndes Fremdgehen. Somit bestätigte sich doch wieder, dass sie mit ihren jeweiligen Charakterschwächen wunderbar zueinanderpassten.

Der Schmerz!

Heinz biss sich wieder auf die Zunge.

Rita, rothaarig, verlobt mit Heinz und seine Gefährtin und Wegbegleiterin seit so vielen Jahren, deren Locken sich ebenfalls immer mehr zu grauen Klumpen verdichteten, fuhr mit ihrem Zeigefinger am Rand des Glases entlang. Sie trank nicht. Hatte sie überhaupt schon daraus getrunken? Es war Heinz, als könnte er die langsame Berührung von Haut auf Glas bis in seine Gehirnwindungen hinein spüren. Ein Laut, der schrill und unwirklich zur gleichen Zeit war. Währenddessen redete im Hintergrund seine innere Stimme weiter, ohne Punkt und Komma, die Stimme war ein gleichmäßiger, harter Strich in einer Landschaft, die aus schmerzvollen Bäumen bestand.

»›Schmerzvolle Bäume‹ klingt, als wären wir in einem Wald, Herr Hauptkommissar Baldur. Jawoll!«

Wer hatte das jetzt gesagt?

Die frisch Rothaarige, Rita, die erst heute Nachmittag Betrogene, hob ihr Glas höher, der Wein schlug Wellen, ein Sturm im Wasserglas, grinste jetzt, und ihre Zähne sahen in dem neuen Grau dieser Welt wie faule Äpfel aus.

Heinz schaffte es, sein eigenes Glas mit dem restlichen Wein – er selbst hatte getrunken, es war die zweite Füllung – unversehrt auf dem Tisch abzustellen. Aber seine Finger verloren Kraft, schafften es nach dem Abstellen nicht mehr, ihr eigenes Gewicht zu stemmen, schafften es nicht mehr, auf der Tischplatte zu bleiben, fielen wie abgeschossen auf seine Hose neben seinen Schritt. Nicht nur seine Finger, seine gesamte Muskulatur schien sich in Pudding zu verwandeln.

Hätte er sich am Nachmittag so gefühlt, Mann, dann wäre zwischen ihm und der anderen, Ritas Freundin – wer braucht solche Freundinnen?, ha, ha, hatte er sich schon während des Aktes gefragt –, nichts passiert, und er hätte sich nicht schuldig fühlen müssen. Doch Schuld und Sühne hatten am Tisch von Rita und ihm wohl anderen Protagonisten Platz gemacht, nämlich Rache und Vergeltung, wenn er Ritas Gesichtszüge richtig deutete.

Was ist passiert, Kleines? Wollte er fragen. Hat es dir deine »Freundin« zugeflüstert? Oder hat es dir der kleine Mann, der ein Privatschnüffler sein muss, zugesteckt? Das mit Suse und ihm lief nun doch schon eine ganze Weile, zu lange, um nicht bemerkt zu werden, wenn man es bemerken wollte. Tut mir leid, wollte Heinz sagen, echt tierisch leid. Mal wieder war mein Schwanz schneller als mein Gewissen. Ha, ha! Trotz alledem, hilf mir jetzt, mein Engel, mein Kleines.

Doch sein Kehlkopf gehorchte ihm immer noch nicht, und keiner dieser Sätze erreichte die Außenwelt.

Während sein Körper zu Brei wurde, nahm der Schmerz epische Ausmaße an. Sein Magen, sein Bauch, sein ganzer Unterleib strahlte. Oben in seinen Gehirnwindungen explodierte ein Berg. Der Eyjafjallajökull vielleicht, dieser unaussprechliche Isländer.

Ich muss doch einen Herzinfarkt haben, dachte Heinz. Meine alte Pumpe macht es nicht mehr. Könnte jemand den Notarzt holen? Bitte? Und bitte schnell?

»Herzinfarkt? Alter, das glaubst du doch selbst nicht. Das rothaarige Luder da vor dir hat dir was in den Wein getan.«

Die ultimative Erkenntnis in diesem Satz, laut gesprochen oder nicht, das konnte Heinz einfach nicht mehr ausmachen in seinem Zustand, durchschritt die Schmerzlava und setzte sich in Heinz' linkem Ohr fest. Das rechte hatte seine Tätigkeit eingestellt. Für eine Sekunde glaubte Heinz, dass es sich um Luis' Stimme handeln musste. Doch Luis hatte er seit Jahrzehnten nicht mehr getroffen, und Heinz glaubte nicht, dass der Zufall gerade heute Luis hierher in das italienische Restaurant geführt hatte.

Zufall war scheiße, Zufall gab es nur im Märchenland der verlorenen Kinderseelen.

Poesie im Angesicht seines Todes?

Ich sterbe doch, oder? Fragte er sich weiter. Darauf gab er sich selbst keine Antwort, aber dass Rita ihn tatsächlich vergiftet hatte, wusste er im nächsten Moment. Sein analytischer Teil bäumte sich auf, versuchte, den Schmerz niederzuringen. Es war glasklar, weil sie heute anders gewesen war. Vor dem Essen, vor dem Wein, noch vor dem Betreten des Lokals.

»Baldur«, hatte sie gesagt, da vor der Tür, als sie sich begrüßt hatten, verabredet hier um acht und verliebt wie am ersten Tag, wie Heinz immer gern im Freundeskreis betonte. Sie hatte ihr Haar frisch gefärbt und ihre Lippen dunkelrot angemalt. Hatte ihn nur flüchtig auf die Wange geküsst, nicht umarmt, nicht berührt.

»Baldur«, hatte sie gesagt, »mir ist heute nach viel rotem Weinen zumute.«

Mir ist heute nach viel rotem Weinen zumute. Nicht Wein. Kein Versprecher. Kein Irrtum.

Kein Herzanfall, mein Gott, wie naiv war er vor wenigen Augenblicken noch gewesen. Kein Schlaganfall, kein Hinterwandinfarkt, kein natürlicher Kollaps seiner Systeme. Was hatte sie verwendet? Was in den Wein getan? Was wirkte so schnell und so schmerzhaft? Und vor allem, was passte zu Ritas Gesicht, ihren Mundwinkeln, die sich nach unten gezogen hatten, und der Tiefe ihrer Augen, der Seele dahinter, die in einen endlosen Abgrund stürzte, während sie sein Leiden beobachtete.

Endlich sah er hinter Rita, am Tisch hinter ihrem Tisch, eine blonde Frau ihr Handy zücken. Ihr Ausschnitt war nicht von schlechten Eltern. Mein Gott, und jetzt der Ruf zu einer höheren Instanz, konnte er selbst im Angesicht des nahenden Sensenmannes nur an Sex denken? Spaß beiseite, im Moment hätte er sicher alles lieber getan, als die Blondine zu vögeln, die jetzt aufstand und mit dem Handy am Ohr zwei Schritte auf Rita und den Tisch zukam.

Rita hat mich vergiftet, wollte er sagen, oder poetischer ausgedrückt: »Die rote Königin hat ihre Contenance verloren.« Hat ihre Contenance und ihre Geduld verloren und sich zwischen der Absicht, ihren Verlobten zu vergiften, und der Tat ihr Haar rot gefärbt. Weil Rot ihr zum schwarzen Kleid, das sie bei Heinz' Beerdigung tragen würde, gut stand?

Das Aufstoßen würgte seine Analyse ab. Es hob ihn hoch, seinen Magen, stülpte ihn über und trug ihn über den Schmerz hinaus nach oben. Heinz erbrach sich über den Tisch, konnte die kleinen Stücke der Fettuccine sehen, die er gegessen hatte, das Zeug war gerade mal halb verdaut.

Was würde der Rechtsmediziner zwischen den Brocken der halb verdauten Nahrung finden? Strychnin? Arsen? Oder etwas Raffinierteres, schwer nachzuweisen? Etwas, das Rita glauben ließ, man könnte Heinz' Tod auf eine simple Lebensmittelvergiftung reduzieren. Und sie könnte davonkommen mit falschen Tränen an seinem Sarg. Nein, im selben Moment der Gegengedanke, sie wollte, dass er wusste, dass die ganze Welt es wusste, hatte sich die Haare gefärbt, um im Fernsehen gut rüberzukommen.

Rita saß ihm aber immer noch gegenüber, ihr Glas in beiden Händen, so als würde sie die ganze Szene nichts mehr angehen, als hätte sie aufgehört, ein dreidimensionales Wesen zu sein, als wäre sie eingefroren in der Zeit, ein Bild aus einer erstarrten zweidimensionalen Welt.

Heinz' Kopf knallte auf die Tischkante, er verlor den Sichtkontakt zu seiner Rita, seiner Verlobten, seiner betrogenen Fast-Ehefrau. Sein Körper begann unkontrolliert zu zucken, seine Muskeln verkrampften sich, und der große Schmerz im Magen verteilte sich über jeden Winkel seines Gesamtsystems, nahm jede Pore seiner Haut in Beschlag, es schmerzte, es schmerzte bis zur Fassungslosigkeit.

»Mama, was hat denn der Mann?«, sagte eine kleine Stimme irgendwo rechts hinter Heinz. Das brachte ihn zum Grinsen, nein, zum Kreischen. Endlich war sein Kehlkopf wieder in Funktion. Mochten alle im Restaurant jetzt auch glauben, er schrie vor Schmerzen, weil die Krämpfe einsetzten und seine Muskeln sich zusammenzogen wie Früchte in der Obstpresse. Nein, er wusste es besser, er lachte und schrie, weil genau dieser Satz, von einem Kind gesprochen, gesagt werden musste in einem solchen Szenario.

»Lassen Sie mich durch, ich bin Arzt.«

Der Spaß nahm kein Ende, und vor Freude am nächsten Klischee kotzte Heinz wieder, diesmal schon auf dem Boden liegend, zuckend und hilflos seinem bebenden Körper ausgeliefert.

Aus dieser Perspektive sah er Ritas Schuhe, die schönen roten, passend zum roten Haar, und ihre Füße, die in den Schuhen wippten. Wippten. Auf und ab, einer Melodie folgend, die es nicht gab oder die nur in ihrem Kopf sein konnte, vielleicht hinter der Idee, die Rita dazu gebracht hatte, ihren untreuen Verlobten zu killen.

Schrei, wenn das nicht einen guten Film für die Primetime hergibt, sagte er wieder nur zu sich selbst, während sich der ausgewiesene Arzt durch das Getümmel einen Weg an Heinz' Seite gebahnt hatte und jetzt neben ihm am Boden hockte. Heinz schrie und sah zugleich, dass der Mann keine Socken trug, was ihn bei den Temperaturen draußen nicht wunderte, schwüler August, aber nur ganz kurz, denn dann kam der finale Akt, in dem er ruckartig seinen Körper verließ und an die Decke des Restaurants katapultiert wurde.

Dort oben gab es nur die weiße Lampe, die eine schwere

Staubschicht auf ihrer Kugel trug und an deren Ende ein kleines Stück graues Kabel heraushing. Etwas trostlos, etwas banal.

Nahtoderfahrung der etwas anderen Art.

Und wieder wechselt der Ort, und der Schmerz wechselt seine Qualität, zeigt ein neues Gesicht in all den Gesichtern, die Schmerz haben kann.

Hier ist es ein stiller Schmerz, ein Schmerz im Herzen, der Herzschmerz, den die Liebe auslöst und der tiefer geht als nur ins Körperliche, der in die Seele bohrt und oftmals tiefe Löcher, kantige Gräben, zerfurchte Täler hinterlässt.

Melek wurden zur gleichen Zeit zwei Dinge klar.

Zum einen, dass sie Simon liebte, zum anderen, dass Simon sie nicht genug liebte. So einfach und doch so schwer zu ertragen.

Sie küssten sich schon seit einer Stunde, verschlungen ineinander und beide bereit, heute Abend weiter zu gehen. Seine Hände fuhren an ihren Armen, ihren Beinen, ihrem Bauch und ihrem Rücken auf und ab, ertasteten die Hügel ihrer Brüste unter dem Shirt, ganz sanft und so vorsichtig, wie es nur Simons Hände konnten.

Dann vibrierte sein Smartphone, das auf dem Couchtisch lag, und gab drei aufsteigende Töne von sich.

Simons Lippen lösten sich von ihren, und da schon spürte Melek einen Anflug von Gänsehaut auf ihrem Rücken. Seine Hände fehlten ihr schon jetzt, und während Simon sein Smartphone in die Finger nahm, über das Display streichelte, streichelte sie seinen Nacken.

»'tschuldige, Melek, aber …«

»Mach, mach nur«, sagte sie, empfand aber Leere und Enttäuschung.

Simon stand auf und ging mit seinem Smartphone am Ohr ans Fenster, das offen stand. Die Vorhänge wehten und umspielten ihn wie einen Schleier, so als wäre er schon weit weg von ihr, hinter den Nebeln einer geheimnisvollen Insel.

»Ich bin noch unterwegs, nix Wichtiges. Kann in zehn Minuten von hier aus …«

War noch unterwegs? Nix Wichtiges? Warum diese Ausrede? Natürlich war ihr klar, dass er nicht hätte sagen können, ich bin noch bei der Polizistin Melek Arslan, und wir schmusen, was das Zeug hält, aber warum der Zusatz »nix Wichtiges«? Weil er sie unterbewusst als solches ansah. Weil er sie mochte, oh ja, das ließ sich nicht übersehen, aber es ihm doch etwas zu anstrengend sein würde, eine Beziehung mit einer von der Streife, noch dazu einer Türkin, einzugehen. Freundschaft gern. Mit Zusatzleistungen, jederzeit. Aber ihre Familie kennenlernen, sich auseinandersetzen mit ihrem Glauben, ihrer Kultur, sich Zeit nehmen für sie und ihre Belange, das war ihm zu viel, zu mühsam, ein zu weiter Weg für sein junges Leben.

Melek merkte, wie die Scham in ihr hochstieg. Ihre Erziehung klopfte an. Trotz aller Moderne, die ihre Eltern zuließen, war doch das Gebot, unberührt in die Ehe zu gehen, niemals angezweifelt worden, auch für sie ein Gut, das sie hatte bewahren wollen. Lächerlich, wenn sie bedachte, dass nur der Anruf eben sie davon abgehalten hatte, heute ihre Jungfräulichkeit zu verlieren. Ihren Stolz war sie ohnehin schon los. Ihr Vater hatte also doch recht gehabt mit seiner Besorgnis über die Wahl ihres Berufes als Polizistin, als er ihr prophezeite, in dieser harten Welt keine Erfüllung zu finden und leicht abrutschen zu können.

Nein, ganz so war es nicht. Er hatte sie doch unterstützt, als ihre Wahl feststand, hatte sie gegen Verwandtschaft und Nachbarschaft verteidigt. Hatte sich allerdings Sorgen gemacht um seine dritte Tochter, die freier, ungebundener leben wollte als die anderen zwei.

Melek verdrängte die Vaterfigur in ihrem Inneren. Der Beruf machte ihr Freude, das wollte sie, das stachelte ihren Ehrgeiz an, am Beruf lag es heute Abend sicher nicht.

Nur an Simon.

Und seiner zu kleinen Liebe zu ihr und ihrem übervollen Herzen.

»Melek, du, ich muss jetzt weiter.«

Er hatte das Gespräch beendet und stand nun vor ihr. Im

Gegenlicht wirkte er wie ein Schatten aus einer längst vergangenen Sehnsucht.

»Was gibt es?«

»In Rodenkirchen, in der Osteria Il Nido, ist was passiert.«

»Du hast doch heute gar keine Bereitschaft?«

»Ja, aber …« Das Zögern ließ seine Konturen leicht zittern. »… der Tobi und ich, wir haben da so eine Abmachung. Wenn ein Fall etwas schräger ist als sonst, dann geben wir uns gegenseitig Bescheid. So als Kumpels.«

»Schräg?«

»Na, du weißt schon. So ein bisschen anders.«

»Aha.«

»Melek, der Mann, dem dort was passiert ist, ist der Erste Hauptkommissar Heinz Baldur. Es gibt wohl eine Verhaftung. Verstehst du? Tobi wird Baldurs Verlobte mit ins Präsidium nehmen. Baldur selbst ist auf dem Weg ins Krankenhaus. Und …«, er beugte sich hinunter und küsste sie auf die Stirn, »… behalte das jetzt aber noch für dich. Ich ruf dich später an und erzähle dir die Details. Okay?«

Er zog sich trotz der schwülen Temperaturen seine Jacke über. Melek dachte, dass er seine eigene Gänsehaut jetzt spürte.

»Simon.«

»Was?« Er war schon an der Tür, drehte sich ungeduldig um, und die Ferne zwischen ihnen wurde weiter.

»Ich werde nach Wiesbaden gehen.«

»Was?«

Simon machte vier Schritte zurück in das Zimmer, das Meleks ganze kleine Wohnung hier in Köln-Deutz ausmachte.

»Ich habe mich für die Ausbildung zur Kommissarin beworben und bin angenommen worden. In zwei Wochen geht es los beim BKA. Duales Studium. Ich hab sogar schon was zum Wohnen gefunden und werde die Wohnung hier untervermieten.«

Nun hatte sie es doch geschafft, ihn zu halten, zumindest für ein paar Minuten länger in ihrem Leben.

»Und das sagst du mir erst jetzt?«

Ihm fehlten die Worte, er ließ sich zurück auf die Couch

fallen, auf der sie beide noch vor weniger als fünf Minuten innig umschlungen gesessen hatten. Auf der Melek geplant hatte, heute ihre Unschuld zu verlieren. Daraus würde wohl nichts werden.

»Ich wollte es dir sagen, aber es war auch für mich keine leichte Entscheidung. Meinem Vater wird das auch nicht gefallen. Er war ja schon bei der Polizeiausbildung in Sorge. Er hat immer gehofft, dass es mir bald zu viel, zu schwer oder zu brutal wird und ich doch noch in seinen Lebensmittelladen mit einsteige. Wenn er davon erfährt, wird er vielleicht sogar etwas wütend werden, aber vor allem ängstlich, was für mich viel schwerer auszuhalten ist.«

So viel hatte sie Simon in den letzten Wochen, seit sie sich nähergekommen waren, nicht über sich erzählt. Einmal angefangen, konnte sie die Worte nicht mehr bändigen.

»Und bis vorhin habe ich, ehrlich gesagt, gehofft, dass zwischen uns mehr sein könnte als … als, na, du weißt schon. Dann wäre ich vielleicht doch in Köln geblieben oder wäre gependelt oder so was.«

Ihr kamen die Tränen, schnell und heftig, sie staunte über diese große Gefühlsaufwallung. Simon nahm ihre Hand. Mein Gott, wie würde sie allein das schon vermissen.

»Ich bin ein Arsch, oder?«

Melek lachte unter dem Wasser, das aus ihren Augen floss. »Nein, du bist … na, einfach du, einfach Simon.«

Er ließ ihre Hand los und fuhr sich mehrmals damit durch sein Haar. Eine einzelne Strähne blieb nach oben gerichtet stehen und verlieh ihm das Aussehen eines Schuljungen, der sich am ersten Schultag nicht entscheiden kann, ob er die Schule jetzt liebt oder hasst.

»Melek. Sorry.«

Sie zog den Rotz auf, wischte sich die Augen. »Geh jetzt, Simon, wir können später oder morgen darüber noch mal reden.«

Die Erleichterung in seinen Augen tat ihr weh wie ein Dolchstoß in der Brust.

»Wir reden darüber noch, ja, Melek! Auf jeden Fall ruf ich

dich später an und erzähl dir von Tobis Fall oder Baldurs Fall, das klingt zweideutig – klasse. Und wenn unser Heinzi, der Hauptkommissar Baldur, tatsächlich darin verwickelt ist, dann …«

Er küsste sie diesmal fest auf den Mund, sprang hoch, war an der Tür und ließ sie mit dem unvollendeten Satz zurück. Seine Schritte im Treppenhaus klangen wie Hufe eines davoneilenden, ungestümen Pferdes.

Sie weinte noch mehr und lange, bis ihr ganzes Gesicht brannte und ihre Bluse vorne nass war. Schließlich zog sie sich aus und ging unter die Dusche. In dem winzigen Badezimmer ohne Fenster dampfte es schnell vom heißen Wasser.

Ihr fiel der Erste Hauptkommissar Heinz Baldur ein, über den die jungen Kommissare wie Simon und Tobias gern böse Scherze machten, weil er sie immer vor versammelter Mannschaft auf ihre Fehler aufmerksam machte. Aber in Wahrheit bewunderten sie den Mann, der eine der höchsten Erfolgsquoten unter den leitenden Hauptkommissaren aufweisen konnte.

Melek hatte ihn persönlich einmal getroffen, als sie mit ihrem Kollegen Torsten Schötter zu einem Einsatz gerufen worden war, bei dem eine Schießerei gemeldet wurde, die sich erst vor Ort als eine gezielte Hinrichtung erwies. Baldur und sein Team hatten den Tatort übernommen, und Melek und ihr Kollege waren nur mehr Randfiguren gewesen. Und dieser Baldur sollte heute Abend in einer Osteria selbst in ein Verbrechen, einen Fall, verwickelt sein? Kaum zu glauben. Melek würde sich nach der Dusche den Polizeifunk anhören.

Das heiße Wasser wechselte abrupt auf kalt, der alte Boiler hatte so seine Macken.

Melek keuchte kurz, blieb aber unter der Dusche stehen. Ihre Brustwarzen stellten sich auf. Simon, dachte sie, ach Simon, und der Herzschmerz war wieder da und blieb für länger.

Es sah aus wie in dem überladenen kleinen Blumenladen, der von ihrer Wohnung aus um die Ecke in der Badorfer Straße lag, nur ein paar Gehminuten vom Südfriedhof entfernt.

Volker hatte öfter gescherzt, wenn sie an dem Laden vorbeigegangen waren, dass das Schaufenster wie ein übervolles frisches Grab aussähe und er sich gut vorstellen könnte, nach seinem Ableben unter einem Blumenhaufen wie dem zu verrotten. Hier und jetzt, am frischen Grab, kam ihr der Spruch wie eine schroffe letzte Pointe zu Volkers Tod vor. Und Volker hatte schroffe Pointen am Ende gemocht.

Anna verzog ihre schmalen Lippen zu einem Lächeln. Es tat ihr gut, endlich einen halbwegs positiven Gedanken zu ihrem verstorbenen Mann zu haben. Was hatte sie sich die letzten Nächte im Bett gewälzt und seine Art, zu sterben, verflucht, ihn gehasst und ihn tot gewünscht, wenn er es nicht schon gewesen wäre. Tot und hier am Kölner Südfriedhof begraben unter einem Blumenmeer.

Die Polizei hatte sein Versterben letztlich als Unfall abgetan. Versterben, was für ein Wort, gab es das überhaupt? Einen peinlichen Unfall mit Todesfolge. Volker hatte sich einen Brieföffner in den unteren Rücken gerammt und war verblutet. Klang doch plausibel, oder? Wie viele Menschen liefen unachtsam in der Gegend herum und rammten sich einen Brieföffner in den Rücken? Einen Brieföffner!

Gerade im Zeitalter der virtuellen Kommunikation, wozu brauchte man da in einem Mietapartment noch einen Brieföffner auf dem Schreibtisch? Zum In-den-Rücken-Rammen natürlich. Zweite schroffe Pointe für Volkers Nachruf.

»Das kann tatsächlich vorkommen«, hatte der ermittelnde Polizeibeamte Anna erklärt, als sie fassungslos auf dem Polizeirevier in Havixbeck saß und sich erklären ließ, woran ihr Mann gestorben war.

Laut Obduktionsbericht musste er wohl gegen den Schreibtisch in dem Apartment gestoßen sein, den Tisch mit Wucht gerammt, zugleich mit einer seiner Hände den spitzen Brieföffner nach oben gedrückt haben und hatte sich dann quasi selbst aufgespießt. Der Tod war durch Verbluten eingetreten.

»Das ging sicher schnell«, hatte der Beamte noch hinzugefügt, dabei aber auf den Boden geschaut und sich die Nase gerieben.

Eine Woche lang war die Leiche nicht freigegeben worden, denn auch den Beamten dort kam ein solcher Unfall schräg vor, aber nach der Auswertung aller Spuren in Zusammenarbeit mit der Kriminalpolizei in Köln wurde Volkers Ableben als nicht durch Fremdverschulden verursacht gewertet, und sein Körper konnte zur letzten Ruhe gebettet werden.

Natürlich war klar, dass er nicht allein in dem von der Computerfirma gemieteten Apartment gewesen war. Leute aus einer Bar in dem Ort hatten ihn eindeutig identifiziert und ihn mit einer drallen jungen Blondine weggehen sehen. Blonde Haare hatte man auch bei der Spurensicherung gefunden, wie der Beamte Anna weiter erläutert hatte, auch Fingerabdrücke und fremde DNA, diese aber niemandem zuordnen können. Klar war dadurch natürlich, dass sein Unfalltod sicher etwas mit einem Sexspiel, einer Affäre zu tun haben musste. Auch dabei hatte ihr der ermittelnde Beamte nicht in die Augen geschaut.

Als er sie nach einer möglichen Bekanntschaft von Volker gefragt hatte, die sehr jung, blond und drall war, war sein Blick dauerhaft auf den Boden gerichtet geblieben. Erst als er von der Gemeinde Havixbeck am Rande der Baumberge, von Köln aus am besten über Münster zu erreichen, zu schwärmen begonnen hatte, hatte er wieder Blickkontakt gesucht.

Der Aufenthalt dort war Anna über Volkers Arbeitgeber bezahlt worden, und ganz am Ende hatte sich sogar der Bürgermeister gezeigt und ihr sein Beileid ausgedrückt, mit dem Wunsch, dass sie trotz der unangenehmen Umstände hoffentlich nur Gutes aus dem idyllischen Ort mitnähme.

Dann muss ich meinen toten Mann aber hierlassen, hatte Anna ihm fast als weitere schroffe Pointe geantwortet, es aber dann beim Händeschütteln belassen.

Mein Gott, Volker. Wie konntest du nur.

Anna musste tief Luft holen. Am liebsten hätte sie sich das erste Blumenbukett am Grab gegriffen und es gegen das Holzkreuz geschleudert, auf dem nur Volkers Name und seine Geburts- und Sterbedaten aufgeschrieben waren, einen Grabstein würde es erst später geben. »Untreuer Scheißkerl«, sollte darauf stehen. Mit dem Zusatz »Warum?«. Denn das fragte sich Anna seit der Stunde des Anrufs von der Polizei am frühen Mittag vor nun schon zehn Tagen.

Ich war ihm nicht genug, dachte sie weiter, nie genug, schon am Tag unseres Kennenlernens hat er mir gesagt, dass ich keineswegs seine Traumfrau bin. Aber war er denn je Annas Traumprinz gewesen? Sie hatten sich gefunden und dann nicht mehr weitergesucht.

Es war okay gewesen und die Heirat eine logische Folge ihres Zusammenseins nach vier Jahren, damit die Mütter und Freunde endlich Ruhe gaben. Danach die kinderlosen weiteren achtzehn Jahre. Etwas trostlos, etwas langweilig, na ja, sie hätte es schlimmer treffen können. Doch Anna hatte Volker nie betrogen, nie. Aus mangelnder Gelegenheit, sagte ein boshafter Teil in ihrem Kopf. Nein, schrie sie dagegen, wenn schon nicht aus Liebe, dann aus Achtung dem Eheversprechen gegenüber. Nie. Er dich dafür sicher umso öfter, fügte der andere Teil ätzend hinzu.

Anna bückte sich nun doch, hob einen kleinen Strauß mit einer Sonnenblume in der Mitte auf, die schon verblühte, und warf ihn gegen das Kreuz.

»Ja, sie können einen aber auch echt megawütend machen, die Kerle. Nicht?«

Die unerwartete Stimme in Annas Rücken ließ sie kurz aufschreien. Ihr Herz begann zu trommeln, und sie drehte sich um, erschrocken und beschämt zugleich.

Für einige Sekunden konnte Anna das Mädchen, denn das war die junge Frau, die hinter ihr stand, zweifelsohne noch, nur anstarren. Sehr jung, blond, drall und mit geröteten Wangen. Sie trug eine knappe Shorts und ein Top darüber, trotz ihrer großen Brüste keinen BH darunter. Sie hatte eine ihrer Locken auf den Zeigefinger ihrer linken Hand aufgerollt und die Hüfte eingeknickt, als ob sie für ein Foto posieren wollte. Ihr Blick war auf das blumenübervolle frische Grab von Volker gerichtet und ihr Mund zu einer skeptischen Schnute verzogen.

»Also, ich würde mich lieber verbrennen und dann meine Asche in den Wind streuen lassen. Über einem See oder so. Das kostet weniger und ist umweltfreundlich. Und es müssen dabei nicht so viele Blumen mitsterben.«

In Annas Kopf rumorte es. Sie dachte wieder an das Gespräch mit dem ermittelnden Beamten.

Hier steht der letzte Fick deines toten Mannes, sagte die boshafte Stimme in Anna. Frag sie doch, ob er bei ihr auch so schnell fertig war wie sonst nach der Sportschau.

»Die Polizei hat Sie gesucht«, sagte Anna stattdessen.

»Werden Sie mich verraten?«

Das Mädchen hatte seine hellen Augen auf Anna gerichtet, und wieder entstand für Sekunden eine Stille zwischen ihnen, in der Anna plötzlich eine wilde Sehnsucht nach einem anderen Leben verspürte, einer Freiheit, die auch stürmische Affären und ungezügelten Sex beinhalten konnte. Dann waren diese Sekunden vorbei, und Anna fühlte, wie ihr das erste Mal seit Volkers Versterben die Tränen kamen. Versterben war doch ein gutes Wort, das musste es einfach geben. Sie schüttelte den Kopf.

»Es war ein Unfall, nicht?«

»Und ein ganz schön beschissener dazu.« Das dralle Mädchen lachte. Lachte laut und ohne Scham. Sie konnte noch keine zwanzig sein. Es war beschämend. Trotzdem stimmte Anna mit in das Lachen ein, während ihr weiter die Tränen über das Gesicht liefen und sie Volker für den Moment gönnte, mitten im wilden Liebesspiel abgetreten zu sein.

Vier Reihen weiter vorn drehte sich ein Mann um, der an einem der Gräber stand, schirmte seine Hand gegen das Sonnenlicht ab und sah zu ihnen herüber. Anna hielt sich die Hand vor den Mund und ließ das Lachen dahinter verebben. Auch das Mädchen verstummte.

Eine Weile standen sie so. Dann kam eine Melodie aus den Shorts des Mädchens. Sie griff in die Hosentasche, holte ihr Handy heraus und sah kurz auf das Display.

»Ich muss.«

»Hat er gelitten?«

Der Schmollmund des Mädchens bewegte sich von links nach rechts, als schätzte sie ab, wie viel Wahrheit Anna ertragen konnte.

»Es hat länger gedauert, als ich ein Eis am Stiel essen würde.«

Anna nickte diesmal, als ob sie wüsste, wie lange das sein konnte.

Das Mädchen zwirbelte sich wieder ihre Locke auf den Finger. »Auf dem Teppich war eine riesige Blutlache, fast wie ein roter Zierteich. Den Fleck kriegen die nie mehr raus. Dann, ganz am Ende, war es gut für ihn. Friedlich. In seinen Augen konnte ich das sehen. Tolle Story! Echt!«

Sie drehte sich um, machte zwei Schritte von Anna und dem Grab weg. Die nächsten Sätze flogen nach hinten weg, über einen anderen Grabstein. »Er war ein Arschloch. Ist doch gut, dass er jetzt hier liegt. Aber das denken Sie doch auch. Oder?«

Sie ging, und Anna sah ihr hinterher.

In ihrem Kopf begannen sich langsam Gedanken zu formen. Fragen, die sie hätte stellen sollen, stellen müssen. Wer war die junge Frau? Wieso hatte sie sich nach dem Geschehen nicht bei der Polizei gemeldet, wo es doch ein dummer Unfall gewesen war?

Zu spät.

Du weißt schon, dass das junge Ding nicht die Rettung gerufen, sondern einfach abgewartet hat, bis Volker auf diesem Teppich verblutet ist. Die boshafte Stimme in Anna klang jetzt einfach nur nüchtern, feststellend. Völlig emotionslos.

Wieder nickte Anna, diesmal in den Sommertag hinein. Sie holte sich ein Tempo aus ihrer Handtasche, schnäuzte sich und blieb noch eine Weile am Grab ihres untreuen Mannes stehen.

✂

Gleich nachdem er sich die Kanüle aus dem Arm gezogen hatte, stand er auf. Zu schnell, denn ein Schwindel erfasste ihn, und für Sekunden hatte Heinz das Gefühl, gleich wieder zurück ins Bett oder direkt auf den harten Boden zu fallen. Er blieb stehen, hielt sich an der Stange fest, an der der Infusionsbeutel hing, und atmete eine Weile langsam ein und aus. Dann stabilisierte sich sein Kreislauf, und er konnte weitermachen.

Weitermachen hieß, endlich allein auf die Toilette zu gehen. Solange er am Tropf gehangen hatte, war ihm die Demütigung mit der Bettpfanne nicht erspart geblieben. Eine mehr. Aber auch eine zu viel. Nach dem Abendessen mit Rita, das er nur knapp überlebt hatte, reichte es wohl für den Rest seines Lebens.

Er war zu Boden gegangen, das wusste er noch. Nach unten gefallen wie ein Boxer, der den Schlag zu seinem letzten K. o. kommen sieht und doch nichts dagegen tun kann. Für die kurze Erinnerungslücke danach war er dankbar, denn er wollte nicht von den Blicken und den Schreien der anderen Gäste verfolgt werden, die in seinem Kopf weitere Bilder eingebrannt hätten. Ebenso wenig war ihm danach, sich an diese Schmerzen zu erinnern. Der Anfang der Sache, na gut, nennen wir sie beim Namen, der Anfang der Vergiftung, der Tötungsversuch durch Rita, reichte ihm schon. Schon davon hatte er geträumt, sich wieder und wieder kotzen, schreien und zu Boden gehen sehen.

Das Nächste, an das er sich erinnerte, war die Fahrt im Notarztwagen. Ein blutjunger Arzt versorgte ihn, spritzte ihm gerade etwas in den Oberarm, als er zu sich gekommen war. Er hatte den Jungen wegschieben wollen, nein, ihn wegschlagen, treten oder boxen, doch ein zweiter Kerl hatte ihn festgehalten und den Arzt seine Pflicht tun lassen.

»Für Ihren Kreislauf«, hatte der Junge gesagt und ihn streng angesehen. »Sie könnten sonst kollabieren.«

Bin ich das nicht schon längst?, hatte Heinz fragen wollen, doch dann einfach schweigend den Widerstand aufgegeben.

»Wir haben die Frau verhaftet, die es getan hat«, hatte der andere gesagt, der, der Heinz festgehalten hatte, und ja, da hatte er den Zweiten im Rettungswagen auch erkannt, es war Tobias Leif gewesen, einer seiner Assistenten. Zum Teufel aber auch, in welch misslicher Lage ihn die Kollegen gesehen hatten. Nächster Schlag gegen sein Ego.

»Warum denn verhaftet?«, hatte er den jungen Kommissar gefragt, so barsch wie nur möglich und doch nur ein Abklatsch seiner sonstigen Autorität. Tobias' Mund hatte gezuckt, es konnte ein verborgenes Grinsen sein.

»Sie hat sofort gestanden, als wir aufgetaucht sind. Wollte wohl mitgenommen werden. Sie hat uns das Fläschchen gegeben, in dem das Gift war. Ist auf dem Weg in die Analyse. Dann hat sie nichts mehr gesagt, nur mehr geweint.«

Heinz hatte seine Hand gehoben und seine Augen abgeschirmt. Die beiden Jungs im Notarztwagen hatten seine eigenen Tränen nicht sehen sollen. Nicht das auch noch.

Hauptkommissar Heinz Baldur schaffte es bis ins Bad, ließ sich mit einem Seufzen auf den Rand der Toilette sinken und fühlte sich ein klein wenig mehr wieder Herr seiner misslichen Lage. Später konnte er der Krankenschwester immer noch erzählen, die Nadel samt Kanüle wäre einfach so aus seinem Arm gerutscht. Im Lügen war er doch groß. Was ihn in seine momentane missliche Lage gebracht hatte. Nie mehr! Nur mehr die Wahrheit und nichts als das.

Als er fertig war, kam ihm der Rückweg zum Krankenbett wie ein Marathon vor. Er ließ sich keuchend aufs Bett fallen. Sein Herz trommelte, und sein Magen verkrampfte sich. Die Schmerzerinnerung tauchte auf, und Heinz rieb sich mit beiden Händen Bauch und Magen. Das half etwas.

Das schwarze Handy am Nachttisch vibrierte zweimal, begann dann zu klingeln. Mit rechts kreiste er weiter auf seiner nackten Haut, mit links nahm er den Anruf an. Seine Augen tränten, er konnte die Nummer auf dem Display nicht erkennen.

»Ja?«

Zuerst war da nur ein schweres Atmen, ähnlich seinem eigenen nach dem Ausflug zur Toilette.

»Baldur hier. Wer –«

»Schatzerl.«

Oh nein, es war seine Mutter.

»Mama, ich –«

»Ich hab's in den Nachrichten gehört. Ist ja fürchterlich, wenn's wahr ist? Wie geht's denn der Rita, sag?«

Zwei Gedanken rannten um die Wette und verdüsterten Heinz' ohnehin schon schlechte Stimmung noch mehr.

Erstens schien es schon die ganze Welt zu wissen, dass er, der Erste Hauptkommissar Baldur von der Kölner Mordkommission, selbst fast ein Mordopfer geworden wäre, wenn seine Mutter Edith im Nachbarland Österreich, im schönen Wien, es bereits aus den Medien erfahren hatte. Allerdings gab es schließlich auch dort Kabelfernsehen, und seine Mutter verbrachte jeden ihrer

Abende vor der Glotze. Zweitens fand er es wie immer eine Unverschämtheit von ihr, sich zuerst nach seiner Verlobten zu erkundigen, wobei das mit der baldigen Vermählung zwischen ihm und Rita wohl nichts mehr werden würde.

»Wann hättest du es denn mir sagen wollen, Bub?«

Bevor er nur einmal Luft holen konnte, hatte sie schon drei Fragen gestellt.

»Mama, ich …«

Es klopfte an der Tür.

»Soll ich zu dir hinaus nach Deutschland kommen? Brauchst mich, Karl-Heinz?«

Keiner außer seiner Mutter nannte ihn bei seinem vollen Namen. Soweit er wusste, kannte den auch keiner hier in Köln.

»Um Gottes willen, Mama, nein. Mir geht es schon besser, und ich wollte dich schon längst angerufen haben, aber hier ist zu viel los.«

»Bist du noch im Krankenhaus? Im Fernsehen haben die gesagt, du wärst vergiftet worden. Die arme Rita. Was hast denn gemacht, dass sie dich hat abmurksen wollen?«

Es klopfte ein zweites Mal. Heinz packte die Gelegenheit beim Schopf.

»Pass auf, Mama. Hier ist gerade jemand gekommen, der mich sprechen will. Ich melde mich später heute Abend, und dann reden wir. In Ordnung?«

»Aber um viertel neun schau ich den Tatort.«

Sein Magen tat auf einmal wieder weh, trotz der kreisenden Massage, die er sich immer noch gab.

»Das weiß ich doch. Mama, ich melde mich davor oder danach. Bussi.«

Er legte schnell auf.

Seine Mutter machte ihn immer nervös, mit ihrer Art, mit ihrem österreichischen Singsang und ihren tausend Fragen, die er meist einfach unbeantwortet ließ. Seit er sich mit neunzehn, ein Jahr nach dem Tod seines Vaters, dazu entschlossen hatte, weiter bei seinem Großonkel väterlicherseits in Köln zu leben, während seine Mutter zurück in ihre Heimatstadt Wien gezogen war, waren sie sich fremd geworden.

Wieder das Klopfen. Vom Krankenhauspersonal oder auch von seinen Kollegen konnte es keiner sein, die hätten schon längst die Tür aufgemacht.

»Herein, einfach herein!«

Die weiße Tür schwang auf.

»Kumpel!«

Heinz fuhr im ersten Moment ein solcher Schreck in die Glieder, dass er den Schmerz in seinem Magen vergaß. Er vergaß auch für einige Sekunden das Atmen. In der vollkommenen Stille nach dem Aufschwingen der Tür war es so, als wären nur atemlose zweidimensionale Abbilder im Krankenzimmer. Dann brauchten Heinz' Lungen wieder ihren Sauerstoff, und er zog die Luft mit einem hörbaren Keuchen ein.

»Da fehlt dir der Atem, was?«

Wie immer brachte Luis es auf den Punkt.

Heinz begann in seinem Kopf die Jahre zu zählen, in denen sie sich nicht begegnet waren, bei sechzehn war Luis am Krankenbett und setzte sich lässig in den Stuhl, der danebenstand.

»Dass du hier erscheinst, unfassbar.«

»Baldur, das klingt, als ob ich ein Geist wäre.«

»Nach all der Zeit kommst du mir tatsächlich wie ein Gespenst aus der Vergangenheit vor.«

»Ehrlich, Kumpel. Im Moment bist du derjenige unter einem weißen Laken und mit dieser kränklichen Blässe im Gesicht.«

»Wer hat dir davon erzählt?«

»Ich hab dein inneres Rufen gehört, Kumpel.« Luis grinste sein typisch schiefes Luis-Lächeln, links ging seine Oberlippe nach oben, seine Wange folgte, während die rechte Seite seines Gesichts völlig regungslos zu bleiben schien. Heinz schüttelte sich unter der Decke, in die Freude mischte sich ein kleines Unbehagen. So lange war es her, und jetzt stand er da vor ihm.

»Aber mal im Ernst, Baldur, wenn nicht jetzt, wann dann hättest du einen Kumpel nötig?«

Luis hatte ihn noch nie beim Vornamen genannt. Er dagegen war für Heinz immer nur Luis gewesen.

Er hatte Durst, großen Durst sogar, sagte aber nichts zu seinem Kumpel aus vergangenen Zeiten. Stattdessen fragte er sich, ob sie denn überhaupt noch Kumpels waren, ob sie nach allem, was passiert war, und nach all der Zeit eine Brücke bauen konnten. Der Wunsch danach tauchte mit einer rasenden Geschwindigkeit in seinem Inneren auf, die ihn abermals erschreckte. Nach allem, was Rita getan hatte, brauchte er einen Kumpel. Sein Unwohlsein und sein Durst nahmen zu.

»Du kannst nicht in dein altes Leben zurück, wenn sie dich hier wieder herauslassen, Baldur.«

Gleich traf Luis ins Schwarze.

»Wie viel weißt du?«

»Der Erste Hauptkommissar Heinz Baldur ist am Abend des 16. August in der Osteria Il Nido von seiner Verlobten Rita mit einer eigentlich tödlichen Dosis Tetrodotoxin vergiftet worden. Nur die Tatsache, dass sich das Zeug so schlecht in einer Flüssigkeit auflöst und sich hauptsächlich am Boden des kleinen Fläschchens, dessen Inhalt Rita nur halb in die Weinflasche geschüttet hat, sammelte, hat ihm das Leben gerettet. Nach zwei Tagen im Koma scheint er übern Berg zu sein, wenn er sich nicht auf dem Weg zur Toilette den Hals bricht, weil er zu eigensinnig ist, auf die Bettpfanne zu warten.«

Luis deutete auf die Nadel mit der Kanüle, die nutzlos auf dem Nachtkästchen lag. Heinz fühlte sich durchschaut. Luis hatte verdammt schnell richtig kombiniert.

»Tetrodotoxin ist übrigens auch das Gift des Kugelfisches. Hattet ihr Fugu bei eurem Liebesdinner?«

Heinz schwieg, eine Übelkeit stieg seinen Magen hoch, da kamen die Schmerzen zurück. Ich bin am Verdursten, dachte er. Doch das schien Luis nicht erraten zu können.

»Wie lange hast du vor, in der Stadt zu bleiben, Luis?«

»Du brauchst eine Auszeit, Kumpel. Kannst jetzt danach nicht einfach weitermachen.«

»Wo warst du die Jahre?«

»Wenn etwas Gras drübergewachsen ist, die Medien es vergessen haben und die Kollegen es nur mehr als ›Anektode‹ untereinander erzählen, dann steigst du wieder ein. Aber nicht hier. Wechsel den Standort. Diese Stadt ist Gift für dich geworden.«

Heinz gab die Fragen auf, er wollte nicht wie seine Mutter klingen. »Anekdote meinst du.«

»Kumpel, haben sie dir mit den Magenspülungen allen Humor aus deinem Inneren gespült? ›Anek-Tode‹, verstehst du? Das kommt vom Tod, vom Sterben und ist die Mehrzahl vom Sensenmann. Weil man doch immer zweimal stirbt, nicht? Körperlich und dann seelisch. Ist wie beim Vögeln. Es kommt dir im Schwanz und im Hirn.«

Luis lachte so laut über seinen eigenen Witz, dass es Heinz in den Ohren schmerzte. Auch im Kopf. Und im gesamten Rückenbereich. Oder war der Schmerz von seinem Magen hochgestiegen?

Konnte es sein, dass es wieder von vorn losging und die zerstörerischen Eigenschaften des Tetrodotoxins sich erneut in seinem Körper ausbreiteten?

Er sah zu dem Besuchersessel, Luis' Lachen schien erstarrt in der Zeit. Siebzehn Jahre waren es, nicht sechzehn, die sie sich nicht mehr gesehen hatten. Und Heinz war achtzehn gewesen, als sie sich zum ersten Mal getroffen hatten, damals, nach dem Unfall.

Er musste nach der Schwester rufen, ihm ging es nicht so gut. Wenn er nicht gleich einen Schluck Tee bekäme, würde er zu Staub zerfallen. Er hätte nicht aufstehen sollen, sich nicht die Infusionsnadel aus dem Arm reißen dürfen.

»Ich sehe, du bist müde.« Luis stand auf.

Die Tür ging abermals auf. Heinz sah die Krankenschwester wie unter Wasser auf sich zukommen. Oder war es Rita, die ihn besuchte, um dieses Missverständnis zwischen ihnen aufzuklären? Er könnte sie Luis vorstellen. Vielleicht mochte der frisch gefärbte Rothaarige.

»Ich meld mich wieder.«

Luis schien zu verschwimmen, alles wurde grau. Bitte Flüssigkeit. Nur einen Tropfen in dieser Wüste.

Grau senkte sich über Heinz' Bewusstsein.

Facebook-Nachrichten
Postfach (1)

Jolly: Bist du da?
…
Jolly: Dein Profil ist online. Du bist doch da?! Lass uns chatten. Komm!
…
Jolly: Komm, lass mich nicht betteln.
Schere9: Du hast mich warten lassen, ich warte seit zehn Stunden, und du …
Jolly: Ich hab einen Ausflug gemacht. Mal wieder weg von Omi und Opi. Scheiß-Großeltern. Raus und wieder aufs Pferdchen. Reiten, hihi. Neidisch?
Schere9: Nur einsam. Wie war's?
Jolly: Okay. Diesmal kein Drama. Schade. Trotzdem heiß.
…
Jolly: Es war okay, mehr will ich dir nicht sagen. Komm jetzt, sonst melde ich mich ab.
Schere9: Spürst du es noch?
Jolly: Immer noch da.
Schere9: Wie am ersten Abend?
Jolly: Aber total. Ich schließe meine Augen und sehe seine vor mir. Stell dir vor, wie sich von einer Sekunde auf die andere die Pupillen weiten, als hätte er Drogen genommen. Sein Sprühregen Spucke auf meinem Gesicht. Wie er stöhnt.
Schere9: Lust und Schmerz, wie Zwillinge.
Jolly: Aber der Schmerz ist größer. So wie der Tod der große Bruder des Schlafes ist.
Schere9: In dir steckt Poesie.
Jolly: Hab ich beim Zahnarzt gelesen. ☺
Schere9: Weiter …
Jolly: Er stöhnt. Sein grober Körper rutscht von der Kante, und ich höre mich lachen. Denke noch an ein Spiel. Er hatte immer noch einen Steifen. Dann sagt er Mama.
Schere9: Wiederhole! Ich liebe das.
Jolly: Nein, jetzt du. Klink du dich ein, los …

Schere9: Mama, sagt er …
Jolly: Mama, sagt er, zeigt mir seine Finger, die sind rot. Ich blute, sagt er, ich blute, dann knallt er auf den Boden. Arsch, sagt er auch, Arsch. Nur das. Sein Schwanz ist ganz winzig geworden. Da erst weiß ich, da hat sich was verändert. Ich denke an einen Herzanfall oder einen Schlag oder so was, was Männer in seinem Alter eben so bekommen. Scheiße, denke ich.
Schere9: Aber dann siehst du das Blut …
Jolly: Aber dann sehe ich das Blut. Es breitet sich unter ihm aus. Ich gehe in die Knie, versuche, das Blut nicht zu berühren. Gehe auf alle viere, krabble einen Halbkreis um ihn herum, da in seinem Rücken steckt etwas, daher kommt das Blut. Ich habe keine Ahnung, was diesem Idioten passiert ist, aber ich weiß, er stirbt. Irgendwie weiß ich das. Stirbt hier und jetzt.
Schere9: … du krabbelst zurück, setzt dich in den Schneidersitz, immer noch so weit entfernt, dass dich die Blutlache nicht berührt. Du weißt, du solltest Hilfe holen, aber da ist etwas Mächtiges und Großes im Gange, das willst du nicht stören. Du sitzt im Schneidersitz, und das Blut um den Mann wird zum See, seine linke Gesichtshälfte, die auf dem Boden liegt, wird davon eingenommen, wie …
Jolly: … wie eine rote Maske bedeckt es seine linke Wange, seinen Mund, sein linkes Auge. Er versucht es wegzublinzeln, aber das Blut läuft unter sein Augenlid und füllt das Innere seines Augapfels aus. Meine Hand geht ins Höschen, es ist so geil, so geil und so aufregend, nie hab ich bis jetzt …
Schere9: … nie hast du bis jetzt so was gefühlt, so was empfunden, das dringt tiefer, als es jeder Schwanz tun könnte. Du atmest und keuchst, während der Mann langsam rübergeholt wird auf die andere Seite, und du grunzt, als du kommst, und danach ist es wie eine neue Welt, die sich ausbreitet …
Jolly: Vergiss mein Lächeln nicht.
Schere9: Unser Lächeln.
Jolly: Ich gehe auf alle viere und komme so nah ich kann an den Mann heran. Von einer Sekunde auf die andere bricht der Blick. Ich halte den Atem an, die Stille um uns beide herum ist mächtig und stark. Ich will nie wieder atmen, um diese Stille

nicht zu unterbrechen, aber ich muss. Ich atme, und der Zauber ist weg. Doch ich weiß.

Schere9: Das ist das Größte! Das Beste überhaupt!

Jolly: Stopp! Du bist echt so kaputt.

…

Jolly: Komm schon. Wir sind beide kaputt. Besser?

Schere9: Gib's zu, dir ist jetzt schon wieder einer dabei abgegangen?!

Jolly: Du denkst Quatsch. Die Musik hat gefehlt. Rihanna, Michael Jackson, Beyoncé oder George Michael. Dann wäre es erst geil geworden.

Schere9: Ganz was anderes.

Jolly: Ja? Was denn?

Schere9: Ich hab bei »meinfernbus.de« geguckt. Münster–Frankfurt für schlappe 9 Euro.

Jolly: Das ist geil.

Schere9: Also, du kommst?

Jolly: Ich …

Schere9: Komm.

Jolly: Ich muss ja auch noch zuerst bis in die Stadt fahren, und dann …

Schere9: Ich verstehe.

Jolly: Nein, tust du nicht … Schon wieder sauer?

Schere9: Ich verstehe wirklich. Aber irgendwann, da könntest du zu mir …

Jolly: Ich melde mich morgen um dieselbe Zeit. Geschworen.

Schere9: Hast du die Hand jetzt oben?

Jolly: Ja! Hab ich!

Schere9: Du bist schräg. Irre. Witzig und irre. Ich …

Jolly: Mach's gut. ☺

Schere9: … mag dich. ☺ ☺ ☺

NEUN

Die Katze hatte das Blut gerochen. Sie war über das Dach gekommen, dann über das Baugerüst direkt am Nebenhaus auf den Nachbarsbalkon gesprungen, von dort den Sims entlang und durch das offene Fenster hineingeschlüpft.

Sie war hungrig, die Ausbeute war heute erbärmlich gewesen, nicht eine Maus oder Ratte hatte sich gezeigt, und außer einem schnellen Stück weggeworfener Salami an den Mülleimern hatte sie nichts erbeuten können. Dort hätte es mehr gegeben, wenn sie nicht durch ein dominantes Männchen gestört worden wäre. Zuerst hatte sie kämpfen wollen, es aber nach zwei Drohgebärden des Katers aufgegeben. Sie war weitergelaufen.

Ihre Besitzer waren schon vor längerer Zeit umgezogen und hatten sie einfach zurückgelassen. Seither streunte sie in der Gegend herum und kam die meisten Tage eher schlecht als recht über die Runden. Wäre sie ein Mensch gewesen, hätte sie sich über diese Grausamkeit beklagt, aber so zählte nur der tägliche Kampf ums Überleben.

In dem Raum, aus dem der Geruch gekommen war, der sie angezogen hatte, war es dunkel. Die Pupillen der Katze erweiterten sich, wurden kreisrund. Sie fingen das Restlicht ein und gaben ihr den Blick auf das Szenario im Inneren des Zimmers frei.

Rechter Hand an der Wand stand ein Doppelbett, die Tagesdecke noch darüber ausgebreitet, und darauf wiederum lag der Körper eines Mannes. Seine Fußsohlen ragten wie weiße Plaketten in der Dämmerung auf, sonst war an seinem Körper nicht mehr viel blanke Haut zu erkennen. Es sah aus, als würde er einen engen roten Anzug tragen. Auf seiner Brust, seinem Bauch und auch den Armen sowie Beinen war Blut, jede Menge Blut. Als wäre er mit Blut bepinselt worden, grob und mit unterschiedlicher Intensität. Seine Arme waren ausgebreitet, als wollte er jemanden willkommen heißen.

In seiner Magenkuhle hatte sich eine größere Menge angesammelt und war noch nicht ganz eingetrocknet. Die Tagesdecke unter dem Körper hatte viel von dem Blut aufgesogen, war um ihn herum feucht und schwer.

Die Katze sprang direkt von der Fensterbank auf dieses Bett, der Körper und die Katze bewegten sich wie bei leichtem Seegang, und die rote Flüssigkeit in der Magenkuhle ebenso. Ein kleines Rinnsal lief seitlich an den Rippen des Mannes vorbei nach unten. Wie die meisten Katzen auf dieser Welt mochte die Katze Nässe überhaupt nicht, schüttelte abwechselnd ihre Pfoten, schüttelte sich selbst und sprang wieder vom Bett herunter.

Weiter vorn, wo das Zimmer in eine Kochnische überging, lag ein zweiter Körper, ebenfalls männlich, aber nicht rot wie der am Bett. Dieser Mann war noch bekleidet, aber nur mit Unterhemd und Unterhose und Socken an seinen Füßen. Seine Haltung wirkte, anders als die des Toten auf dem Bett, nicht entspannt und nicht einladend. Dort auf dem Boden lag er unnatürlich gebogen, seine Beine nach hinten, seine Arme auch, dort gefesselt, wie zu einem grotesken Paket zusammengebunden, die Augen offen, kein Leben mehr darin.

Auch hier gab es Blut. Es war am Hinterkopf des Mannes ausgetreten, dort, wo eine klaffende Wunde eine Geschichte von einem Schlag, einem Hieb hätte erzählen können, wenn die Katze daran interessiert gewesen wäre. Die Katze trippelte dorthin, hinterließ mit ihren Pfotenabdrücken eine rote Spur auf dem Parkett.

Sie umrundete den gekrümmten Körper und kam an der Wunde am Hinterkopf zum Stehen. Ihre Schnurrbarthaare richteten sich auf. Sie neigte den Kopf, und ihre rosa Zunge streckte sich aus dem Maul, berührte die blutige Stelle, begann zu lecken. Kein Haar störte sie dabei, der Mann am Boden war ein Kahlkopf. Schneller und schneller leckte die Zunge über das auch hier noch nicht völlig getrocknete Blut. Ein Hautlappen löste sich am Rand der Wunde, und die Katze beugte sich tiefer hinunter, zog die Zunge zurück und biss stattdessen in das Stück Haut. Sie riss mit ihren Zähnen daran, riss es ab, machte zwei

Schritte zurück und begann zu kauen. Fleisch war Fleisch, je frischer, umso besser.

Ihr Kehlkopf gab diesen wunderbaren vibrierenden Laut von sich, den alle Katzenliebhaber so mögen und dem sich auch Nichtkatzenliebhaber schwer entziehen können.

Sie schnurrte.

Kaum war der Hautlappen verspeist, war sie wieder an der Wunde, begann erneut enthusiastisch zu lecken, grub ihren Kopf tiefer in das Loch am Hinterkopf, schnurrte weiter, fühlte sich wohl. Aus diesem armseligen Tag in ihrem einsamen Katzenleben war abends doch noch ein Festtag geworden.

Hinter ihr wurde ein Schlüssel in das Türschloss geschoben. Der Schlüssel drehte sich, die Tür wurde einen kleinen Spaltbreit aufgemacht.

»Bin zurück. Hoffe, ihr seid längst durch, jeder mit jedem. Juhu!«

Die Katze zuckte auf. Sie hob ihren Kopf, sah in Richtung Tür. Ihre Augen spiegelten den Lichtstreifen wider, das Blut an ihrem Maul und an ihren Barthaaren glitzerte. Sie riss das Maul auf, fauchte, bereit, ihre Beute zu verteidigen.

»Hallo. Ich komme jetzt rein. Jungs, zieht eure Hosen hoch. Mädels, bleibt nackt und fürchtet euch nicht. Ich bin schwul.«

Die Tür ging weiter auf. Die Umrisse des Eindringlings waren zu sehen. Eine schmale Silhouette. Die Katze fauchte.

»Letzte Warnung!«

Die Silhouette bewegte sich, machte zwei Schritte in die Wohnung, in das Zimmer hinein.

Die Lampe an der Decke ging an. Hell und strahlend warf sie ihr Licht auf das Szenario unter ihr. Die Pupillen der Katze verengten sich zu schmalen Schlitzen.

»Es werde Licht! Sprach der Herr, und ich hoffe es jetzt für euch, dass –«

Der Moment fror ein. Weder die Katze noch die Silhouette, die sich im hellen Licht in einen schmalen jungen Mann mit rötlichen Haaren in Jeans und T-Shirt mit dem Wort »Museumsuferfest« darauf gedruckt verwandelt hatte, bewegten sich. Der auf dem Bett und der am Boden würden das ohnehin nie wieder tun. Für Sekunden atmete keiner in dem Raum.

Dann fauchte die Katze wieder.

Der junge Mann drehte sich zu dem Tier, seine Pupillen wurden jetzt so groß, wie die der Katze es im Dunkeln gewesen waren. Er machte einen Schritt zurück Richtung Tür, blieb aber auf halber Strecke stehen, den Fuß noch halb angehoben. Seine Augen hafteten auf dem Tier, als hätte er noch nie, niemals in diesem seinem Leben eine Katze gesehen.

Die Katze spürte, dass von dem Eindringling genauso wenig eine Bedrohung ausging wie von den Männerkörpern auf dem Bett und am Boden. Der Schrecken des Eindringlings begann zu riechen, sie konnte den Geruch auffangen wie den Duft des Blutes, der sie angelockt hatte. Sie drehte ihren Kopf zurück, zurück zu ihrer Beute, fuhr die rosa Zunge aus und begann, weiter enthusiastisch zu lecken.

Die einsetzenden Schreie des Eindringlings nahm sie nur nebenbei wahr. Eine gute Mahlzeit musste man genießen.

✂

… ich will nur, dass du weißt,
ich hab dich immer noch lieb
und dass es am Ende
auch keine andere gibt,
die mich so vollendet,
die mich so bewegt.

Karl-Heinz Baldur oder einfach Heinz saß mit Kopfhörern auf den Ohren immer noch in seinem überhitzten Büro und tippte den Text eines Liedes von Philipp Poisel als Anfang eines Briefes an seine Ex-Verlobte Rita. Zugleich lief das Lied auf YouTube dröhnend in seinen Ohren.

Ich will nur …

Was wollte er denn? Er hatte versucht, Rita einen Brief mit der Hand zu schreiben, auf den ihren zu antworten, aber nach dem zwölften Versuch waren seine Finger müde geworden vom inzwischen ungewohnten Vorgang des schriftlichen Verkehrs.

Verkehr, das Wort passte ihm irgendwie nicht. Sein Verkehr mit Ritas Freundin hatte sie letztendlich zu ihrer absurden Tat getrieben, mehr sein Verkehr allgemein, wenn er ehrlich war. Noch weiter die Ehrlichkeit entlang musste er sich eingestehen, dass es eben nicht nur diese Freundin gewesen war.

Trotz oder vielleicht wegen seiner Art, zu kommunizieren, ein Gespräch zu führen, war Heinz immer gut bei den Frauen angekommen. Für ihn lief es so wie bei einer Befragung, man suchte nach Tiefen, nach den inneren Geheimnissen des anderen, die schon lange ans Licht strebten. Das kam an, die Frauen fühlten sich verstanden, endlich mal ein Kerl, der zuhören konnte. Sobald sich dann eine Gelegenheit ergab, hatte er sie auch wahrgenommen. Gevögelt, was das Zeug hält.

Er praktizierte Sex seit seinem neunzehnten Lebensjahr, hatte zwar früh mit Fummeln, aber spät mit allem Drum und Dran begonnen, dann aber rasant im Verkehr aufgeholt. Er mochte es, in Frauenarmen zu versinken, und Frauenarme mochten ihn. Nicht dass er nichts von Treue hielt, im Gegenteil, er hatte bis zum Tod seines Vaters die anscheinend treue Ehe seiner Eltern immer bewundert, aber für ihn war es eine Unmöglichkeit, nur einer einzigen Frau körperlich nahe zu sein. Die Sehnsucht nach dem Versinken zog ihn immer wieder wie magisch an, er konnte nicht widerstehen.

Offenbar war ihm aber entgangen, dass Rita schon seit langer Zeit Bescheid gewusst hatte, er fragte sich, wie lange schon und über wie viele seiner schnellen Affären. Ob sie das in diesen Wahnsinn getrieben hatte, an dessen Ende ihre Tat stand? Ihre Tiefen hatte er nicht erkannt, nicht ausgelotet, sie nie »befragt« oder ihr zumindest gut genug zugehört. Sie hatte ihm zu nahegestanden, hatte der Therapeut einmal gesagt. »Nähe macht oft blind.« Ein Satz seines Psychologen, den sich Heinz als Spruchband über seine Stirn hätte schreiben sollen.

Die Presse hatte Heinz Baldurs Missgeschick, seinen »Fall«, in aller Mehrdeutigkeit ziemlich hochgespielt. Allein jetzt konnte man dazu im Internet noch über achtzigtausend Einträge finden. Seinen Vorgesetzten hatte das noch weniger als ihm selbst gefallen. Während des Prozesses hatte er alles übers Internet verfolgt, hatte sein Gesicht und ein altes Foto von Rita und ihm aus dem ersten gemeinsamen Urlaub Hunderte Male abgebildet gesehen. Ritas Geschichte war vor allem in der Yellow Press richtig gut angekommen.

»Verlobte von Mordermittler wird selbst zur Mörderin.«

Reißerisch und absolut falsch. Er hatte überlebt, und Ritas Mordversuch hatte in keinem Zusammenhang zu seinem Job gestanden. Doch was sich verkaufte, wurde auch ausgeschlachtet.

Einmal in der Zeit hatte ihn sogar eine der jüngeren Krankenschwestern noch in der Klinik nach der Geschichte und der Wahrheit dahinter gefragt. Sie hatte sich an seine Bettkante gesetzt und seine Hand genommen. Heinz hatte völlig unpassend eine Erektion unter der weißen Decke bekommen, und die Krankenschwester hatte mit hochroten Wangen sein Zimmer wieder verlassen. Er hatte sie nicht wiedergesehen, aber in dieser Nacht von ihr geträumt. Ohne Steifen, nur eine harmlose Begegnung im Traum.

Wenn Rita wüsste, dass er seit dem speziellen Abend mit ihr mit keiner mehr direkt im Bett gewesen war, würde sie sicher hysterisch lachen.

Hysterie war wie ein Anschlusswort an seine nächsten Gedanken. Wenn er nur an Rita dachte, wurde sein Magen hysterisch. Phantomschmerzen oder vegetative Störungen oder wie auch immer man den Scheiß bezeichnen wollte. Er hatte sich in den letzten Monaten angewöhnt, nicht mehr an Rita zu denken und, kaum dass er doch wieder an sie dachte, ein Magenmittel einzunehmen, bevor der Schmerz aus einem dunklen Winkel in Heinz' Psyche Anlauf nahm und ihn überrannte. Die Geschichte kam immer wieder hoch wie eine Leiche im Wasser, die von den Gasen der Verwesung an die Oberfläche getrieben wurde.

Sein Therapeut, Dr. Ignaz Kobler, zu dem er ging, seit er vor etwa acht Monaten hierher nach Frankfurt übergesiedelt war, hielt diese Schmerzen für eine Art der Selbstbestrafung, die Heinz schon wenige Tage nachdem er aus dem zweitägigen

Koma erwacht war, in das ihn Ritas Gift versetzt hatte, entwickelt hatte. Heinz mochte den bärtigen Mann, der ihn immer ein wenig an das Rübezahlmärchen aus seiner Kindheit erinnerte, mochte sein Nachfragen, seine Art, mit seinen Patienten umzugehen. Auch wenn er selbst der Meinung war, dass diese Therapie ihm nicht wirklich etwas brachte.

»Geduld ist die geheime Zutat.« Ein weiterer Spruch von Heinz' persönlichem Rübezahl.

In Köln hatte er eine Therapie noch strikt abgelehnt, doch nach seiner schnellen Versetzung nach Hessen war er vom Kölner Oberstaatsanwalt Theo Prunk höchstpersönlich dazu gezwungen worden. »Der prunkvolle Theo«, wie er intern genannt wurde, hatte seinen Namen in die Waagschale geworfen, als es darum ging, Hauptkommissar Heinz Baldur nach fünf Wochen schon wieder diensttauglich zu schreiben. Neue Stadt, neue Herausforderungen, die Altlasten in den Rhein und am Main dann neue Fälle.

Leicht war es nicht gewesen, die Versetzung durchzubekommen.

»Du solltest besser eine lange Auszeit nehmen, Freund«, hatte Prunk ihm zuerst geraten. »Mach ein Sabbatjahr, wärm deinen Arsch auf einer griechischen Insel und komm zurück, wenn das Gras so hoch ist, dass dich keiner mehr drin entdeckt.«

Da hatte Heinz nicht nur seinen Magen, sondern auch sein Herz gespürt. Sein Job war alles, was ihm geblieben war.

»Theo, wenn ich jetzt nicht wieder aufs Pferd steige, war es das für mich. Bitte.« Heinz Baldur bat selten um etwas, aber da hatte er dieses ihm ungewohnte kleine Wort einsetzen müssen.

Prunk hatte seine Augenbrauen gerunzelt, und Heinz hatte schon gedacht, das war es jetzt, interne Seilschaften hin oder her, Sabbatjahr mit Sabber und dann direkt in die Frührente. Schade dann doch, dass Ritas Gift ihm nicht den Garaus gemacht hatte.

»Arbeit ist es, was ich jetzt brauche, Theo, Arbeit und wieder Arbeit. Bitte.«

Zweimal bitte in einem Gespräch, aber es hatte letztlich gewirkt.

Heinz Baldur hatte also nur fünf Wochen nach seinem Beinaheabtritt aus dieser Welt seinen Auftritt bei der Kriminalpolizei Hessen im Frankfurter Polizeipräsidium. Direkt in einen Ermittlungsfall zu einer Messerstecherei in Frankfurt-Rödelheim hinein, keine Toten, aber drei Schwerverletzte, der zuvor ermittelnde Kollege hatte sich bei einem Treppensturz beide Beine gebrochen und fiel einige Wochen aus.

Heinz hatte sich eine Bleibe in der Straße Am Dornbusch gemietet, nur ein paar Straßen von der Adickesallee entfernt, an der sein neuer Arbeitsplatz lag. Drei Zimmer mit Balkon zur Straße hin, zu groß und auch überteuert, aber für den Moment richtig. Der Fall war schnell gelöst worden und er komplett in die Stadt am Main umgezogen.

»Vom Rhein zum Main, Hauptsach', es fließt was«, hatte seine Mutter konstatiert, ihm dann ein G'schichterl von seiner Cousine zweiten Grades erzählt, die hübsch und immer noch ledig war und vielleicht was für ihn wäre, nach Rita. Für Heinz war das die letzte Option vor dem Weltuntergang, aber wie immer hatte er die Zähne zusammengebissen und das Gespräch mit Mama in Wien schnell beendet.

Immer noch stand die ein oder andere Umzugskiste in der Wohnung und kaum etwas im Kühlschrank. Noch war er nicht angekommen, innerlich. Fälle kamen und gingen wie die Monate, aber man hätte nicht sagen können, dass er sich einlebte. Meistens, so wie heute Abend, blieb er bis spät im Büro, hier hatte er mehr ein Gefühl von Zuhause als in der karg eingerichteten Wohnung. Manchmal ein Bier mit Kollegen, ein Blick auf schöne Frauen am Tresen, die eine oder andere trostlose Selbstbefriedigung hinterher. Wann würde er es wieder wagen, auf das Sexpferd zu steigen? Fast ein Jahr völlig ohne weiblichen Körperkontakt hatte es seit seiner ersten Fummelei in der Unterstufe nicht gegeben.

Immerhin, sein Therapeut gab ihm Rückendeckung, manchmal sei eine Zeit der Abstinenz für die Psyche wichtig, da sich das Unterbewusstsein in solchen Zeiten mit wichtigeren Dingen beschäftigen musste. Diese Erklärung war zu lang für ein Spruchband, aber Heinz akzeptierte sie.

Vielleicht verbrachte er auch deshalb so viel Zeit allein im Büro. Heinz war nie ein sehr geselliger Mensch gewesen oder ein Zeitgenosse, der Partys oder Grillabende mochte, aber eine solch lange Zeitspanne des Alleinseins, des Sich-Abriegelns hatte es seiner Erinnerung nach nur in den Monaten nach dem Tod seines Vaters gegeben.

Neben der Arbeit also die ihm auferlegte Therapie und lose Kontakte. Das war Frankfurt für ihn bisher.

Kontakte, die Gedankenbrücke zu Rita. Sie hatte ihm geschrieben aus der JVA in Köln-Ossendorf, wo sie einsaß, wollte ein Gespräch, ein Wiedersehen, eine Bereinigung der Dinge. Doch er konnte nicht. Sein Magen ließ es nicht zu. Dr. Kobler hatte ihm ebenfalls davon abgeraten, hinzufahren, ihm aber vorgeschlagen, ihr zu schreiben, damit vielleicht etwas von seiner Seele abfallen konnte, quasi rausgeschrieben wurde, um weiter zu heilen.

Da Heinz an seiner erschöpften Hand gescheitert war, nun eben die unromantische Form dieses schriftlichen Verkehrs: der getippte und ausgedruckte Brief.

Verkehr, Heinz' innerer Kreis schloss sich.

Ich will nur …

… ich will nur, dass du weißt,
ich hab dich immer noch lieb
und dass es am Ende
auch keine andere gibt,
die mich so vollendet,
die mich so bewegt.

Philipp Poisel konnte besser mit Worten umgehen als er. Der Liedtext würde Rita vielleicht vermitteln, dass sie noch geliebt wurde, trotz oder vielleicht sogar wegen ihres Anschlages auf ihn. Das war die reine und unfassbare Wahrheit. Er liebte sie seit der Sache mehr denn je. Wahrhaftiger und tiefer. Das hatte er nicht einmal seinem Therapeuten erzählt, ein Geheimnis mehr in all seinen inneren Untiefen.

Die Tür schwang auf, und Heinz sah Kommissar Thomas

Habermann im Rahmen stehen. Der junge, durchtrainierte Kollege mit den Geheimratsecken, die ihn älter und intellektueller erscheinen ließen, als er war, war in den letzten Monaten in drei Fällen an Heinz' Seite gewesen. Eine Entführung, eine Erpressung und ein Raubüberfall. Einmal waren sie dabei heftig aneinandergeraten. Das hieß, Heinz war heftig an Thomas geraten, hatte ihm nach einem Fehler die Leviten gelesen. Seither wirkte Kommissar Habermann immer etwas nervös in Hauptkommissar Baldurs Nähe.

Mit einem Griff zog sich Heinz die Kopfhörer von den Ohren auf den Nacken. »Anklopfen is nicht, oder was?«

»Ich habe geklopft, Baldur. Dann dachte ich, du wärst schon *at home*. Dann bin ich aber doch rein. Hab's vorher auf deinem Handy versucht, du bist aber nicht ran.«

Thomas lächelte verunsichert. Er kratzte sich am Kopf. Heinz klickte die begonnenen Zeilen an Rita weg. Das würde doch noch warten müssen. Bis wann auch immer.

»Nein, ich bin nicht *›at home‹*, wie du siehst. Was gibt es?«

Thomas wurde schnell wieder ernst. »Sauerei in der Kaiserstraße beim Bahnhof.«

»Sauerei?«

»Tode.«

Von einer Sekunde zur anderen hatte Heinz Luis' Gesicht vor sich. Damals, vor fast einem Jahr, als er ihn überraschend im Krankenhaus besucht hatte. Anek-Tode, das hatte Luis damals gesagt.

Thomas räusperte sich. »Also: zwei Tote. Ziemlich mies drauf.«

»Mies drauf?«

Thomas Habermann sah auf den Boden. »Sorry, ich meine, die Leichen müssen ziemlich zugerichtet sein, die Streife hat Alarm gegeben.«

In Heinz' Kopf wechselten die Gedanken wieder die Richtung. Das hier waren die ersten Morde, zu denen er seit seinem eigenen Fast-Abgang gerufen wurde. Alle seine bisherigen Ermittlungen in Frankfurt waren Straftaten ohne tödlichen Ausgang gewesen.

Thomas trat von einem Bein auf das andere. »Fährst du?«
»Ich bin tatsächlich ein besserer Beifahrer, Thomas. Los.«
Heinz war so schnell aufgestanden und an Thomas' Seite, dass dieser erschrocken zusammenzuckte.

Als Heinz Baldur und Thomas Habermann in der Kaiserstraße ankamen, herrschte schon Tumult. Zwar war der Eingang zum Haus Nummer 22 bereits weitläufig abgesperrt, aber durch die vielen Schaulustigen war der Verkehr in der Straße völlig zum Erliegen gekommen. Ein Streifenwagen sperrte die obere Zufahrt zur Straße ab, leitete in die Taunusstraße um.

Thomas machte erst gar nicht den Versuch, mit Blaulicht durch den Stau, der sich gebildet hatte, durchzukommen. Wenn ein Verbrechen in einer der bekanntesten Innenstadtstraßen Frankfurts geschah, war das Interesse mehr als groß. Er parkte den Wagen halb auf dem Gehweg an der Ecke, und sie liefen das Stück die Straße hinunter, bahnten sich ihren Weg, überquerten den Kaiserplatz, schon hier begann der Tumor der Gaffer zu wachsen. Heinz spürte das Gedränge, die Berührungen Fremder.

»Ich werde nie die Faszination verstehen, die die Leute dazu treibt, sich Katastrophen aus der Nähe ansehen zu wollen.«

»Man guckt nach, wen sich der Sensenmann statt seiner ausgesucht hat.«

»Was?«

Thomas kratzte sich wieder am Kopf. »Die wollen sehen, wer an der Reihe ist, und freuen sich insgeheim, dass sie diesmal verschont geblieben sind. Das ist doch auch einer der Gründe, wieso wir zur Polizei gegangen sind. Wir können über den Zaun schauen und sogar rübergehen in den nachbarlichen Verbrecherpool, ohne nass zu werden.«

In dem Moment wurden sie am Absperrband angehalten. Thomas holte den Dienstausweis aus seiner Jacke. »Habermann. Und Hauptkommissar Baldur.«

Heinz verkniff sich einen Kommentar zu Thomas' Theorie.

In der Mansardenwohnung im vierten Stock herrschte ungefähr das gleiche Getümmel wie unten auf der Kaiserstraße. Die Tür war weit geöffnet, und auf der obersten Treppenstufe stand schon Dr. Gabriele Dämmers, die Rechtsmedizinerin.

»Zwei Leichen, männlich, beide Mitte vierzig. Weiß. Unterschiedliche Todesarten. Das Opfer auf dem Bett weist mehrere tiefe Stichwunden auf, die von einer spitzen, etwas breiteren Tatwaffe stammen. Der Mann ist infolge der Stichverletzungen verblutet, vermute ich. Beim zweiten schwere Verletzungen am Hinterkopf, vermutlich durch Schläge. Alles deutet darauf hin, dass beide vor ihrem Tod gefoltert worden sind.«

»Ihnen auch einen guten Tag, Doktor.«

»Gut ist relativ. Je nach Perspektive.« Dr. Dämmers zupfte an ihren Handschuhen. »Mehr kann ich jetzt noch nicht sagen, ich brauche die beiden auf meinem Tisch. Geben Sie Bescheid, wenn wir sie in die Rechtsmedizin mitnehmen können. Meine Leute warten schon.«

Heinz fuhr sich schnell durchs Haar, er sah die Treppe, die sie hochgestiegen waren, nach unten. Etwas in ihm wollte nicht in diese Wohnung hinein, er machte einen Schritt nach unten, noch einen. Von einem Moment auf den anderen sah er Rita vor sich, ihr Gesicht so rot wie der Wein, in den sie das Tetrodotoxin geschüttet hatte. Sein Magen krümmte sich, und er hielt sich die Hand vor.

»Alles grün?«, fragte Thomas, und über diese Bemerkung musste Heinz innerlich grinsen, was seine kleine Panik verdrängte. Er zwang seine Füße zurück in Richtung der offenen Wohnungstür. Thomas und er zogen sich Schuhschoner und Handschuhe über. Betraten den Tatort.

Das Bild, das sich ihnen bot, war wirklich nichts für schwache Nerven.

Der Mann am Boden beanspruchte den ersten Fokus. Seine Knöchel und Handgelenke waren hinter dem Rücken zusammengebunden, was wie eine irre Yogaübung aussah. Sein Kopf war weit nach hinten gestreckt, seine Augen ebenso weit aufgerissen, seine Gesichtszüge erstarrt in einem Ausdruck großen Leids. In seinem Mund steckte ein Küchentuch oder eine Stoffserviette, ein kariertes Ende hing über seinen Lippen heraus. Sein Schädel war kahl, und am Hinterkopf klaffte eine blutige Wunde. Es mussten wuchtige Schläge gewesen sein, gnadenlos tödlich. Das Unterhemd, das er trug, zeigte vorn auf der Bauchseite runde verbrannte Löcher wie von ausgedrückten Zigarettenkippen.

Baldur machte einen vorsichtigen Schritt darauf zu, bückte sich und schob den Stoff neben einem großen verkohlten Loch zur Seite, darunter völlig rote verbrannte Haut. Das musste schmerzhaft gewesen sein. Er zählte schnell durch. Neun dieser Löcher konnte er auf den ersten Blick erkennen.

Wieder meldete sich sein Magen, aber er zwang die Übelkeit hinunter. Hier galt es, keine Schwäche zu zeigen.

Der zweite Tote lag auf dem Bett, das neben dem offenen Fenster an der Wand gegenüber stand. Er hatte eine entspannte Haltung im Tode eingenommen, obwohl auch hier Spuren einer Folter zu erkennen waren. Im Gegensatz zum Opfer auf dem Boden war sein Körper völlig nackt, wenn auch über und über mit Blut beschmiert. Seine Arme waren breit über das Laken ausgestreckt, die Hände offen, die Finger nicht gekrümmt oder zusammengeballt.

Auch hier konnte Baldur Löcher in der Haut sehen, aber keine Brandflecken, sondern tiefe Stichwunden. Nahe den beiden Achselhöhlen, am Bauch und ein weiterer Stich direkt neben den Genitalien. Er zählte und kam erneut auf neun. Wenn sich diese Zahl etablierte, konnte sie eine Rolle spielen. Aber nichts übereilen.

Das Bett selbst war rot und blutgetränkt, zum Teil war das Blut auch nach unten getropft und hatte eine Lache am Boden gebildet. Heinz kam so nah als möglich an den Toten heran und sah in sein Gesicht. Diese Augen waren geschlossen, und die Gesichtszüge wirkten ebenso entspannt wie der restliche Körper. Entweder waren ihm die Verletzungen erst nach seinem letzten Herzschlag zugefügt worden, oder er hatte die Sache verschlafen, was doch etwas unwahrscheinlich erschien.

»Der junge Mann, ein Kollege der beiden und der Mieter dieses Apartments, der sie auch gefunden hat, ist auf dem Weg ins Krankenhaus, Hauptkommissar Baldur.«

Die Stimme neben Heinz war weiblich. Er sah auf und in ein hübsches junges Gesicht. Braune Augen, halblanges tiefschwarzes Haar, leicht gekräuselt an der Stirn, dunkler Teint, volle Lippen.

Sie streckte ihm ihre Hand hin. »Melek Arslan, Herr Hauptkommissar Baldur.«

Heinz hob seine hoch, ohne ihre direkt zu nehmen. »Neu?«

»Nicht direkt. Ich bin noch in der Ausbildung, mitten im dualen Studium zur Kriminalkommissarsanwärterin beim BKA in Wiesbaden. Bin für ein externes Praktikum hier und mit den Kollegen von der Hauptwache gekommen. Wenn ich darf, würde ich gerne –«

»Wo ist der Zeuge?«

»Auf dem Weg in die Notaufnahme. Er, Manuel Pirlo sein Name, hat einen Schock erlitten.«

Die junge Frau hob ein iPad hoch und wischte über das Display. Heinz dachte, dass er immer noch einen Block und einen Stift benutzte. Sie redete weiter, ihre Stimme klang älter, als sie aussah.

»Nachdem er die Wohnungstür geöffnet und die beiden Männer entdeckt hat – es handelt sich hier um seine beiden Kollegen Manfred Fahrenkauf und Hugo Jeer, alle drei Mitarbeiter bei der Commerzbank, Herr Jeer auf freiberuflicher Beraterbasis –, kann er sich nur noch an seine eigenen Schreie erinnern und dass er in die Wohnung einen Stock tiefer geflüchtet ist. Von dort ist auch die Polizei verständigt worden. Herr Pirlo hat noch von einer Katze berichtet, die wohl hier im Zimmer war, als er nach Hause kam. Wenn Sie sich umdrehen, sehen Sie auf dem Boden die roten Abdrücke von Pfoten. Da Herr Pirlo kein Katzenbesitzer ist, wird es sich um eine aus der Nachbarschaft handeln, die frei herumläuft, da kann ich nachfragen.«

»Noch was?«

»Manuel Pirlo hat außerdem ausgesagt, dass er sein Apartment den Kollegen zur Verfügung gestellt hat für, sagen wir mal, ein außertourliches Abenteuer. Beide Männer waren wohl verheiratet. Es ist also anzunehmen, dass die Herren hier mit

Frauen aufgetaucht sind, vielleicht käuflich, in der Ecke nahe dem Hauptbahnhof leicht zu bekommen, vielleicht auch aufgerissen für eine schnelle Nummer. So was machen auch Mädels, die nicht aus dem Gewerbe sind, manchmal mit. Wen sich die beiden da mitgebracht haben, hat Pirlo nicht interessiert. Er hat nur die Räumlichkeiten zur Verfügung gestellt gegen einen kleinen Bonus, wie er es genannt hat. Er ist neuer Anlageberater bei der Bank, ein Frischling, die beiden sind schon Jahre dabei, wollten ihn mit Tipps und Kunden als Gegenleistung versorgen. Außerdem sagt Pirlo, dass sie vereinbart hätten, dass er schon um zehn nach Hause kommen konnte, da beide noch heute Abend bei ihren jeweiligen Familien zu Hause erwartet wurden.«

»Sie haben den Mann vernommen?«

»Nicht direkt. Ich wurde kurz nach meinem Eintreffen hier von einem der Kollegen nach unten geschickt, um die Personalia des Zeugen aufzunehmen, er kippte dort um, der Notarztwagen kam, ich bin mitgefahren. Im Wagen ist er zu sich gekommen, und ich konnte ihn befragen, bevor er seine nächste Beruhigungsspritze bekommen hat. Gleich am Krankenhaus bin ich umgedreht und wieder hierher zurück.«

»Sie sind Praktikantin?«

»Ja, so ist es. Ich war Streifenpolizistin und stamme wie Sie auch aus Köln, das heißt, meine Familie ist aus der Türkei hierher nach Deutschland gekommen, aber ich bin in Köln geboren, und in Wiesbaden mache ich nun die Weiterbildung zur –«

»Wenn Sie sich den Körper auf dem Bett ansehen, Arsal …«

»Arslan, Herr Hauptkommissar. Melek Arslan.«

»… die Arme ausgebreitet, die Augen geschlossen, würden Sie sagen, er hat gelitten?«

»Zu entspannte Haltung. Ich tippe auf Ohnmacht. Vielleicht infolge des Blutverlustes.«

»Oder er ist betäubt worden.«

»Möglich.«

»Oder man hat ihm die Wunden nach seinem Tod zugefügt.«

»Nein!« Arslan widersprach Heinz Baldur.

»Nein?«

»Dann hätte es nicht mehr so geblutet.«

»Das sollten wir unsere Rechtsmedizinerin fragen.«

»Natürlich. Und wenn ich noch was bemerken darf ...«

»Ja, Arslan?«

»Ich denke, die gleichmäßige Verteilung des Blutes über den gesamten Körper kann nicht natürlichen Ursprungs sein. Da hat einer das Blut über die Haut verteilt. Wie angemalt.«

»Praktikantin sind Sie, mmh?«

»Ja.«

Heinz drehte sich von der jungen Frau weg und rief durch den Raum: »Welcher Idiot hat die Praktikantin mit unserem einzigen Zeugen allein gelassen?«

Alle unterbrachen ihre Arbeit. Die Männer und Frauen der Spurensicherung, der Fotograf und die Kollegen von der Hauptwache. Auch Thomas Habermann, der an der Leiche des Mannes auf dem Boden kniete wie vorhin Heinz Baldur selbst, bewegte sich nicht und sagte kein Wort.

Hinter Heinz räusperte sich Melek Arslan. »Da ich meines Erachtens korrekt gehandelt habe, ist Ihre Frage nicht wirklich fallrelevant, Herr Hauptkommissar.«

In der Stille danach hätte man eine Stecknadel fallen hören können.

Heinz drehte sich wieder zurück. Auf der Stirn der jungen Frau konnte er Schweißperlen sehen. Es war stickig in der Wohnung, trotz des offenen Fensters.

»Was fällt Ihnen zu dem zweiten Toten ein, Arslan?«

Hinter Heinz nahmen die anderen ihre Arbeit wieder auf, binnen Sekunden war der Geräuschpegel wieder angestiegen.

»Ich denke, dass dieser sicher bei Bewusstsein an seiner Folter teilhaben musste. Seine verkrampften Gesichtsmuskeln sprechen dafür. Da sein gefesselter Körper in Richtung des Mannes auf dem Bett gedreht ist, könnte es durchaus sein, dass er zusehen musste, wie sein Arbeitskollege oder Kumpel ermordet wurde.«

»Spekulation.«

Melek Arslan zuckte mit den Schultern. »Herr Hauptkommissar, wenn ich Sie jetzt fragen dürfte, ob –«

»Warum hat keiner was gehört? Diese Quälerei hat sicher länger gedauert, das Fenster steht offen!«

»Der am Boden hat ein Tuch im Mund, konnte nicht schreien, und der auf dem Bett könnte, wie vermutet, nicht bei Bewusstsein gewesen sein. Das Fenster könnte der Täter erst kurz vor seinem Abgang geöffnet haben. Aber auch das ist nur Spekulation.« Sie warf Heinz einen Blick zu, der tatendurstig wirkte.

Eine weitere Frau kam zu ihnen. Dörte Fein, die Leiterin der Spurensicherung, Chefin und Koordinatorin für die vielen unterschiedlichen Labors. Sie trug einen weißen Ganzkörperanzug, sah wie eine Astronautin auf Mondbesichtigung aus.

»Wenn du und Dr. Dämmers die Leichen freigegeben habt, Heinz, würde ich gerne die ganze Matratze samt Bettzeug ins Labor bringen lassen. Die Stichwunden müssten dem Mann direkt auf dem Bett zugefügt worden sein, also ist die Chance, etwas vom Täter darauf zu finden, groß.«

Heinz nickte.

Thomas erhob sich, die Gruppe zwischen den Leichen wurde größer, der Platz eng. Er nickte der jungen Türkin zu. Heinz registrierte, dass sich die beiden schon kannten.

»Der Typ am Boden ist mit einer einfachen Paketschnur gefesselt worden, mich wundert, warum er sich nicht befreien konnte. Die lässt sich leicht zerreißen.«

Melek Arslan beugte sich nach hinten, faltete ihre Arme. »Wenn einem beide Arme und die Beine nach hinten gedreht werden, hat man kaum mehr Kraft.«

»Trotzdem. Ich würde versuchen, auf jeden Fall freizukommen.«

»Vergiss nicht den Schock, wenn man auf deiner Haut Zigaretten ausdrückt.«

Heinz mischte sich ein. »Habt ihr welche hier drinnen gefunden? Eine Zigarettenpackung oder Stummel?«

Thomas, Melek und auch Dörte Fein schüttelten die Köpfe. Fein zog die Schultern hoch.

»Wir haben auch noch keinen anderen Gegenstand hier

drinnen gefunden, der auf die Wunden am Körper des zweiten Opfers passen könnte. Aber wir stehen noch am Anfang.«

Die Spurenermittlerin verließ die Gruppe und kehrte zu ihrem Team zurück. Thomas zog die Nase kraus. Der Blutgeruch hatte sich in der letzten halben Stunde intensiviert.

»Wir sollten auf der Straße beginnen. Auf der gegenüberliegenden Seite ist eine Bodega. Nebenan noch ein Lokal. Die Leute dort haben heute Abend sicher draußen gesessen. Vielleicht ist noch ein Neugieriger da, der gesehen hat, mit wem die beiden Kerle hier hochgetrampt sind. Ich schicke ein paar der Streifenpolizisten hin. Ich würde jetzt zuerst zu den Nachbarn unten gehen.«

»Mach das, Thomas. Und nimm unsere Praktikantin hier mit.«

Melek Arslan holte Luft für eine Erwiderung, aber Thomas fasste sie am Oberarm.

Heinz sah sie an. »Um endlich Ihre Frage zu beantworten, Arslan: Ja. Sie werden Ihr weiteres Praktikum an meiner Seite absolvieren.«

Sie erinnert sich.

Es ist der 12. September 1999, die Jahrtausendwende steht bevor. Ihr Vater hat bereits Lebensmittel zu horten begonnen und sich Gaskartuschen zugelegt, die er in der Garage sichert. Er trinkt zu viel, ist reizbar und brüllt ihre Mutter bei jeder Gelegenheit an. Manchmal schlägt er auch zu, aber noch hat er sich und seine Aggression im Griff. Die Falten um den Mund ihrer Mutter sind tief und ihre Augen traurig. Der Blick entfernt, trüb.

Sie selbst ist siebzehn und gestern entjungfert worden.

Mein Gott, krass, endgeil, haben ihre beiden Schulfreundinnen gekreischt, denen sie die Meldung, kaum dass Fred aus ihrem Zimmer und dem Haus ihrer Eltern verschwunden war, direkt am Telefon eröffnet hat, endlich, du alte Jungfer.

Bist du irre? Meine Tochter eine Schlampe? Hätte ihr Vater

außer sich gesagt, er benutzt das Wort gern, hätte es auch für sie genommen, wenn sie es ihm erzählt hätte. Wenn er gerade betrunken gewesen wäre, hätte er ihr dazu noch eine gelangt. Nüchtern war sie noch sein kleines Täubchen, sein Vögelchen. Nicht im Sinne von Vögeln, wie Fred einmal scherzhaft gesagt hat.

Niemals darf sie Papa das erzählen. Er könnte noch Schlimmeres tun. Fred verprügeln, zum Beispiel, obwohl immer nur ihre Mutter herhalten muss. Papa pöbelt gerne in der Kneipe gegen die Regierung, gegen den Staat, gegen die Nachbarn, gegen eigentlich alles, legt sich aber nie mit anderen Kerlen an.

Hat sie auch nicht. Es ihm erzählt. Darf sie nicht. Auf keinen Fall darf er es wissen.

Es war ja Fred, der sie erobert und schließlich Sex mit ihr hatte, den ersten, den ängstlichen und etwas schmerzhaften. Obwohl Fred doch eine Frau hat, die Christiane, die mit beiden Elternteilen befreundet ist. Fred, der Kumpel vom Papa. Von der Arbeit. Vom Kegeln am Feierabend. Kegeln und trinken, das taten Papa und Fred immer gern. Mit dem Fred konnte man Pferde stehlen, auf den war Verlass, der war einer der wenigen Männer, der noch Papas Vertrauen genoss.

Aber Fred hatte sie, die einzige Tochter seines Kumpels, heimlich umworben und umgarnt wie ein Täuberich ein Täubchen eben.

Und überhaupt stand doch fest, dass Fred sich trennen würde von seiner sehr strengen und lustlosen Frau, sie hatten keine Kinder, also würde eine Scheidung leicht und unkompliziert über die Bühne gehen. Dann war er frei, und dann könnte die Sache doch in einer noch nicht definierten Zukunft eine Zukunft haben, wenn sie älter wäre und Fred offiziell umwerben und umgarnen durfte. Auch dann würden ihre Eltern schlucken und Papa extrem toben, aber es wäre ihre Entscheidung, nach ihrem achtzehnten Geburtstag konnte sie machen, was und mit wem sie es wollte.

Es ist kurz nach acht, und Fred ist wieder gekommen. Nicht nur zu ihr, auch in ihr. Nach gestern ist es ihr zweiter Geschlechtsverkehr, diesmal im Stehen, an die Regalwand gelehnt, und am Ende hat sie so laut geschrien, dass Fred ihr den Mund schnell zugehalten hat. Sie sind in der Garage, dort, wo die Lebensmittel sich auf ebenjenen Regalen zu türmen beginnen, man weiß ja nie, was der Millennium-Bug alles ausfallen lassen könnte. Die Scheißregierung verheimlicht doch alles.

Die Wände sind dünn, und keine paar Meter weiter sitzen ihr Vater und Freds Nochfrau und trinken ein paar Bier, das heißt, Christiane trinkt nur Wasser, alles Bier bleibt dem Papa. Der Feierabend hat gerade begonnen, ihre Mutter macht noch Überstunden, wie immer, sie wird dazustoßen, wie Fred in sie stößt, auch das immer und immer wieder, es ist ein lauer Septemberabend, und man kann noch gut auf der Terrasse grillen.

Fred zieht sich die Hose wieder hoch und lächelt sie an, dieses herrliche Grinsen, das sie so liebt und an dem sie sich nicht sattsehen kann. In der dämmrigen Garage, nur letzte Sonnenstrahlen, die sich an dem kleinen Fenster oben mit der Milchglasscheibe brechen, geben Licht, kann sie ihr Herz klopfen hören. Auf Freds erhobenen Mundwinkeln wechseln sich Licht und Schatten ab.

»Es fängt an, dir zu gefallen, was?«

Sie nimmt noch ein Taschentuch von einem der Regale und wischt sich unten trocken, Freds Samen rinnt aus ihr heraus, und sie will nicht mit einem nassen Höschen zurück zu den anderen. »Alles, was du tust, gefällt mir«, sagt sie und wirft das Taschentuch in den Mülleimer.

Sie macht einen Schritt auf Fred zu, der sich von ihr weggedreht hat, um sich eine selbst gedrehte Zigarette anzuzünden, mehr Klischee wie in einem schlechten Liebesfilm geht wohl nicht, denkt sie. Sie umarmt ihn von hinten, schiebt ihre Hände um seinen Leib, und durch das Schlüsselloch der Garagentür kommt ein einzelner Strahl herein, irrt über den Boden im halbdunklen Raum wie ein Geisterlicht über das Moor.

Sie erinnert sich an diesen Sonnenstrahl so deutlich, weil es der letzte Moment in ihrem Leben ist, an dem sie noch wirklich, tief und wahrhaftig, glücklich ist. Später gibt es auch gute Momente in all der Trübsal, die kommen wird, aber so selig, so berauscht, so siegessicher dem Leben gegenüber, das kommt nie mehr zurück.

Sie schließt die Augen, hört ihr Herz, Freds Atem, ein Knacken im Raum und weit entfernt ein Hupen. Alles ist sinnlich und dringt über ihr Ohr in jede Pore ihres jungen Körpers ein, sammelt sich, wird gespeichert.

Fred löst ihre Hände, dreht sich ihr zu, nimmt einen tiefen Zug, und sein Schatten-Grinsen ist jetzt auf Halbmast. »Bevor wir wieder rausgehen, Kindchen …« Er nennt sie so, seit sie ein kleines Mädchen ist, die anderen haben damit schon längst aufgehört, selbst ihr Vater, Fred als Einziger nicht. »Meine Chris ist schwanger.«

Christiane, die Frau von Fred, die bissige und unsympathische, die freudlos trockene, die er seit Jahren nicht mehr anrührt und die darüber froh ist und die doch schon in wenigen Wochen aus Freds Leben verschwinden sollte.

Sie versteht nicht.

»Von wem denn, um Gottes willen?«, fragt sie noch, so dumm, so naiv, sie ist siebzehn, fast schon volljährig, aber in ihrem Herzen noch ein Kind. Dass die Zeit der Gutgläubigkeit, der Märchen schon längst zu Ende war, wollte sie in der vollgestopften Garage nicht glauben.

Fred zieht wieder an seiner Selbstgedrehten. Gleichzeitig beginnt er von einem auf das andere Bein zu treten, Ungeduld breitet sich in seinem Körper aus. »Kindchen, jetzt bleib realistisch. Von mir. Wenn's recht ist.«

Wenn es recht ist? Wie kann ihr das recht sein, wo sie doch in einer greifbaren Zukunft diejenige sein wollte, die ihm ein neues Glück schenken wollte, vielleicht mit einem oder zwei Kindern? Phantasien eines Teenagers.

Ihr Herz bleibt für eine kurze Weile stehen. Zumindest empfindet sie es so. Dann galoppiert es davon. Springt über alle Zäune ihrer zerstörten Hoffnungen. Sie atmet ein und will noch etwas sagen, aber aus ihrem Mund kommt nur ein kleines, stoßartiges Wimmern. Noch eines. Dann hebt sie die Hände in seine Richtung.

»Kindchen, mach mir jetzt keine Szene, ja. Du weißt doch, ich mag dich.«

Gestern hat er sie noch geliebt und begehrt. Keine andere jemals so wie sie. Keine vor ihr und niemals mehr eine nach ihr. Gestern, da hat er am ganzen Körper gezittert, als er ihr das Kleid ausgezogen hat und ihre Schenkel geteilt. Hinterher seinen Kopf in ihren Brüsten vergraben und ihr ewige Liebe geschworen. Ewige Liebe. Ja, dieses Wort, aus Freds sonst eher grobem Mund. Gestern erst. Gestern und all die Monate, Wochen, Tage zuvor, oh ja, sie hat sich recht wacker und lange geweigert, aufgespart für eine große Liebe, zu der sich Fred am Ende gemacht hat. Oder zumindest hingelogen hat, wie es jetzt scheint.

»Ich geh jetzt raus, sonst suchen uns dein Vater und meine Chris noch.«

Seine Chris. Fred und seine Chris. Christiane, die schwanger ist.

Ihre Hände bleiben oben stehen, als ob sie flehen wollte, ihn zurückflehen, seine Liebe erflehen, ihn anflehen, doch nicht so grausam zu sein zu ihr, sie ist verletzlicher, als sie sich gibt. Jünger, unberührter im Fühlen und Denken, als es ihrem Entjungferer bewusst ist.

»Ich könnte es erzählen … alles … dem Papa … der Christiane … auch allen anderen … ich könnte es sagen. Vielleicht tu ich es auch jetzt gleich.«

Ihre Stimme klingt piepsig, so klein. Als wäre sie fünf oder sechs und würde ein anderes Kind verpetzen. Sie meint nicht wirklich, was sie sagt, aber braucht eine Gegenwehr.

Schon an der Tür dreht er sich noch mal um. »Wenn du es meiner Chris oder deinem Vater erzählst, bring ich dich um. Klar? Es ist nicht schade um kleine Schlampen wie dich.«

Das gibt ihr den Rest. Ihre Knie werden weich, und sie geht nach unten, knallt mit den Kniescheiben auf den harten Garagenboden, diese Knie haben noch Tage später blaue Flecken vom Aufprall. Nichts in den siebzehn Jahren hat sie auf so was vorbereitet, niemand sie vor so was gewarnt. Ihre trübe Mutter nicht, nicht ihr trinkender Vater. Es ist wie die Verwandlung eines braven Mannes in einen fleischfressenden Zombie oder eines der anderen Wesen aus der Zwischenwelt in den Blockbustern, die sie so gern mit ihren Freundinnen guckt.

Fred hat ihr einen Dolch ins Herz gebohrt, der dort stecken bleibt.

Immer noch steckt. Keiner hat ihn wieder rausgezogen.

Sie fragt sich, was sie damals ihren beiden Freundinnen erzählt hat? Endgeile Lügen? Oder wie sie den ganzen langen Abend danach noch mit ihren Eltern und dem glücklichen bald Neu-Elternpaar Fred und Chris auf der Terrasse sitzen konnte, ohne zu schreien? Sie weiß nur noch, dass sie nichts gesagt hat. Nie. Obwohl sie sich nicht vorstellen kann, dass Fred ihr wirklich etwas angetan hätte. Oder? Hatte sie danach Angst gehabt?

Das weiß sie nicht mehr. Aber sie weiß, dass sie ihn nur ein Jahr später, als Fred mit seiner Chris und dem kleinen Sohn nach Spanien ausgewandert ist, noch mal auf einer der Toiletten am Flughafen gevögelt hat. Bei den Damen. Ganz spontan, beim Verabschieden der Familie. Sie ihn. Nicht umgekehrt. Oder? Christiane hat sie später noch so angesehen, als ob sie es wüsste, aber nichts gesagt.

Danach, als Fred mit Familie fort war, hatte sie versucht, sich umzubringen mit Schlaftabletten, aber es klappte nicht, sie war nach einem tiefen Schlaf einfach wieder aufgewacht, das Leben ging weiter. Die Freundschaft zwischen Fred und seiner Chris und ihren Eltern verlief sich auf die Distanz schnell, erst Jahre später hatte sie wieder Kontakt mit ihm, an einem völlig anderen Ort.

Sie erinnert sich an Fred, während sie in der Menge steht, zwischen all den Schaulustigen und Gaffern, die ihre Handys in die Höhe halten und Bilder machen. Die Juninacht ist herrlich lau, die Menschen mögen sommerliche Spektakel. Es ist Dienstag, und trotzdem muss offenbar keiner morgen früh zur Arbeit.

Zwei Tragen werden aus dem Haus in der Kaiserstraße geschoben, darauf jeweils eine schwarze Plane, darunter ein Körper zu erkennen. Die Frau neben ihr kichert völlig unpassend.

Mehrere uniformierte Polizisten machen hinter der Absperrung Platz für den Leichenwagen, der vorgefahren ist. Sie schaut auf ihre Uhr, es ist kurz nach elf. Zeit, nach Hause zu gehen. Sie muss morgen früh raus, ihre Arbeit beginnt schon vor acht.

Sie sieht nach oben in den Nachthimmel, denkt an das Gefühl der ersten Lust, denkt an den Schmerz der ersten Liebe. Keines von beiden hat sie je wieder in solch einer Intensität erlebt. Die Frau neben ihr kichert wieder, und sie beschließt, doch noch zu bleiben.

Fred, denkt sie weiter, oh mein Fred, mein erster Geliebter, der mich lehrte, dass die Liebe kurz sein kann, wenn sie nur aus Begehren besteht. Die Jahre sind wie ein Sandsturm dahingefegt, und ich stehe immer noch hier und weiß, wie man die Beine breit macht.

Ich kleine Schlampe.

✂

Es war drei Uhr morgens, als Heinz Baldur die Tür zu seinem Büro schloss. Er machte kein Licht an, öffnete das Fenster und ließ die laue Juniluft herein. Auf der Straße vor dem Polizeipräsidium lief eine Gruppe junger Leute vorbei, sie lachten laut, und einer prostete den anderen zu.

Fast wie Urlaub, dachte Heinz, als ob ich in einem kleinen Hotelzimmer im Süden wäre, und ein Stück weiter vorn liegt das Meer.

Er tastete sich an seinem Schreibtisch vorbei zur sogenannten Besuchercouch, einem zweiteiligen Ikea-Möbel neben einem Aktenschrank, beides hatte schon bei der Büroübernahme hier gestanden. Heinz streckte sich lang, und seine Beine hingen über.

Nicht wie zu Hause, dachte er weiter und fragte sich, warum er hierhergekommen war und nicht schon längst Am Dornbusch in seinem richtigen Bett lag.

Weil das hier doch zu Hause ist, noch bist du in dieser Stadt nicht angekommen. Immer noch nicht. Taumelst im Niemandsland zwischen Köln und Frankfurt. Dort kannst und willst du nicht mehr leben, hier findest du keinen neuen Halt.

Und immer wieder dieser Dialog zwischen ihm und ihm. Er mochte es nicht, sich mit sich selbst zu unterhalten, tat es aber in stressigen Zeiten doch immer wieder.

Dir fehlt ein Freund, wieder das Du in der Anrede an sich selbst, aber den hattest du auch in Köln nicht, wenn wir ehrlich sind. Nie. Frauen ja, aber keine der Beziehungen zum anderen Geschlecht war je freundschaftlich, und richtige Freunde … weniger, eher gegen null. Wenn, dann ein paar Bekannte, Arbeitskollegen.

Der sogenannte Bekannte der beiden getöteten Männer fiel ihm ein. Er selbst hatte Pirlo, den einzigen Zeugen, noch nicht zu Gesicht bekommen, die Informationen nur aus zweiter Hand, Praktikantinnen-Hand. Pirlo, der Arbeitskollege, der sein Apartment seinen Möchtegern-Kumpels gegen Unterstützung in der Bank hergeliehen hatte, als Stundenapartment für ein amouröses Abenteuer. Hatte die Leichen entdeckt und war umgekippt. Lag mit Beruhigungsmitteln vollgepumpt im Krankenhaus, morgen müsste er wieder ansprechbar sein. Nach der Besprechung würde er mit Melek Arslan direkt ins Krankenhaus fahren. Seine Aussage auf sich wirken lassen, ihn eventuell als ersten Verdächtigen ausschließen, mal sehen, ob das schon möglich war.

Die Spurensicherung brauchte außerdem die Fingerabdrücke und eine DNA-Probe von diesem Zeugen, um sie mit fremden Spuren in der Wohnung abzugleichen. Heinz glaubte nicht, dass der Mann so schnell dorthin zurückkommen würde, nicht nach dem Anblick.

Auch die Ehefrau von Hugo Jeer hatte medizinisch versorgt werden müssen, als sie am Tatort aufgetaucht war, bleich, aufgequollen vom Weinen, fassungslos. Ein Teenagerjunge hatte sie begleitet, sein Gesichtsausdruck war die ganze Zeit über nur grimmig geblieben, als hasste er seinen Vater schon dafür, auf diese Art und Weise abzutreten. Die Frau des zweiten Opfers hatten sie nicht erreicht, nur die Mailbox war angegangen, als Thomas Habermann sie zu verständigen versucht hatte, sie hatte also noch Schonfrist, bevor die Schreckensmeldung sie erreichen würde.

Morgen würden hoffentlich beide betroffenen Ehefrauen für eine Aussage zur Verfügung stehen. Vielleicht stellte sich heraus, dass die eine oder andere ihren untreuen Mann in flagranti erwischt und zur tödlichen Sühne gezwungen hatte? Oder sie hatten sich zusammengetan an diesem Abend. Quatsch, um inzwischen halb vier Uhr morgens sollte man keine haarsträubenden Thesen aufstellen.

Fest stand nur, dass die beiden Männer nicht allein in das Apartment gegangen waren, um sich zu amüsieren, die fremde Wohnung hatte einem Abend der freien Liebe dienen sollen. Wenn sich die Männer Prostituierte vom Hauptbahnhof angelacht hatten, konnte auch ein Zuhälter im Spiel sein. Aber warum sollte der die Freier quälen und dann seine Kundschaft töten? Wäre schlecht für das Geschäft, die ganze Aufregung. Kollegen hatten sich dort bereits mit ersten Informationen versorgt, waren unverrichteter Dinge zurückgekommen, keine der Damen und Herren an den speziellen Standorten hatte mit den schnell gemachten Bildern der Opfer etwas anfangen können.

Erste vage Schritte.

Auch auf den Anruflisten der iPhones der Männer keine obskuren Nummern, die der Ehefrauen als letzte gelistet, beide hatten jeweils noch die Gattin angerufen. Diese teuren Mobilteile hatten achtlos auf einer Kommode gelegen. Dafür fehlten die Zigarettenstummel. Auch die Tatwaffen. Und die Kleidung der Männer. Nur die iPhones auf der Kommode.

Hatte das einen Grund? Da passte schon mal etwas nicht zusammen. Interessierte sich der Täter nicht dafür, oder hatte er die Handys beim Säubern des Tatorts in der Aufregung vergessen? Bei einem Raubüberfall hätte man die wertvollen Telefone nicht liegen gelassen, das stand fest. Aber bei einem Raubüberfall wurde nicht gefoltert, also auszuschließen? Die Geldbörsen und Schlüssel hatten sie allerdings auch nicht gefunden. Vielleicht nur, weil sie in den jeweiligen Hosen oder Jacketts steckten? Alles ordentlich aufgeräumt, weggeschafft, schon entsorgt.

War das schon ein Hinweis in sich?

Um den Tatort mussten weitläufig die Mülleimer durchsucht werden.

Heinz drehte sich auf die rechte Seite, ein lauer Windhauch kam vom Fenster herein. Bei all den Verletzungen und dem Blut mussten Spuren hinterlassen worden sein. Dörte Fein hatte in den Labors viele Möglichkeiten der Analyse. Einige ihrer Mitarbeiter waren sicher immer noch an den Fundstücken aus der Mansardenwohnung dran. Mit Glück ging es in den nächsten Stunden schon voran, er würde Bescheid bekommen, sein Handy lag auf dem dreieckigen blauen Tisch, ebenfalls Ikea, neben der Couch.

Die Aufregung war so riesig, kein Wunder, je spektakulärer, desto größer die Schlagzeilen, die Internetposts. Arslan hatte ihn auf ihrem iPad schon einiges lesen lassen, unfassbar, die wilden Ideen, vom gegenseitigen Männermord wegen des Neumonds bis hin zu einem bestellten Mord durch eine frustrierte Kundengruppe der Commerzbank war die Rede.

Je schneller der Fall gelöst wurde, desto schneller konnten sich alle wieder auf die nächsten Schlagzeilen stürzen. Schade, dass sich niemand, der eine so brutale Tat beging, vorher mit Namen und Anschrift vorstellte.

Mördervisitenkarten. Wäre auch eine Meldung wert. Aber sicher gab es auch so etwas schon im World Wide Web. Er war kein Freund der neuen Medien, fand aber sein Handy im Allgemeinen und die Möglichkeit, einen Billigflug nach Wien im Netz zu buchen, im Speziellen, praktisch. Heinz kaute in der Dunkelheit an seinem Daumennagel.

Sein Gefühl stellte sich gegen seine Wünsche, sagte ihm, dass es lange dauern könnte bis zu einem Abschluss des Falls.

Es arbeitete weiter in seinem Kopf. Die Befragungen der anderen Bewohner des Hauses, die alle nichts mitbekommen hatten von oben. Er ging ihre Namen mit ihren Gesichtern durch, suchte nach einem Zucken, einem auffälligen Augenzwinkern, einer Reaktion, die vermuten ließ, dass einer von den Nachbarn nicht die Wahrheit gesagt haben könnte. Doch da war nichts bei ihm hängen geblieben.

Ihm fielen seine beiden Schritte ein, da an der Treppe, die

er wieder vom Tatort weggegangen war. Davonlaufen, das war sein erster Impuls gewesen. Er überlegte in der Dunkelheit, ging zurück bis kurz vor dem Abend mit Rita, und es war tatsächlich wahr, seither war dieser Fall hier seine erste Mordermittlung. Hatte er Angst davor gehabt, sich seinen ersten Leichen zu stellen, nachdem er selbst fast zu einer geworden wäre? In all seinen Berufsjahren hatte er weiß Gott einige grausige Tatorte gesehen, da reihte sich dieser nahtlos ein. Und hier in Frankfurt waren die Messerstecherei und die anderen Delikte, in denen er ermittelt hatte, auch nichts für empfindliche Mägen gewesen.

Warum also sein Fluchtimpuls?

Manfred Fahrenkauf, der am Bett verblutet war, hatte auch keinen unternommen. Wenn morgen früh die ersten Befunde aus der Rechtsmedizin kamen, würde man zumindest wissen, ob der Mann ohnmächtig oder betäubt gewesen war. Hugo Jeer, der am Boden, der mit dem zertrümmerten Hinterkopf, war bei Bewusstsein gewesen bis zu seinem Ende. Hatte sicher versucht zu schreien, war mit dem Geschirrtuch im Mund zugestopft gewesen wie eine Weihnachtsgans. Das Geschirrtuch hatte der Täter nicht mitgenommen, es befand sich mit den anderen Beweisstücken schon auf dem Weg ins Labor und war, so wie Heinz Dörte Fein bis jetzt kennengelernt hatte, wahrscheinlich schon in viele kleine Teile zerschnitten, die durch die Abteilungen wanderten und unter Mikroskopen begutachtet wurden.

Vielleicht sollte er aufstehen und sich auf den Weg dorthin machen, vorher im Labor anrufen, sein Kommen ankündigen. Vielleicht Thomas wecken und diese hübsche Türkin, diese Praktikantin, die ihm mit ihrer Art gefiel, und zusammen mit den beiden dorthin?

Doch in Wahrheit würde die Auswertung noch dauern, mit Glück bekamen sie erste Ergebnisse morgen um acht bei der Besprechung. Morgen würde die gesamte Truppe dabei sein, die Kollegen von der Hauptwache, die als Erste am Tatort gewesen waren, ebenso wie Dörte Fein und Dr. Gabriele Dämmers. Das Kernteam aber würden Thomas und er persönlich sein, vorerst. Nein, auch Melek Arslan würde er dazunehmen. Das stand für Heinz bereits fest.

Er drehte sich auf der schmalen Couch, schon jetzt meldete sich sein Rücken. Immerhin musste er morgen früh nur die paar Stockwerke nach unten in den Konferenzraum. Er würde bleiben, eine Zahnbürste und ein frisches Hemd lagen in dem Aktenschrank neben seiner ungemütlichen Schlafstätte. Es war nicht das erste Mal, dass er hier übernachtete, und die Kollegen sollten es ihm morgens nicht ansehen.

Zurück zu den zwei Schritten. Weg vom Tatort.

Überbewertete er seine Erstreaktion? Hatten ihm nur die Zeilen an Rita noch zu schaffen gemacht, die, wie es jetzt aussah, nie ein vollständiger Brief werden würden? Nein, jetzt nicht wieder Rita. Seine Magennerven zuckten schon. Zurück zu dem Verbrechen.

Drinnen im Apartment, beim Anblick der Leichen, war er völlig ruhig geblieben, der »leiwande Herr Inspektor«, wie seine Mutter ihn im Wiener Slang manchmal nannte, der Sohn, der herumschnüffelte und die Bösen fing. Der »Kieberer«. Hatte sie es schon in den Spätnachrichten gesehen? Die Presseleute waren wie die Schaulustigen von Minute zu Minute mehr und aufdringlicher geworden. Ihm graute jetzt schon vor der ersten Pressekonferenz, die, wie er den Polizeipräsidenten kannte, der immer gern offensiv und rasant auf die Medien zuging, wahrscheinlich schon morgen Nachmittag stattfinden würde, konkrete Ergebnisse hin oder her.

All das morgen ... nein, in Wahrheit schon heute, denn der neue Tag hatte schon längst begonnen. Mit Glück würde er gerade noch drei Stunden Schlaf finden. Auch in der nächsten Zeit, bis ein Fahndungserfolg da war. Sein erster Mordfall hier in Frankfurt.

Seine ersten »Toten« nach Rita.

Stopp!

Bin ich noch gut genug?

Das wirst du schon merken, Hauptkommissar!

Er hasste diese Selbstgespräche.

Heinz driftete hinüber in seine drei Stunden Schlaf. Er hatte sich verändert, langsam, stetig, in diesem Jahr eins nach dem Gift. Nicht zum Besseren. Ein Gesicht tauchte vor seinem inneren Auge auf, verschwommen, es war halb und halb, kalt und freundlich, alt und jung, vergangen und im Jetzt, ein Helfer und ein Dämon in einem. Dann, klarer, erschien doch Rita wieder, ungerufen, unzerstörbar, mit einem Glas Wein in der Hand.

Soi Moache tat wäj, wie es auf Hessisch hieß, er stöhnte im Schlaf leise.

✂

Tatsächlich genau um dieselbe Uhrzeit, als Hauptkommissar Heinz Baldur auf der unbequemen Besuchercouch in seinem Büro im Polizeipräsidium in der Adickesallee hinüber in seinen kurzen Schlaf sank, sank ein anderer Heinz, also vielleicht Heinz 2, seines Zeichens Hauptoberkellner – nein, nicht wirklich, aber er bezeichnete seinen Beruf gern als solchen –, nach seinem Orgasmus von einer jungen, drallen Frau herunter und schmatzte laut und heftig.

Bumsen war, wie eine Rindswurst an der Gref-Völsings-Imbissbude zu essen, nur dass man dort das leckere Würstchen in sich hineinschob, während man beim Geschlechtsverkehr sein leckeres Würstchen woanders hineinschob. Er liebte beides. Für die Rindswurst fuhr er von seiner Arbeitsstätte, dem Greens, einem Restaurant für vegane Küche samt Saftbar, ungefähr zwanzig Minuten, dann noch mal zwanzig, bis er bei sich zu Hause war. Doch der Umweg nach Feierabend zahlte sich jedes Mal aus.

Gut, heute war er viel länger, als er musste, im Greens geblieben, aber die Aufregung um das Verbrechen im Haus schräg gegenüber dem Restaurant hatte ihn genauso erfasst wie die Gäste im Laden. Zuerst die Sirenen, dann die Polizei- und Rettungswagen, die die Gäste aufgeschreckt hatten, und dann das schnelle Gerücht, es habe ein Massaker in der Kaiserstraße 22 stattgefunden. Allein schon dieses Wort klang saftig, sicher nicht vegan.

Leider hatte schon kurze Zeit später die Polizei die Straße vor dem Haus völlig abgesperrt und den vielen Schaulustigen den

Blick auf gegenüber verstellt, aber er war trotzdem geblieben, hatte mit seinem Smartphone nach den neuesten Tweets und Postings geguckt und selbst auch ein, zwei Fotos geschossen. Dann hatte er sich an die Saftbar gesetzt und sich noch einen Gemüsecocktail einverleibt, was Stärkeres servierten er und seine Kollegen nicht im Greens.

Das Blondchen war kurze Zeit später aufgetaucht, hatte den Platz neben ihm eingenommen. Sie war ihm vage bekannt vorgekommen, es konnte sein, dass er sie schon mal bedient hatte. Wie er sich kannte, hatte er sicher länger auf ihre Brüste geguckt als in ihr Gesicht. Sie wirkte aufgewühlt und hatte sich einen Tomatensaft bestellt. So rot, dass er gleich wieder an das Wort Massaker denken musste.

»Harte Sache wohl da drüben?«

So hatte er eröffnet, und von seiner ersten Frage bis zu der Entscheidung der drallen Blondine, mit ihm mitzukommen, waren nur erstaunliche zwanzig Minuten vergangen. Sie waren schnell zur Sache gekommen, und jetzt hätte er tierische Lust auf eine Rindswurst, so mitten in der Nacht, nach einem doch recht anständigen Fick.

Er hörte, wie das Blondchen auf dem Klo verschwand, und bis es die Spülung betätigte, versuchte er, sich an den Namen zu erinnern. Egal. Wenn das Mädel Lust hatte, würde er es auch noch einmal tun, eine gute Ablenkung von seiner Würstchenphantasie, und wenn der Morgen kam, würde er weitersehen.

In der Dunkelheit des Schlafzimmers sah er nur ihre Konturen, als sie zurück zu ihm ins Bett stieg. Doch statt Haut spürte er Jeansstoff an seinen nackten Schenkeln, schade, sie musste sich auf der Toilette wieder angezogen haben, also würde es wohl bei der einen Runde bleiben.

Was hältste von 'ner zweiten Reiterei? Wollte er trotzdem fragen, Hosen konnte man auch ein zweites Mal abstreifen, als er etwas Spitzes an seinem Hals fühlte. Spitz, kalt und schmerzhaft in seine Haut bohrend.

»He, was soll das denn jetzt?«, fragte er stattdessen, und seine Hand ging nach oben, um den Arm seines One-Night-Stands zu packen.

»Wenn du mich noch mal anfasst, dann treib ich dir das Teil in die Gurgel. Das geht schneller, als du denkst.«

Er wollte noch lachen, aber der spitze Gegenstand bohrte tiefer, es tat weh, erschreckend weh, und seine Hand erstarrte in der Bewegung. Ich bin doch ein Kerl, dachte er noch, ich müsste mich doch wehren können, aber kein Muskel an seinem Körper bewegte sich, nur der Schmerz strahlte von seinem Hals aus über seinen gesamten Oberkörper und Kopf.

Bist du bescheuert, Tussi? Bist du krank im Kopf, Schnepfe? Hilfe! Und bitte, hör auf!

All das wollte er sagen, atmete aber nur schneller. Er versuchte, in der Dunkelheit ihr Gesicht zu erkennen, aber sah nur einen schwarzen Schatten vor sich aufragen, fühlte nur die Spitze an seiner Kehle.

»Jetzt hab ich dir eine zweite Runde versaut, was?«, fragte der One-Night-Stand den völlig geschockten Oberkellner aus dem Greens. Dann fing sie schallend zu lachen an, und das spitze Teil war so schnell von seinem Hals verschwunden, wie es aufgetaucht war. Nur ein heftiges Brennen und Klopfen blieb zurück.

Sie stand auf, entfernte sich vom Bett. Heinz 2 konnte sich immer noch nicht bewegen. Wenn das ein Scherz war, war es einer der schlechtesten gewesen, die er in seinem ganzen Leben mitbekommen hatte. Er sollte der Tussi eine scheuern. Vielleicht später, wenn die Angst ihn nicht mehr im Griff hatte.

»Für heute Nacht genug.« Sagte sie laut in der Dunkelheit. Sie stieß wogegen und fluchte leise. »Wenn du jemandem von unserem Ritt erzählst, komme ich zurück. Ich weiß ja jetzt, wo du wohnst.« Ein leises Lachen, das keine Freundlichkeit besaß.

Dann war sie im Flur.

Heinz 2 fand keine Stimme, mit der er ihr hätte antworten können. Er hörte, wie der Schlüssel an der Tür gedreht wurde. Die Tür ging auf und zu, ein kurzer Lichtstreifen jagte über Boden und Bett. Im Augenwinkel konnte er eine Gestalt verschwinden sehen.

Danach hörte er nur seine Atemzüge, und es dauerte noch

eine ganze Weile, bis er es wagte, sich wieder zu bewegen. Erst die Finger, dann die Hände, schließlich drückte er den ganzen Körper auf und ab, um wieder ein Gefühl zu bekommen. Er fuhr sich an den Hals, an die Stelle, an der ihm diese bescheuerte Schnepfe die kalte Spitze in die Haut gebohrt hatte. Die Stelle fühlte sich heiß und wund an, er stöhnte.

Er stand auf, taumelte zur Tür, schloss ab, drehte den Schlüssel zweimal um, falls sie es sich überlegte und zurückkam. Schleppte sich zurück ins Bett.

Das Massaker fiel ihm ein.

Massaker!

Allein nur dieses eine Wort kroch zu ihm unter die Decke. War nicht mehr saftig, sondern nur noch beängstigend. Plötzlich begann er zu zittern, all seine Muskeln zitterten in der Dunkelheit, die großen wie die kleinen. Er drehte sich zur Seite und begann zu schluchzen.

»Wo bist du?«

»Nur weil wir jetzt zusammenwohnen, bin ich nicht deine Sklavin, okay?«

»Du bist die ganze Zeit nicht ans Handy gegangen, ich hab's immer wieder probiert, ich dachte … ich sterbe hier.«

»Jetzt rufe ich doch zurück, oder? Und du klingst noch lebendig.«

»Jetzt ist es zu –«

»Zehn Anrufe? Tickst du noch richtig? Hatte das Phone abgestellt. Hab mich durchnudeln lassen. Herrlich. Ich bin auf dem Weg. Scheiß dir nicht in die Hose. Ich sitze in der U-Bahn. Die fährt nachts nur selten, hab lange gewartet. Und bei dir? Alles gut?«

»Wenn du meinst, dass ich alles mitgenommen habe und hoffentlich an alles gedacht habe, ja.«

»Dann ist doch alles super. Warum diese Aufregung?«

»Wenn wir was vergessen –«

»Quatsch.«

»Aber –«

»Hast du den Anzug waschen können?«

»Kaltes Handbad.«

»Oh, das hätte ich versaut. Ich hätte alles in die Maschine getan.«

»Ich dachte –«

»Was?«

»Ich dachte, du würdest hinterher … ich meine, du warst plötzlich weg, und ich dachte –«

»Alles gut. Alles super. Ich hab's überall schon lesen können. Alles redet, alles schreit, alles spekuliert. Gott, ist das geil. Gleich wieder. Geh ins Netz, schau es dir an.«

»Spinnst du?«

»Was denn?«

»Gleich wieder! Was du redest.«

»Na schön, dann in einer Woche. Wo liegt der Unterschied?«

»Wir sollten nicht –«

»Die beste Geschichte bisher.«

»Dann erzähl sie mir.«

»Im Haus!«

»Was?«

»Im Haus. Das ist es. Ich hab drüber nachgedacht. Und ich hab da einen im Auge.«

»Das ist nicht gut.«

»Der wird dir gefallen. Verheiratet, vier Kinder, aber so was von versaut. Ein Scheiß-Heuchler. Bilderbuchmäßig.«

»Das ist nicht gut.«

»Doch. Ist gut. Ist mega. Das gibt eine Geschichte zur Geschichte. Die Storys unseres Lebens. Die können wir uns in Jahrzehnten noch erzählen. Oder wir schreiben einen Blog, schreiben ein Buch drüber.«

»Du bist aufgedreht, nicht bei Sinnen. Bitte komm einfach nach Hause, dann reden wir. Bitte.«

»Komisch.«

»Was?«

»Früher war ich es, die dich –«

»Was? Es ist so laut, ich kann dich kaum verstehen.«

»Ich bin wieder am Bahnhof. Steig aus. Will doch noch mal die Straße runterbummeln.«

»Warum das denn?«

»Wegen der Geschichte. Noch mal die Story einatmen im Vorbeigehen. Alles lief so geil.«

»Aber dann komm endlich heim. Bitte, bitte.«

»Wie du bettelst. Wie ängstlich du klingst. Anders als früher. Hast dich gedreht. Von cool auf Memme. Der eben hat das auch getan. Betteln, ekelhaft. Lass es sein, ja?«

✂

Zehn nach acht.

Melek kam zu spät. Seit sie immer mal zwischen Wiesbaden und Frankfurt pendelte, war ihr das mit der S-Bahn schon ein paarmal passiert. Aber bitte nicht heute Morgen, hatte sie noch in der Bahn gebetet, als diese auf offener Strecke angehalten hatte und eine Viertelstunde lang nichts vorangegangen war.

Sobald sich dieses Hinterherhinken eingeschlichen hatte, wurde sie es nicht mehr los. Am Universitätsklinikum hatte sie zu der frühen Zeit noch auf den behandelnden Arzt von Manuel Pirlo warten müssen. Thomas Habermann hatte sie gestern noch beauftragt, vor der Besprechung persönlich vorbeizufahren, nach dem Zustand des Zeugen zu fragen, ihn noch mal zu vernehmen, wenn es ging. Immerhin war der Mann ansprechbar gewesen, sonst gab es aber leider keine weiteren Neuigkeiten.

Kurzerhand entschloss sie sich, die Tür leise aufzumachen und sich hineinzuschleichen, vielleicht, wenn sie Glück hatte, fiel es nicht weiter auf. Sie strich sich nervös die dunklen Haare aus der Stirn und drückte dann die Türklinke vorsichtig nach unten. Langsam, ganz langsam, ein wenig, wie wenn man bei Mikado das Stäbchen hebt.

»Wenn Sie direkt aufmachen, dauert es einige Sekunden weniger, und die Mannschaft hier starrt nicht fasziniert zur Tür, anstatt mir zuzuhören.«

Verdammt. Melek merkte, dass ihr die Hitze in die Wangen

schoss. Schnell machte sie die Tür auf, und tatsächlich blickten ungefähr zwanzig Personen, die ungeordnet auf Stühlen um einen lang gezogenen Tisch saßen, in ihre Richtung.

»*Üzgünüm!*«, sagte sie rasch in die Kollegenmenge, merkte nicht einmal, dass sie Türkisch gesprochen hatte.

»Morgen, Arslan.«

Hauptkommissar Heinz Baldur stand am hinteren Ende des Tisches, hatte die Hemdsärmel aufgerollt und sah müde aus. Im Konferenzsaal selbst war es stickig, dieser Juni brach einen Hitzerekord nach dem anderen. Schon heute am frühen Morgen, Tag eins nach dem Massaker, hatte das Thermometer über zwanzig Grad angezeigt.

»Herrschaften, das ist Melek Arslan, unsere Praktikantin. Sie absolviert ein duales Studium beim BKA in Wiesbaden, wird in zwei Jahren eine von uns sein und ab sofort mich und unser Team bei den Männermorden in der Kaiserstraße unterstützen. Und keine Sorge, *I did not have sexual relations with that woman* …«

Zwei Drittel der Anwesenden lachten, Melek verstand die Anspielung überhaupt nicht, das würde sie später wohl googeln müssen.

»Nehmen Sie sich meinen Stuhl, ich stehe ohnehin.« Meleks neuer Boss grinste über seinen eigenen Witz, er wirkte trotz der Müdigkeit um seine Augen tatendurstig und mit den Bartstoppeln am Kinn ein wenig wie ein Haudegen aus den alten Western.

Melek nickte allen zu und umrundete den Tisch, bis sie bei Heinz Baldur war. Sie zog den Sessel zur Seite, setzte sich und holte das iPad aus ihrer Tasche. Heinz zeigte gerade auf eine Tafel, auf der die Fotos der getöteten Männer von gestern Abend angebracht worden waren. Die Gesichter in Großaufnahme, die Verletzungen im Detail, der Tatort als Gesamtbild.

»Hugo Jeer und Manfred Fahrenkauf. Jeer Anfang, Fahrenkauf Mitte vierzig, beide verheiratet mit je einem beziehungsweise zwei Kindern. Fahrenkauf in der Commerzbank als Berater tätig, Jeer als freier Mitarbeiter. Sie hatten sich zu einem Schäferstündchen getroffen mit noch unbekannten

Personen, wir gehen von Frauen aus, die sie entweder schon länger kannten, an diesem Abend zuvor kennengelernt hatten oder sich bestellt haben. Wobei mit den iPhones der beiden keine einschlägigen Nummern gewählt worden sind. Diese Person oder Personen, die sich mit den beiden in der Wohnung aufgehalten haben, sind entweder dringend tatverdächtig oder wichtige Zeugen für die letzten Stunden vor dem Mord.«

Einige der Kollegen scrollten über Displays und lasen in den ersten Berichten, die über das Intranet der Polizei verschickt worden waren, mit. Ein paar wie Melek tippten Notizen, einige schrieben mit der Hand auf Blöcken, Einzelne sahen einfach nur auf die Tafel.

Ein älterer Mann mit weißem gekräuselten Haar hob die Hand. »Hat die Commerzbank sich schon zum Tod der Mitarbeiter geäußert? Anlageberater leben in der heutigen Zeit gefährlich.«

Thomas Habermann, der auf der Längsseite in der Mitte saß, sprang Heinz bei.

»Außer den üblichen Beileidsbekundungen noch nichts. Für das Wochenende hat man uns Zugang zu allen Geschäftsoperationen und Kunden der Opfer versprochen. Wir hoffen auf eine gute Kooperation. Dazu werden heute und morgen die restlichen Mitarbeiter und die Vorstände befragt.«

»Ein so grausames Verbrechen kommt mir wie ein Racheakt vor.«

Dörte Fein stand mit ihrem Laptop und einem kleinen HD-Projektor in den Händen auf und ging an die Tafel. Sie verband die Geräte und warf statt echter Fotos Bilder an die weiße Wand hinter der Tafel. Größer und noch dichter in der Wirkung.

»Beide Männer wurden vor ihrem Tod gefoltert. Hugo Jeer wurde bei vollem Bewusstsein neunmal eine Zigarettenkippe auf seinem Bauch und Oberkörper ausgedrückt. Durch die Art, wie er gefesselt war, und wegen seines Aufbäumens infolge der Schmerzen hat er sich beide Schultern ausgekegelt. Sein Knebel war eine einfache Stoffserviette, die Fesseln Paketschnur. Leicht zu besorgen oder schon in der Wohnung vorhanden, ausreichend für den Zweck, Schreie und Flucht des Opfers zu verhindern.«

Die Bilder rauschten über die Wand wie aufgeschreckte Fledermäuse.

»Manfred Fahrenkauf hingegen ist sediert worden. Dr. Dämmers hat eine starke Mischung von gängigen, im Internet leicht zu bestellenden Sedativa, also K.-o.-Tropfen, in seinem Blut gefunden. Ihm wurden tiefe Stichwunden an den Oberarmen und im Bauchbereich beigebracht, ebenfalls neun, eine davon direkt in die Genitalien. Er starb infolge des Blutverlustes. Warum er betäubt war und Hugo Jeer bei Bewusstsein, müsste genauso noch geklärt werden wie unsere Vermutung, dass die Zahl neun eine Rolle spielen könnte.«

Melek tippte in ihr iPad und redete zugleich. »Vielleicht haben die K.-o.-Tropfen bei Fahrenkauf zu gut gewirkt und der oder die Täter hatten nicht genug Zeit, zu warten, bis der Mann auf dem Bett wieder zu sich kommen konnte?«

»Oder«, der weißhaarige Ermittler war wieder an der Reihe, »es handelt sich um einen sogenannten Ritualmord, dessen Ablauf wir hier noch nicht herauslesen können.«

Heinz fuhr sich durchs Haar, das danach nach oben stand. »Lasst uns mit Formulierungen wie Ritualmord oder, was ich gestern auch schon gehört habe, Massaker vorsichtig sein!«

Sein Ton war jetzt schärfer geworden, und Melek konnte sich gut vorstellen, wie es sein würde, von ihm zur Schnecke gemacht zu werden.

»Das Internet ist schon voller hirnrissiger Spekulationen, nicht nur die Boulevardblätter gieren nach solchen Schlagzeilen, selbst die seriösen brauchen immer Stoff für Aufmacher. Heute um sechs Uhr abends ist die erste Pressekonferenz angesetzt, und ich hoffe, dass wir bis dahin bereits mit handfesten Fakten aufwarten können.«

Er nahm sich als Pausenfüller eine der Wasserflaschen, die in der Mitte des Tisches neben zwei Kaffeekannen und übereinandergetürmten Plastikbechern standen, und trank einen Schluck. Keiner der Anwesenden sagte etwas. Dann stützte er sich wieder auf der Tischplatte ab.

»Konnte denn Dr. Dämmers in Hugo Jeers Körper auch ein Sedativum nachweisen? Das schwächer war und ihn vor der Folterung aufwachen ließ?«, fragte eine brünette Frau neben Habermann.

»Was ist mit der großen Kopfwunde von Jeers? Die Geschichte mit dem Katzenbiss in der Wunde?« Ein anderer Ermittler am unteren Ende des Tisches.

Eine kurze Stille entstand, und Melek sah auf. Das wäre der Part der Rechtsmedizinerin. Sie konnte Dr. Gabriele Dämmers nirgends sehen.

Heinz Baldur räusperte sich. »Nun, ich muss euch leider mitteilen, dass Dr. Dämmers heute am frühen Morgen auf der Fahrt von der Pathologie hierher einen Autounfall hatte.«

Ein schnelles Raunen ging durch die Kollegenschaft. Heinz hob die Hand. »Entwarnung, Kollegen, sie ist mit einem Schrecken und einem Schleudertrauma davongekommen. Ich habe kurz vor Beginn der Konferenz mit ihr telefoniert. Aber da ich für die nächste Zeit hundertprozentigen Einsatz von allen brauche, habe ich beschlossen, statt Dr. Dämmers den Rechtsmediziner Harro deNärtens, Leiter der Rechtsmedizin in Köln, ins Team zu holen. Er genießt aus meinen Jahren dort mein vollstes Vertrauen und hat bereits eingewilligt, heute noch dazuzukommen. Er müsste schon bald im ICE sitzen.«

Wieder murmelten die Kollegen. Aber keiner sagte einen lauten Satz. Der Fall hatte in den Medien tatsächlich bereits gestern Abend hohe Wellen geschlagen, und sie standen schon jetzt unter hohem Druck. Die Ermittlungen würden viel Kraft kosten.

Melek sah den beleibten Rechtsmediziner vor sich. Es war nun schon einige Zeit her, dass sie noch als Streifenpolizistin in Köln gearbeitet und ihn im Fall einer jungen Frau, die Opfer einer Attacke eines Serienkillers wurde, der in der Stadt aufgetaucht war, kontaktiert hatte. Sie und ihr damaliger Kollege hatten das Opfer gefunden, blutüberströmt, gefesselt, gequält. Ein Anblick, der sie lange danach noch verfolgt hatte. Ähnlich wie die beiden Leichen gestern, nur dass die Frau überlebt hatte. Melek war es gewesen, der die Ähnlichkeit mit einem weiteren Mordfall aufgefallen war, und sie hatte deNärtens Bescheid gegeben. Später, als die Kölner Polizei den Täter gefasst hatte, hatte der Rechtsmediziner angerufen und sie in den höchsten Tönen gelobt. Da schon wollte sie mehr, wollte weg von der Straße. Sie sah sich um und war plötzlich mehr als zufrieden, heute in diesem Team zu sitzen.

Dörte Fein redete schon eine Weile, Melek konzentrierte sich.

»... wir haben bereits einige Spuren bei einem Schnelltest ausgewertet. Leider keine nennenswerten Ergebnisse. Bis zu einer genaueren Analyse wird es aber noch dauern.«

»Und die Katze nicht vergessen. Die interessiert uns alle.« Wieder der Kollege vom Tischende.

Melek dachte an die Pfotenspuren am Boden. Es war makaber gewesen.

Dörte Fein verzog genervt den Mund. »Am Hinterkopf von Hugo Jeer fanden wir Tierhaare. Ja, das ist richtig. Die haben wir noch überhaupt nicht analysiert. Die menschlichen Spuren gehen auf jeden Fall vor. Wir können uns sicher darauf einigen, dass keine böse Mieze die Männer abgeschlachtet hat, um zu einem Chappi zu kommen.«

Kurzes Gelächter, nur der am Tischende winkte ab.

»Da wir von dem Tier reden, das der Wohnungsmieter angeblich gesehen hat.« Heinz wandte sich direkt an Melek. »Arslan, Sie sind an der Reihe. Wie lief es im Krankenhaus?«

»Manuel Pirlo hat ausgesagt, dass er kein Haustier besitzt. Deshalb ist er über den Anblick der Katze zwischen den Toten auch so erschrocken.«

Melek scrollte und suchte ihre Notizen von ihrem frühmorgendlichen Besuch im Universitätsklinikum. Sie merkte, wie sie unter den Achseln schwitzte.

»Der Mann steht immer noch unter Sedativa. Weiter hat er mir nur die Aussage bestätigt, die ich von ihm schon im Krankenwagen gestern bekommen habe. Er kannte die Bekanntschaften der Männer nicht, hat nur seine Wohnung zur Verfügung gestellt. Was solch ein Entgegenkommen unter Kollegen oder auch Vorgesetzten gegenüber angehe, sei er nicht der Erste und nicht der Einzige.«

Ganz zufrieden war Melek mit ihrem ersten Bericht zu den sogenannten »Fremdgängermorden«, wie die Fälle später in den Boulevardblättern betitelt werden sollten, vor dem versammelten Team nicht. Sie hätte Baldur gern mit etwas Neuem überrascht.

Wäre nicht der unterschiedliche Körperbau gewesen, hätte man die beiden Frauen als Zwillingsschwestern bezeichnen können. Beide hatten blond gefärbtes Haar, das am Ansatz dunkler wurde und erste graue Strähnen erkennen ließ. Sie waren beide in einem höheren Mittelstandschic gekleidet, das Make-up dezent, Schuhe und Handtasche aufeinander abgestimmt. Noch dazu hatten beide diese vergrößerten Pupillen, die auf leichte Drogen oder einen kürzlich erlittenen Schock hindeuteten.

Heinz Baldur und Melek Arslan saßen Rosemarie Jeer und Astrid Fahrenkauf in einem kleinen Zimmer im dritten Stock des Präsidiums gegenüber, auf dem schmalen Tisch vor ihnen ein kleines Aufnahmegerät. Es war stickig hier drinnen. Heinz stand auf und kippte eines der Fenster.

Beide Ehefrauen hatten für die Tatzeit ein Alibi. Rosemarie Jeer hatte ihren fünfzehnjährigen Sohn zu einem Schachturnier begleitet, Astrid Fahrenkauf war in Kassel bei ihrer Mutter gewesen. Jetzt ging es darum, eventuelle Kontakte ihrer Männer unter die Lupe zu nehmen.

Der persönliche Laptop von Fahrenkauf war inzwischen zu Hause in seinem Arbeitszimmer gesichert worden und wurde bereits von einem IT-Spezialisten unter die Lupe genommen. Dazu auch sein Computer in der Commerzbank, in Anwesenheit zweier Mitarbeiter. Thomas Habermann war dort und befragte die Kollegenschaft, später würden sie sich im externen Büro von Jeers treffen, um dessen Unterlagen und Kontakte zu durchforsten.

Rosemarie Jeer knüllte ein Taschentuch mit den Fingern beider Hände, sie trug trotz der Hitze ihre helle Bluse bis zum obersten Knopf geschlossen. Ein einzelner dicker Schweißtropfen lief über ihren Hals und verschwand unter ihrem Kragen. Ihre ausladende Oberweite und der volle Bauch hoben und senkten sich schneller als gewöhnlich, und Melek fragte sich, ob die bleiche, übergewichtige Witwe von Hugo Jeer nicht innerhalb der nächsten Minuten kollabieren würde und sie einen Notarzt rufen mussten.

Während sie redete, ging ihr Blick ständig zu dem roten Licht am Aufnahmegerät. »Mir kommt es vor, als hätte ich meinen Mann gar nicht gekannt. Als wäre die Person, die gestern gestorben ist, ein völlig anderer gewesen, und Hugo würde jetzt zu Hause mit unserem Sohn Max zusammen auf mich warten. Ich würde am liebsten aufstehen und nachsehen gehen. Jetzt gleich.«

Sie blieb sitzen und fixierte weiter den roten Punkt.

Die Witwe von Manfred Fahrenkauf war schlank und sportlich, sie trug ein blaues Poloshirt, schwitzte nicht, aber hatte sich auch ein Taschentuch aus ihrer Handtasche geholt, falls die Tränen wieder fließen sollten. Melek und Thomas hatten die Frau erst heute Morgen über ihr Handy erreicht, sie hatte vergessen, ihren Akku aufzuladen. Sie sagte erst mal nichts.

Heinz sah von einer der Frauen zur anderen und schüttelte den Kopf.

»Meine Damen, ich weiß, wie hart das ist. Nicht nur vom Tod des Partners zu erfahren, nicht nur weiter darüber informiert zu werden, dass er Opfer eines Verbrechens wurde, sondern auch noch von seiner Untreue zu hören. Glauben Sie mir, ich kann mir das besser vorstellen, als man es bei einem Ermittler vermuten mag. Es tut mir aufrichtig leid.«

Melek hatte den Kopf zu ihrem neuen Boss gedreht. Eine solch weiche, einfühlsame Stimme hatte sie ihm nicht zugetraut. Tatsächlich begannen jetzt auch bei Astrid Fahrenkauf Tränen zu fließen. Sie tupfte sie ab, während sich Rosemarie Jeer schnäuzte.

Heinz redete weiter. »Wir können aber nicht umhin, über das zu reden, was in der Kaiserstraße in dem Apartment geschehen ist. Ihre Ehemänner waren da, sie waren nicht allein, und wir müssen herausfinden, mit wem sie ihre letzten Stunden verbracht haben.«

Rosemarie Jeer seufzte und zog ihre Nase noch mal hoch. »Er hat mir gesagt, dass er spät noch einen persönlichen Termin in der Bank hätte. Das kam öfter vor. Bin ich naiv, nein, dumm, dass ich es geglaubt habe?«

Heinz schüttelte wieder den Kopf. »An jemanden zu glauben ist nie falsch. Aber Verdrängen führt immer ins Unglück. Man sollte den Unterschied kennen und danach handeln. Nicht?«

Nach diesem Satz sagte keiner etwas, eine seltsam volle Stille entstand zwischen den Frauen und dem Hauptkommissar. Melek holte schon Luft, aber ihr Boss berührte sie leicht an der Schulter. Sie verstand das Zeichen und schwieg. Die Hitze und die Stille wurden dichter, nur vom Fenster her war der Verkehr draußen zu hören.

»Ich wusste es.« Leise, fast unhörbar, Astrid Fahrenkauf.

»Erzählen Sie.« Heinz ebenso weich und leise zurück.

»Es hat vor ein paar Wochen begonnen. Er lachte anders beim Abendessen, er beschäftigte sich mehr mit den Kindern, er brachte mir Blumen mit. Da wusste ich, es war wieder so weit.«

Heinz nickte jetzt. »Weiter, Frau Fahrenkauf. Gut so.«

»Gestern dann wieder Überstunden. Angeblich. Ich habe die Kinder bei einer Freundin gelassen, bin zur Commerzbank, habe gegenüber gewartet, bis er rausgekommen ist. Pünktlich nach Geschäftsschluss. Nicht die angeblichen Überstunden. Er sah so glücklich aus. An seiner Seite der Jeer, der war schon auch bei uns zu Hause gewesen.«

Rosemarie Jeer schluchzte auf.

»Mein Mann hätte mich sehen können, ich habe mir keine Mühe gegeben, mich zu verstecken, aber er war schon so in seiner Vorfreude versunken.«

Melek fragte sich in diesem Moment, ob der Wohnungsmieter Manuel Pirlo ihr nicht die ganze Wahrheit gesagt hatte. Vielleicht hatte er die Dates der beiden Männer doch gekannt, wenn die Sache schon länger gelaufen war, vielleicht sogar arrangiert.

Astrid Fahrenkauf redete weiter. »Sie haben die Straße überquert und sind zuerst zu einem Blumenladen gegangen. Ich hinter ihnen. Dort hat Manfred eine der langstieligen Sonnenblumen gekauft.«

Heinz und Melek warfen sich einen Blick zu. Am Tatort war nirgends eine Sonnenblume gewesen.

»Sie war schon da. Vor dem Laden, als Manfred und der andere wieder herausgekommen sind. Eine junge Frau, hübsch, gut gebaut, üppiger als ich, mehr so wie …«, Astrid Fahrenkauf sah kurz zu Rosemarie Jeer hin, »… aber jünger, viel, viel jünger. Neunzehn vielleicht, oder gerade über zwanzig. Manfred hat ihr einen Kuss auf den Mund gegeben, der Jeer ihr nur die Hand geschüttelt. Dann sind sie zu dritt die Kaiserstraße weiter hinunter, ich hinter ihnen. In das Haus, in dem er gefunden worden ist, da sind sie hinein. Ich habe ungefähr eine Viertelstunde vor der Tür gestanden, dann habe ich die Kinder abgeholt und bin direkt nach Kassel zu meiner Mutter gefahren. Diesmal wollte ich ihn endgültig verlassen.«

»Frau Fahrenkauf, würden Sie mit mir zu unserem Gesichtserkennungsspezialisten kommen und mit ihm am Computer ein Bild von der jungen Frau machen?«

»Natürlich.« Astrid Fahrenkauf stand auf.

Heinz Baldur und sie verließen den Raum. In dem kurzen Moment, während die Tür auf- und zuging, gab es einen Luftzug.

Melek und Rosemarie Jeer blieben zurück. Der fülligen Frau liefen Schweißtropfen wie Tränen übers Gesicht.

»Soll ich das Fenster ganz öffnen, Frau Jeer?«

»Seit ich in die Wechseljahre gekommen bin, schwitze ich. Und habe zugelegt. Mag mich selbst nicht mehr. Und der Hugo war ja acht Jahre jünger als ich. Am Anfang hat das nichts bedeutet, aber später dann … Unser Sohn, der Max, hat ihn aber immer als besten Vater der Welt bezeichnet. Das ist auch was wert.«

»Frau Jeer. Wenn Hauptkommissar Baldur und Frau Fahrenkauf zurück sind, schauen Sie sich das Phantombild bitte auch an. Vielleicht kennen Sie die junge Frau.«

Rosemarie Jeer senkte den Kopf, knüllte das Taschentuch weiter, biss sich auf die Lippen. Atmete zu schnell. Melek konnte darauf keine Rücksicht nehmen.

»Bis dahin lassen Sie uns bitte weiter überlegen. Wenn Ihr Mann vielleicht doch schon länger eine Affäre hatte, könnte es nicht doch in seinen Unterlagen oder auf seinem Handy eine Nummer geben, die Sie nicht kennen, einen Kontakt, der uns zu der anderen Frau führen könnte? Ich würde Sie bitten, alle Nummern und auch Mails noch mal mit mir durchzugehen und einzuordnen. Der Kollege, der sich zurzeit darum kümmert, sitzt ein Stockwerk höher, wir könnten also jetzt –«

»Das junge Ding hat nur den Fahrenkauf auf den Mund geküsst. Das haben Sie doch eben gehört.« Rosemarie Jeer sagte das mit so einem Nachdruck, als ob ihr Mann nur ein unbeteiligter, neutraler Zuschauer gewesen wäre.

»Trotzdem. Man weiß ja nie. Vielleicht stellt sich tatsächlich alles als Irrtum heraus.« Melek versuchte es jetzt aufmunternd, merkte aber schnell, dass das nicht zog. Sie glaubte selbst nicht daran.

Rosemarie Jeer stieß zwischen zwei Atemzügen die Luft mit einem leisen Pfeifen aus. »Haben Sie einen Mann, Frau Kommissarin?«

»Nein, ich bin noch …«, Melek zögerte, biss sich auf die Lippen, »… ich bin noch solo.«

»Bleiben Sie's.«

Der kleine Blumenladen hörte auf den klingenden Namen »Rosenrot« und hatte seinen Standort an der Ecke Kaiserstraße/ Neue Mainzer Straße, auf dem Weg zu dem Haus, in dem der Doppelmord geschehen war. Melek absolvierte die Recherche dort zusammen mit Thomas und einem Streifenpolizisten, der Thomas danach bei einem weiteren Rundgang durch das Viertel unterstützen sollte.

Im Laufe des Mordabends bis zum Ladenschluss um acht waren dort viele Kunden ein und aus gegangen, wie jeden Tag. Wie viele davon eine oder mehrere der langstieligen Sonnenblumen in der großen Vase vor der Eingangstür gekauft hatten, wusste keiner mehr. Die Besitzerin, die Barbara Sukowa hieß, wie die bekannte Schauspielerin, und die zusammen mit einer von zwei Angestellten im Laden gewesen war, hatte natürlich von den Morden in der Nachbarschaft gehört. Die Frauen waren geschockt, dass die Opfer noch bei ihnen an der Kasse gewesen sein mussten, aber keine von ihnen erkannte Fahrenkauf oder Jeer auf den Fotos wieder.

Melek fragte und notierte sich die Aussagen in ihrem iPad, Thomas ließ ihr den Vorrang, während sich der Streifenpolizist mit der zweiten Angestellten unterhielt, die am Vortag ihren freien Tag gehabt hatte.

Danach trennten sich Meleks und Thomas' Wege. Sie traf sich im Präsidium mit Heinz Baldur, der noch einmal mit ihr ins Krankenhaus wollte, um Manuel Pirlo aufzusuchen. Das war ihr nur recht.

Sie fingen Pirlo am Empfang ab. Er unterschrieb gerade seine Entlassungspapiere, eine brünette junge Frau mit einer Hochsteckfrisur breitete die Blätter einzeln vor ihm aus. Er wirkte nervös, trat von einem Bein aufs andere.

Heinz tippte ihm auf die Schulter.

Der schmale Rothaarige wirbelte herum, als wäre ein Schuss gefallen. Sein Museumsuferfest-T-Shirt hatte einen großen grauen Fleck vorne. Er roch nach Schweiß und ungewaschen.

»Herr Pirlo. Doch schon fit genug, um wieder nach Hause zu gehen?«

Manuel Pirlo nickte, schüttelte dann aber den Kopf, sah nach unten wie ein schuldbewusstes Kind.

»Ich kann doch gar nicht nach Hause, meine Wohnung ist der Schauplatz eines Verbrechens.« Sein Blick hob sich, und ein großer Vorwurf stand in seinen Augen, als ob die Ermittler Schuld daran trügen. »Ein Freund kommt und holt mich gleich ab. Bringt mir was Frisches. Ich brauch jetzt mal Ferien.«

»Wir brauchen zuvor noch ein paar Antworten, Herr Pirlo.« Der Hauptkommissar wandte sich an die Brünette, zeigte seinen Ausweis. »Kripo Frankfurt. Gibt es hier einen Raum, in dem wir eine Unterhaltung führen können? Ungestört?«

Die junge Frau lächelte irritiert, zeigte dann schnell auf eine Tür ein paar Schritte weiter. »Mein kleines Büro. Da ist keiner drin. Da können Sie bleiben.«

Heinz war schon an der Tür, Melek wartete auf Manuel Pirlo, der sich langsam wie unter Wasser bewegte. In dem winzigen Zimmer zwischen Schreibtisch, Regal und Grünpflanze stand die Luft, und zu dritt war es definitiv viel zu eng hier. In diesem Sommer schien sich jeder Raum in eine kleine Sauna ohne Lüftung zu verwandeln.

Pirlo holte tief Luft. »Was ist denn noch? Ich habe doch der Türkin hier alles erzählt?«

»Die Türkin hier ist Kommissarsanwärterin Melek Arslan, klar?« Ein scharfer Ton in Heinz' Stimme.

Pirlo sah Melek an, musterte sie von oben bis unten, als ob sie etwas Fremdes, Unangenehmes wäre. Sie spürte die Irritation, die in ihr hochstieg. Bei den beiden Gesprächen, die sie mit dem Mann geführt hatte, hatte er sich ihr gegenüber anders verhalten. Das erste Mal im Notarztwagen verwirrt und geschockt, das zweite Mal hier in der Klinik, in seinem Krankenzimmer, hilflos und sehr kooperativ. Hatte sie sich in ihm so getäuscht?

Heinz legte schon nach. »Also, noch mal von vorne! Sie hatten also keine Ahnung, wen Ihre Kollegen sich da mitgebracht haben?«

»Sagte ich doch schon.«

»Wenn Sie Ihr Apartment für Sextreffen zur Verfügung stellen, ist es Ihnen also egal, wer da zwischen Ihren privaten Sachen vögelt?«

»Ich vögel selber gerne. Auch anonym. Hab schon Männer mitgenommen, von denen ich nicht mal den Vornamen wusste.«

Pirlos Ton war trotzig, und er wirkte unsympathisch. Nicht mehr der freundliche, etwas schüchterne Bankangestellte, der noch unter Schock stand wie bei Meleks Befragung. Sie begann sich zu ärgern. Sie war also doch ein Frischling, dem man was vormachen konnte. Eigentlich hätte ihr das Jahr auf Streife in

Köln mehr Menschenkenntnis einbringen müssen.

»Wenn Sie mich belogen oder mir eine wichtige Information verschwiegen haben, kann das unangenehme Folgen für Sie haben, Herr Pirlo.« Sie konnte sich nicht mehr beherrschen.

Heinz Baldur drehte sich ihr zu, sie dachte schon, er wollte sie abstoppen, die Praktikantin in die zweite Reihe stellen nach ihren naiven Befragungen, aber er zwinkerte ihr nur zu. Das gefiel ihr.

Sie übernahm.

»Sehen Sie, Herr Pirlo, es ist so: entweder hier eine weitere Aussage oder auf dem Präsidium.«

Pirlo schnaubte. »Ich werde gleich abgeholt und –«

»Ihr Freund kann gerne hinter uns herfahren. Obwohl es länger dauern könnte.«

»Sie können mich jetzt nicht einfach verhaften, nach all dem, was ich mitgemacht habe?«

»Wir können und wir werden.«

Jetzt legte Heinz nach. »Wenn wir davon ausgehen, dass Sie indirekt an den Morden beteiligt waren, beantragen wir einen Haftbefehl. Wissen Sie, Untersuchungshaft ist nicht wie Urlaub, das kann ich Ihnen sagen.«

Heinz' Stimme war leiser geworden, aber anders als vor zwei Stunden bei den Ehefrauen schwang bei diesem Pegelabfall nichts Verständnisvolles mit. Er machte einen Schritt auf Pirlo zu, der in dem kleinen Raum nicht ausweichen konnte und gegen den Schreibtisch gedrückt wurde.

»Ich will einen Anwalt.«

»Gern, Herr Pirlo. Wenn wir hier fertig sind. Aber auch der wird eine Untersuchungshaft nicht verhindern, und eine Zelle ist nur halb so groß wie dieses kleine Büro.«

Wieder trat diese volle Stille ein. Als würde zwischen Heinz Baldur und dem schmalen Mann eine stumme Kommunikation ablaufen. Melek hielt diesmal von sich aus den Mund.

Manuel Pirlo hob den Arm, wie um Heinz abzuwehren, obwohl dieser sich nicht weiter auf ihn zubewegt hatte.

»Jolly.«

»Woher?«

»Ich kenne sie aus dem Greens. Vor drei Wochen haben wir am selben Tisch gesessen und sind ins Quatschen gekommen. Sie studiert hier in Frankfurt, ich weiß nicht, was. Ehrlich nicht. Vor zwei Wochen sind der Jeer und der Fahrenkauf mitgekommen, da war sie wieder da, und der Manfred hat sich spontan in die Kleine verknallt. War gleich geil wie Nachbars Lumpi auf sie. Sie ist auch angesprungen, hat von sich aus gemeint, sie könnte bei einem Date für den Jeer jemand mitbringen.«

»Gegen Geld?«

»Das Mädchen wäre nicht die Erste, die sich ihr Studium damit verdient. Aber von einer Bezahlung weiß ich nichts.«

»Und als Ihre Kollegen für den Abend nach einer sturmfreien Bude suchten, ging es da um dieses Mädchen?«

Pirlo zog durch die Nase Rotz auf. »Woher soll ich das wissen? Könnte sein. Ich hab dem Jeer nur meine Zweitschlüssel gegeben.«

»Aber Sie nehmen es an.«

»Keine Ahnung. Ich hab daran gedacht.«

»Jolly und wie weiter?«

»Nur Jolly. Keine Ahnung, wie sonst noch. Ehrlich. Sie hat keinen Nachnamen genannt.«

»Und wer war die Freundin, die für Hugo Jeer sein sollte?«

»Keine Ahnung. Ich schwöre es. Ich weiß nicht mal, ob der Jeer neben seiner dicken Frau auf Jungs oder Mädels gestanden hat. Verlogene Scheißkerle!«

Pirlo zog noch einmal kräftig seine Nase hoch, ballte die Hände zu Fäusten. »Was glauben Sie, wie es ist, in einer Bank zu arbeiten und der kleine Schwule zu sein? Meinen Sie, nur weil wir hier in einer Metropole leben, wäre das Leben für uns Homos einfacher oder wir würden nicht gemobbt?«

Melek hätte am liebsten ihr iPad gezückt und schon »Jolly« eingegeben. Sie kam sich nutzlos vor und naiv, wollte ihre gutgläubigen, kargen Erstbefragungen wiedergutmachen.

Pirlos Fäuste lösten sich, er sah nach unten auf seine Schuhspitzen. Schweiß glänzte auf seiner Stirn, das rötliche Haar war feucht davon. Der Geruch, der von ihm ausging, war stechend.

Er stieß die Luft heftig aus.

»Jeder macht, was er kann, um sich hochzuarbeiten. Ich mochte meine Kollegen ebenso wenig wie sie mich. War ein Deal, mehr nicht.«

»Haben Sie diese Jolly seit dem Verbrechen gesehen?«

»Nein. Sagte ich doch. Nur da im Greens. Vielleicht hat sie auch gar nichts damit zu tun.«

»Vielleicht, Herr Pirlo, vielleicht. Auf jeden Fall möchte ich, dass Sie heute noch ins Präsidium kommen. Lassen Sie sich von Ihrem Freund hinfahren. Dort machen Sie präzise Angaben zu dieser jungen Frau.«

»Sie verhaften mich nicht?«

»Wenn Sie bis achtzehn Uhr nicht erscheinen, schreibe ich Sie zur Fahndung aus.«

»Ich werde da sein.«

Draußen vor dem Krankenhaus gingen sie die paar Schritte bis zum Wagen. Melek hatte endlich »Jolly« ins iPad eingeben können, es kamen über neunzig Millionen Ergebnisse. Jolly Buntstifte, Jolly Stiefel, Jolly Spielsachen, Jolly Hundeausstattung, Jolly Clowns und so weiter. Sie seufzte frustriert.

»Für was könnte Jolly stehen?«

»Arslan.« Heinz blieb stehen. »Du strahlst die Anfängerin aus.«

Er war einfach zum Du übergegangen, Melek war sich nicht sicher, ob ihr das im Moment recht war. Sie verteidigte sich. »Viel weiter kommen wir mit seiner jetzigen Aussage aber auch nicht.«

»Du hast den Mann falsch eingeschätzt, besser ausgedrückt: unterschätzt. Selbst unter Schock sagt dir nicht jeder die Wahrheit. In deinem Kopf muss immer ein Radar an sein, der sich im Laufe einer Zeugenvernehmung meldet, wenn etwas verschwiegen wird oder gelogen sein könnte. Zumindest haben wir jetzt einen Spitznamen oder eine Abkürzung oder was auch immer Jolly bedeutet. Dazu die Beschreibung, die wir mit der von Astrid Fahrenkauf vergleichen können.«

»Ja, Sie haben ja recht. Ich meine, du hast ja recht.«

Heinz ließ noch nicht locker.

»Die meisten Menschen haben kleine Geheimnisse und fühlen sich automatisch in Gegenwart von uns Bullen unsicher. Du bist es, der ihnen einen Raum, eine Möglichkeit bieten muss, sich zu offenbaren, nicht umgekehrt. Du musst die Geister in den Köpfen wecken und zum Reden bringen. Verstehst du?«

Melek nickte, verstand aber nicht wirklich.

Über neunzig Millionen Möglichkeiten beim Namen Jolly. Selbst im Lotto standen die Chancen höher.

✂

Heinz: Harro! Ist das wegen der schlechten Bildqualität, oder hast du ein paar Haare verloren, seit du in Frankfurt bist?

Harro: Sehr komisch, Heinz. Du siehst auch aus, als hätte man dich in der Achterbahn vergessen. Skype ist praktisch, macht aber uns alte Hasen nicht hübscher.

Heinz: Kommst du zurecht?

Harro: So riesig sind die Unterschiede in den Instituten nicht. Ob Köln oder Frankfurt. Es ist alles da, was ich brauche. Plus deine Toten.

Heinz: Ich rufe und du kommst, das ist das Beste dran.

Harro: Machen wir uns nichts vor, für einen Flaschengeist bin ich definitiv zu fett. Aber dein Fall, der hat mich schon elektrisiert, als ich davon gehört habe. Doppelmord. Und so grausam. Ich kann nicht sagen, dass mir langweilig war, denn gestorben wird genug in Köln, aber es ließ sich einrichten.

Heinz: Was hast du?

Harro: Immer noch kein Mann des langen Vorspiels, was, Heinz?!

Heinz: *(grinst und schweigt)*

Harro: Also: Neun ist tatsächlich unsere Zahl. Hugo Jeer: Neunmal wurde eine Zigarette auf seiner Vorderfront ausgedrückt. Genauer gesagt: durch sein Unterhemd in die Haut gebrannt. Fünfmal direkt am Bauch, zweimal im Magenbereich, zweimal an der Brust. Beide Schultergelenke sind aus den Pfannen gesprungen, ich nehme an, als er sich vor Schmerzen

aufgebäumt hat. So weit hat dich Gabriele Dämmers schon informiert, deshalb weiter. Die Fesselung umfasste die Hand- und Fußgelenke, man hat seinen Körper nach hinten gebogen und ihn wie einen menschlichen Bogen zusammengebunden. Auch das sicher extrem schmerzhaft, könnte schon nach kurzer Zeit zu Atemnot führen, auch zu einem Herzstillstand. Gestorben ist er aber definitiv an Schlägen auf den Hinterkopf.
Heinz: Schlägen? Also mehrere?
Harro: Durch die breite Front der Verletzung gehe ich davon aus. Vier Dellen am Hinterkopf übereinander. Schläge mit Wucht – hau drauf –, etwas unpräzise ausgeführt. Ich tippe auf ein Nudelholz oder einen anderen runden Gegenstand. Baseballschläger zum Beispiel. Konnte Holzsplitter extrahieren, sind im Labor.
Heinz: Das Blut am Kopf?
Harro: Die Haut platzt auf. Übrigens, da hat sich tatsächlich ein Tier an der Wunde zu schaffen gemacht. Ein Stück Haut wurde herausgerissen, Spuren von spitzen Zähnen.
Heinz: Eine Katze mit einem Baseballschläger.
Harro: Wow! Was für ein Bild!
Heinz: Hugo Jeer war ein kräftiger Mann. Hat sich sicher gewehrt. Wie hätte man ihn fesseln können?
Harro: Kann ich nicht sagen. Er hatte jedenfalls definitiv kein Betäubungsmittel im Blut. Alkohol ja, aber nicht in solchen Mengen. Beide hatten nur ein Sandwich im Magen, es ging wohl schnell zur Sache, ohne Vorspiel mit Essenseinladung oder so.
Heinz: Eine Sonnenblume gab es wohl vorher als Präsent, laut einer Aussage. Aber auch die ist verschwunden. Vielleicht wurde Jeer erst klar, dass das Ganze kein Spiel ist, als er schon bewegungsunfähig war. Und der zweite, Fahrenkauf?
Harro: Neun. Neun Stiche mit einem harten metallenen Gegenstand, der vorne spitz zuläuft, mittig eine rundere, dickere Form hat. Zwei aneinanderliegende Spitzen.
Heinz: Also eine Schere?
Harro: Definitiv. Die Einstiche variieren zwischen zwei und fünf Zentimetern Tiefe. Wenn du davon ausgehst, dass nur das

erste Drittel eingedrungen ist, wird das ganze Ding eine Länge von acht bis zehn Zentimetern gehabt haben. Eine Küchenschere oder Papierschere also. Wobei Papierscheren vorne nicht spitz sind.

Heinz: Noch ein Kraftakt nach dem Nudelholz.

Harro: Ja und nein. Manfred Fahrenkauf war betäubt. Er hatte eine Mischung von drei verschiedenen Benzodiazepinen im Blut. Eine zu große Menge, um schnell wieder zu sich zu kommen. Wäre sicher erst Stunden später erwacht, es hätte sogar die Möglichkeit einer länger andauernden Bewusstlosigkeit mit gesundheitlichen Schäden für das Gehirn bestanden. K.-o.-Tropfen. Wahrscheinlich selbst gemischt. Kann man im Internet bestellen, dafür brauchst du keinen Doktor mehr. War also hinüber, dadurch völlig entspannt. Du kniest dich über ihn und rammst mit Schwung die Schere in Bauch, Arme und Genitalien. Die Spitze dringt ein, es blutet stark. Dazu brauchst du nicht unbedingt die Kraft eines starken Mannes.

Heinz: Also muss hier kein Zuhälter seine Nutten verteidigt haben. Ist nur eine der vielen Theorien, die ich, Thomas und meine Praktikantin so aufstellen.

Harro: Oh, Praktikantin?

Heinz: Die Scherze sind schon gelaufen, Harro. Weiter.

Harro: Ich glaube nicht, dass ein erboster Zuhälter sich so viel Mühe machen würde. Der Mann wurde nicht nur mit der Schere verstümmelt und ist am Blutverlust gestorben, das Blut wurde auch auf der gesamten Vorderfront des Körpers verteilt.

Heinz: Das haben wir schon direkt am Tatort bemerkt.

Harro: Aber keine Fingerabdrücke direkt auf den Körpern.

Heinz: Der Täter oder die Täter haben also Handschuhe getragen.

Harro: Nudelholz, Schere, Handschuhe. Eine frustrierte Hausfrauenparty? Mordende Heimwerker?

Heinz: Wir werden sehen.

Harro: Eines noch, bevor ich weitermache: Hugo Jeer hatte kurz vor seinem Ableben einen Samenerguss.

Heinz: Weil Geschlechtsverkehr?

Harro: Nö. Ich denke, da hat einer seinen Schwanz gerubbelt.

Heinz: Oder gelutscht?
Harro: Nein, keine fremde DNA dran, also eindeutig gerubbelt. Da es auch dort keine Fingerabdrücke gibt, wurde er mit einer Hand samt Handschuh oder so etwas in der Art manuell befriedigt. Ich habe an seinen Genitalien schwarze hauchdünne Fäden entdeckt, sie sind ebenfalls auf dem Weg zu Dörte ins Labor.
Heinz: Okay. Und wenn es so war, dass er doch auf Schmerz stand? Konnte nur einen Steifen bekommen, wenn man ihm vorher wehtat?
Harro: Möglich. Aber ich denke eher, ihm wurde definitiv vor den schmerzhaften Brandwunden noch ein Letzter runtergeholt. Dann ging's erst weiter.
Heinz: Hört sich fies an. Soll ich später noch ins Institut kommen?
Harro: Ich bin da!
Heinz: Soll ich die Praktikantin mitbringen?
Harro: Holt die mir auch Kaffee und 'ne heiße Wurst?

Später, so ganz allein persönlich anwesend im großen Seziersaal der Pathologie, fühlte sich Heinz Baldur wie auf einem anderen Planeten. Das Grau und Chrom der einzelnen freien Liegen mit den Blutwannen und Sezierbestecken glänzte unter dem Neonlicht. Fahrenkauf und Jeer lagen schon in ihren jeweiligen Schubläden, der erste Obduktionsdurchgang war beendet. Die sterile Sauberkeit und der Geruch nach Desinfektionsmitteln ließen nicht mehr viel von der blutigen Arbeit in der Rechtsmedizin erahnen.

Liegeplätze für die Toten, ohne Handtücher, dachte Heinz.

Der letzte gemeinsame Urlaub mit seiner Mutter Edith vor sieben oder acht Jahren fiel ihm ein. Sie hatte ihn ans Mittelmeer nach Caorle in Italien eingeladen. Massentourismus trotz der kleinen Pension direkt am Strand. Jeden Morgen, schon vor dem Frühstück, hatte er loslaufen müssen, um ihre Handtücher auf den Liegebetten zu platzieren, vorne, in der ersten Reihe, wenn's geht.

Er war nicht der Einzige gewesen. Man traf morgens immer

auf dasselbe Rudel. Fast ausschließlich Männer, die auf eine morgendliche Jagd vorausgeschickt worden waren, um einen Platz mit direktem Blick auf das Meer zu erobern. Heinz war gut darin, schaffte es bis auf ein einziges Mal immer, seiner Mama die vorderste Front zu sichern.

Einmal war ein anderer der Liegenbesetzer gerade dabei gewesen, Ediths Handtuch wegzuziehen und sein eigenes zu platzieren, als Heinz und Edith vom Frühstück an den Strand kamen. »Kannst du den nicht verhaften, Heinzi?«, hatte seine Mutter ihm empört zugeflüstert. Der Tag drohte zu kippen.

Der Urlaub mit Mama war für Heinz ohnehin nicht wirklich Erholung, sondern eher Pflichterfüllung gewesen. Nach dem Tod des Ehemanns und Vaters war die Entfremdung zwischen ihnen immer weiter vorangeschritten, Edith lebte in Wien, er in Köln, mit jedem Kilometer dazwischen nur mehr und mehr belanglose Telefonate. Seine Mutter wurde mit den Jahren seltsamer, er wahrscheinlich auch. Die Woche in Italien sollte ein altes Gefühl der familiären Verbundenheit aufleben lassen. Es funktionierte nicht.

Vielleicht hatte er sich deshalb tatsächlich hinreißen lassen und dem Typen mit seiner Position gedroht. »Ich bin Hauptkommissar Heinz Baldur, Mordkommission Köln. Sie eignen sich widerrechtlich unseren Platz an. Und ich würde Sie bitten, Ihr Handtuch zu entfernen, bevor ich …«

Das Ende des Satzes hatte er bewusst ausgelassen. Nichts hätte er hier tun können. Eine skurrile Ansage, so in Badehosen und mit Mama im Schlepptau. Aber es hatte gewirkt. Der andere war wortlos und flink aufgestanden und hatte das Feld geräumt.

»Siehst du! War doch wirklich kein Bahöl!«, hatte Edith gemeint und war ans Meer vorgelaufen, er mit ihr, und sie hatten die Liegen erst zwei Stunden später gebraucht.

Eine freie Liege hier drinnen würde er auch erst später brauchen, so wie alles gelaufen war. Oder nie, wenn er eines Tages eines natürlichen Todes sterben sollte. Oder durch einen Unfall ums Leben kam.

Sein Magen, sein Magen!

Heinz beugte sich vor und hielt sich an der Kante fest. Die Kühle dort kroch seine Hand und seinen Oberarm hoch. War hier doch schon eine freie Liege für ihn reserviert?

Ihm schauderte, er bedauerte, dass er ohne die Praktikantin hergekommen war, und hoffte, dass Harro deNärtens gleich auftauchen und ihn von seinen einsamen Gedanken erlösen würde.

✂

Sie lässt sich auf dem Wasser treiben. Toter Mann, nannte ihr Vater das. Alle Muskeln entspannen und wie ein Korken auf den Wellen schwimmen. Von Zeit zu Zeit eine kleine Bewegung mit der Hand, um nicht unterzugehen.

Es ist viel los im Schwimmbad. Geschrei und Getobe um sie herum. Bei fast siebenunddreißig Grad Hitze haben sich die Massen hierherbewegt. Nicht nur das Freibad Hausen ist heute überfüllt. Wirklich zu schwimmen ist in dem Becken mit den Dutzenden anderer Badegäste gar nicht möglich, aber sich an einer Stelle treiben lassen geht.

Wenn ihr Kopf unter Wasser kommt, dann verändert sich der Geräuschpegel um sie herum, alles wird gedämpft und intensiver zugleich. Dann hat sie das Gefühl, alles ist nicht nur außerhalb, sondern auch in ihr, sie kann die Welt durch das Wasser, das in ihre Ohren drängt und drückt, einsaugen.

Toter Mann.

Welche Ironie in diesen beiden Worten liegt.

Sie geht unter, das Wasser schwappt über ihr Gesicht, ihren Mund, ihre Nase, da ist nichts mehr, mit dem sie atmen kann, sie bleibt, bewegt die Hand nicht, spürt das erste Stechen in den Lungen. Sie öffnet die Augen, über ihr das Wasser, darüber der strahlend blaue Himmel, es glitzert in den Tausenden Wassertropfen. Gern wäre sie einer von ihnen, frei von jeglicher Individualität und jedem freien Willen, der am Ende doch nur getrieben wird von den tiefen Wunden der Vergangenheit.

Dann verändert sich das Licht.

Ein Schatten kommt über der Wasseroberfläche in ihr Gesichtsfeld, verdunkelt den Himmel, die Sonne. Eine Hand taucht ein, greift ihren Oberarm. Sie erschrickt, bekommt Wasser in den Mund, schießt nach oben, hustet, keucht, spuckt.

»Sind Sie okay?«

Zuerst kann sie nichts sehen, auch nichts sagen, muss erst das Wasser aus Mund und Nase und Lungen ausspeien, muss sich erst wieder und wieder die Augen reiben. Dann langsam atmet sie normal, blinzelt, sieht den jungen Mann vor sich.

»Ich dachte, Sie sind vielleicht ohnmächtig geworden. Ich habe da am Beckenrand gesessen und gesehen, wie Sie untergetaucht sind und nicht wieder hochkommen. Es ist so viel los hier, da kann schon mal was passieren.«

Der Kerl ist jünger als sie und definitiv nicht ihr Beuteschema. Vielleicht Anfang zwanzig, etwas unerfahren im Umgang mit Frauen, das erkennt sie sofort. Sein blondes Haar fängt die Sonnenstrahlen ein, und das gefällt ihr.

»Danke, mir geht es gut. Aber gut aufgepasst. Bist du hier der Bademeister?«

Sie duzt ihn spontan, er lächelt, kleine Grübchen an beiden Wangen.

Ihr fällt ein, dass sie immer gern einen kleinen Bruder gehabt hätte, früher beim Spielen, so hätte er aussehen sollen. Sie streicht sich das nasse Haar nach hinten, steht im Wasser neben ihm, er ist einen Kopf größer.

»Ich bin der Robert. Robbie. Leider nicht Williams mit Nachnamen. Und du? Wie soll ich dich nennen, Hübsche?«

Sie grinst schelmisch, zuckt nur mit den Schultern, nennt ihren Namen nicht. Beginnt aber zu überlegen, welchen sie wählen soll. Doch er fragt nicht nach. Ein Gefühl von Übermut erfasst sie.

»Los, Robbie, sing mir jetzt hier im Schwimmbad was vor.«

Sie lachen.

Das Gekreische um sie herum ist atemberaubend. Sie nickt ihm zu, und beide steigen aus dem Schwimmbecken, bleiben am grünen Rasen neben einer pinkfarbenen Decke stehen. Er streicht über ihre nasse Schulter, zieht die Finger schnell zurück, als hätte er sich verbrannt.

Sie schweigen etwas peinlich berührt, er lächelt immer noch, sein Blick geht zu ihren Brüsten, nur um dann erschreckt wieder zu ihren Augen zurückzukehren. Neben ihnen springt ein Mädchen ins Wasser, es spritzt, und sie lachen wieder beide darüber. Sommergefühl. Sie vergisst fast alles andere darüber. Der junge Mann streckt sich, schirmt seine Augen vor der Sonne ab.

»Lust auf eine Cola oder Kaffee oder auch Pommes?«

Sie sagt Ja. Es ist ein guter Tag, und sie kann sich selbst und dem jungen Mann eine schöne Stunde bescheren. Kein Sex, man hat nicht mit seinem imaginären kleinen Bruder Sex.

Sie holen sich am Kiosk jeder eine Cola und Pommes rotweiß dazu, stellen sich an einen der kleinen runden Tische. Es ist einfach herrlich, diese Unbeschwertheit, seit Jahren hat sie sich nicht mehr so leicht gefühlt. Immer wieder, während sie belanglos plaudern, rutscht sein Blick auf ihren Körper, aber das ist in Ordnung.

»Was machst du?«

»Ich arbeite in einem Laden.«

»Klingt mysteriös und aufregend.«

Wieder Lachen.

»Und du?«

»Studieren. BWL. Is einfach nur langweilig.«

»Wohnst du in der City?«

»Zeilsheim, bei Onkel Klaus und Tante Petra. Einliegerwohnung. Günstig. Verwandtenrabatt. Und du?«

»Stadtnah.«

»Mein Onkel, der Klaus, hat mich heute dazu überredet, mit hierherzukommen. Ich wäre lieber mit dem Moped durch die Gegend gebraust.«

»Ein Moped zu haben ist eine gute Idee, wenn man pendeln muss.«

»Vielleicht magst du einmal mit mir mitfahren? Wenn du mir deine Handynummer gibst, Hübsche?«

Es ist wie in einem Tagtraum von einem anderen Leben. Sie wird ihm ihre Nummer geben, er wird sie anrufen oder ihr simsen, sie werden sich verabreden, einen Ausflug mit seinem Moped machen, sich bald küssen, bald berühren, eine Sommerliebe beginnen, Altersunterschied hin oder her. Er redet, sie hört ihm zu. Die Pommes sind aufgegessen, die Cola halb leer.

»Noch ein Eis für dich? Ich geb ein Cornetto aus!« Seine Grübchen graben sich in ihr Herz, und sie ist fast dabei, sich zu verlieben.

»Robert! Robbie! Da bist du also. Ich such dich schon!«

Robbie schmunzelt. »Onkel Klaus, wie immer, wenn es was zu futtern gibt, zur Stelle.«

Der Onkel. Der Klaus. Der, von dem der junge Mann erzählt hat, ist zum Kiosk gekommen. Mitte vierzig, stark übergewichtig, Wohlstandswampe über der Badehose, verheiratet mit Tante Petra, der schmale Ring glänzt an seiner rechten Hand. In seinem Gesicht glänzt ein breites Grinsen, seine Augen laufen schnell über ihren Körper, schätzen ab, sondieren. Völlig anders als bei seinem Neffen Robert.

Er zieht eine Zeitung unter der Achsel hervor, knallt sie auf den Tisch, die letzten Pommes springen auf dem Pappteller einmal hoch. Die heutige Schlagzeile beschäftigt sich wieder mit dem Massaker in der Kaiserstraße vom letzten Dienstag.

»Die Idioten von der Polizei haben immer noch nichts zu den Toten da gefunden. Über eine Woche haben die schon Zeit verplempert. Trinken in der Hitze wohl lieber ein Bier, anstatt den Mörder zu suchen. Von unseren Steuergeldern.«

Eine Gänsehaut läuft über ihren Rücken, trotz der Hitze. Mit einem Schlag ist der Traum einer kleinen Liebe zerschlagen, liegt in Scherben, hat sich ausgeträumt. Sie seufzt, sieht zu dem jungen, hübschen Robbie, möchte ihm zurufen, geh, geh schnell, nimm deinen Onkel, den Klaus, an die Hand und schau nicht zurück.

Doch Robert bleibt stehen, bei ihr, in der Sonne, seine Grübchen wird sie nicht vergessen.

»Willst du auch ein Eis, Klaus?«

»Nee, lieber ein Bier und eine Bratwurst.« Er klopft auf seinen nackten Bauch, grinst. »Zuallererst stell mich doch deiner Schwimmbaderoberung vor, Junge.«

Sie hat sich eben für einen Namen entschieden. Einen hübschen.

Für die Geschichte, die folgen wird. Folgen muss. Oder?

Später in der U-Bahn fühlt sie ihre Stirn. Heiß. Von der Sonne, sie hat vergessen, sich einzucremen. Sie fühlt eine Müdigkeit, die nicht nur vom Tag im Schwimmbad kommen kann.

Sie hat das Smartphone in der Hand, geht auf Facebook. Sieht sich all die Posts über den schönen Sommertag an. Dazwischen politische Kommentare zu der Flüchtlingswelle. Sie liked vieles. Über vierhundert Freunde, sie kennt nur zwei persönlich. Ihre Kollegin aus dem Laden. Einen der Nachbarn. Manche schreiben vielleicht unter ihrem echten Namen, viele haben komische Nicknamen. Eben eine Freundschaftsanfrage von einem TomCruise73. Sie lächelt. Nimmt an. Sieht sich seine Posts von einem Konzert in Berlin, seine etwas abfälligen Kommentare zu Veganern und Esoterikern an. Was sich die Menschen für Namen ausdenken. Was sie sich für einen Namen gegeben hat.

Vielleicht sind wir im virtuellen Raum mehr wir selbst als sonst wo? Vielleicht sind all die Nicknamen und Kreationen Schreie von verletzten Seelen, die nach dem rechten Wort, der rechten Bezeichnung suchen, um erlöst zu werden. Wie bei einem Zauberspruch.

Eine WhatsApp-Nachricht kommt. Sie liest. Hat solche Zeilen schon erwartet. Schreibt zurück. Gibt ihr Einverständnis. Es wird, es muss weitergehen. Das ist klar.

Sie denkt an Robbie. Sie haben sich die Tage wieder im Schwimmbad verabredet. Vielleicht bleibt ihnen doch mehr Zeit als gedacht. Vielleicht kann es ein paar Treffen und doch ein gutes Ende geben.

Der dicke Bauch und der schmale Ring am Finger vom Onkel, dem Klaus, schieben sich über Roberts junges Gesicht.

✂

Mohab: Polizeirevier Ostend, Hanauer Landstraße, Resa Mo-

hab am Apparat, was kann ich für Sie tun?
Frau: *(sehr leise)* Ja … hallo … ich … weiß nicht, ob ich bei Ihnen jetzt richtig … aber ich …
Mohab: Könnten Sie etwas lauter sprechen? Worum geht es denn?
Frau: Mein Mann, der Oli, der … nun ja, das ist vielleicht lächerlich, aber er ist nicht nach Hause gekommen, und …
Mohab: Wie lautet denn Ihr Name? Handelt es sich um einen Notfall?
Frau: Mein Mann, Oliver … er kommt immer … jeden Abend … er ist ein durch und durch pünktlicher Mensch, wissen Sie, und ich … *(beginnt zu weinen)*
Mohab: Könnte er sich nicht einfach verspätet haben?
Frau: Das hat er noch nie. Ich meine, wirklich nie, und die Kinder, die weinen …
Mohab: Haben Sie es schon auf dem Handy probiert?
Frau: Tausendmal sicher. *(Sie lacht schrill auf.)* … Er ist nicht nach Hause gekommen, wissen Sie, und ich mache mir Sorgen. Er ist zuverlässig, da können Sie jeden im Büro und in der Nachbarschaft fragen.
Mohab: Haben Sie es in den Krankenhäusern versucht, falls er einen Unfall hatte?
Frau: Er hat einen Organspendeausweis bei sich. Immer. Da stehen alle Daten. Man hätte mich verständigt. Ich habe ein so schlechtes Gefühl, und ich … bitte, ich wollte eine Vermisstenanzeige aufgeben. Ja, das will ich.
Mohab: Wenn keine direkte Gefahr für Leib oder Leben vorliegt, würde ich Sie bitten, doch abzuwarten. Sollte er sich bis morgen nicht melden, dann –
Frau: Aber der Oli! Ich könnte doch sofort zu Ihnen kommen, wir wohnen auf dem Mühlberg 22. Ich könnte die Kinder zu der Nachbarin bringen und … oh Gott, die Kinder, sie weinen, hören Sie. Die Zwillinge sind noch so klein, und Anni wollte heute mit Oli Sesamstraße gucken, und er würde nie … *(schluchzt)*
Mohab: *(versucht, sehr einfühlsam zu sein)* Ich würde Ihnen raten, noch zu warten. Vielleicht hat sich Ihr Mann tatsächlich nur

verspätet. Das kommt in den besten Familien vor. Und einmal muss es ja das erste Mal sein.
Frau: Ja. Vielleicht. Dann warte ich also?
Mohab: Wie gesagt: Sollte er sich bis morgen nicht melden …
Frau: So lange?
Mohab: … dann kommen Sie und geben bei uns eine Vermisstenanzeige auf, ja. Darf ich Sie noch mal nach Ihrem Namen fragen?
(Freizeichen.)
Mohab: Hallo?

✂

Facebook
Was machst du gerade?

Vor einer Minute.
Jolly: Höre Musik. Mal wieder George Michael. »Careless Whisper«. Geil. Besser als die neuen Sachen. ☺

Pia Sonne16, C. G. Music und 49 weiteren Personen gefällt Jollys Beitrag.

CANDLELIGHT

Oli erwacht in einem Raum, der ihm bekannt und unbekannt zugleich vorkommt. Bekannt, weil es in seinem Reihenhaus im Keller auch eine Waschküche gibt, in der die Waschmaschine und der Trockner stehen und eine große Tiefkühltruhe – lang und breit wie ein Sarg, hat seine Frau einmal gesagt –, die bei ihm zu Hause immer voll ist, bei vier Kindern kauft man viel an Vorrat ein, einer hat immer Hunger. Unbekannt, weil es nicht seine Waschküche ist, bei ihm zu Hause steht kein iPod auf der Waschmaschine, da unten macht nie einer Musik.

Dazu kommt, dass er noch nie in all den Jahren, in denen Antonia und er in dem Haus leben, dort unten am Boden eingeschlafen ist, noch nie. Und er deswegen auch noch nie die Waschküche aus der Froschperspektive gesehen hat.

Was?

Nachdem sein Blick einmal durch den Raum gelaufen ist und er sich fühlt, als wäre er von einer Schaukel gefallen, schwindlig und übel zugleich, schafft er es, sich aufzusetzen. Sterne tanzen vor seinen Augen, er blinzelt. Er will sich die Hand vor den Mund halten, merkt noch, dass beide Hände nach oben gehen, aber das Erbrechen setzt schnell und heftig ein, und das meiste schießt einfach an seinen Handflächen vorbei und landet vor ihm auf dem Steinboden. Gelb und mit Brocken, es ist nicht zu erkennen, was er gegessen hat.

Bevor sich sein Hirn noch Gedanken machen kann, warum ihm so schlecht ist, sieht er an sich hinunter und erkennt seine graue Unterhose, darüber sein flacher, gut trainierter Bauch mit den schwarzen Haaren um den Bauchnabel. Er ist stolz auf das halbe Waschbrett auf seiner Vorderfront, er trainiert täglich, wenn die Kinder im Bett sind und Antonia vor dem Fernseher eingeschlafen ist. Täte ihr auch gut, schon nach dem zweiten, dem Benjamin, hat sie angefangen, Form zu verlieren.

Doch als er weiter an sich hinuntersieht, noch nicht ganz klar im Kopf, wird ihm bewusst, dass er hier nicht nur halb nackt liegt, sondern dass seine Füße an den Knöcheln gefesselt sind. Ihm fallen die Hände wieder ein, er hebt sie hoch, auch hier Fesseln, die Handgelenke sind aneinandergebunden. Deshalb konnte er nicht eine Hand allein benutzen, wird ihm klar. Er versucht, sie auseinanderzuziehen, die Fesseln, es sind eigentlich Schnüre, dünne Schnüre, sie schneiden ein, das tut weh.

Er ist in einer fremden Waschküche aufgewacht, er hat gekotzt und ist an den Handgelenken und Knöcheln gebunden. Und er trägt nur seine graue Unterhose.

Wo bin ich? Wie hierhergekommen? Wie lange schon hier? Warum? Oli denkt nach, bis es tief im Hirn wehtut. Die Verwirrung in ihm ist perfekt. Wenn ich einen Spiegel hätte, würde ich jetzt sehen, wie Rauchschwaden aus meinem Kopf aufsteigen, denkt er neben den Fragen.

Ein Bild taucht auf. Er war in der Mittagspause verabredet gewesen. Mit der anderen Frau. Der jungen. Nicht Antonia. Er hatte sich gefreut, wie immer, war aufgeregt gewesen. Normalerweise machte er so was nicht, er war altmodisch, ein Familienmensch. Aber die Junge, erst eine Zufallsbekanntschaft in der S-Bahn, dann so rasant mehr, hatte ihn doch betört, mit ihrem Duft, ihrer Stimme, ihrer Jugend, ihren Kurven. Und dreimal das Mittagsmenü in der Kantine auszulassen war doch in Ordnung. Ein Essen der anderen Art. Einmal, dann wieder, wie oft noch? Kein Ende in Sicht, wenn man mal begonnen hatte?

Er hatte etwas gegessen, danach, auch etwas getrunken, das wusste er noch. Aber an den Ort erinnerte er sich im Moment überhaupt nicht mehr. Nur an ihren Duft. An ein wenig Wehmut und die kurze Idee, dass er sich vielleicht deshalb täglich zum Bauchmuskeltraining gequält hatte, für diese Begegnung. Gepaart mit schlechtem Gewissen seiner Frau, den vier Kindern gegenüber.

Doch jetzt steigt der Geruch des Erbrochenen hoch in seine Nase, und ihm wird richtig kalt, er beginnt zu zittern. Er denkt an Antonia und daran, dass sie sich sicher schon Sorgen machen wird. Wie spät ist es? Seit wann ist er hier? Wie soll er ihr diese Situation erklären? Sie ist doch meistens mit dem Haushalt, den Kindern überfordert, wenn er jetzt ausfällt, weil er ein Blackout hatte oder weil er vielleicht ein klein wenig verrückt geworden ist in der Mittagspause, wird sie die Nerven verlieren.

Wie ist er halb nackt in eine fremde Waschküche gekommen? Wo ist seine restliche Kleidung? Alles neu, er hat sich erst vorgestern zusammen mit Antonia eingekleidet. Was wird aus ihr, seiner Ehe und der Familie, wenn alles herauskommt?

Er rollt sich auf die Seite und stemmt sich hoch, schafft es auf die Knie. Die Fesseln schneiden wieder ein, er keucht, er wimmert leise. Er robbt sich vorwärts bis an die Waschmaschine, richtet sich auf, hält sich an der Kante fest und zieht sich hoch. Er kommt zum Stehen, schwankt wie eine Birke im Wind, der Schwindel und die Sterne sind größer geworden, es ist so schwer, mit gebundenen Beinen das Gleichgewicht zu halten.

Aber da vor ihm ist Hoffnung. Da ist eine Tür. Er beginnt zu hoppeln, fällt fast, beißt sich auf die Zunge, wieder Schmerz, hoppelt weiter, noch einmal. Er ist an der Tür, Hoffnung keimt auf. Er greift nach der Klinke. Verschlossen. Achtmal greift er nach, drückt und zieht und stemmt und will es nicht wahrhaben. Er ist hier unten eingeschlossen.

Warum?

Wieder diese Frage, die nach einer Antwort brüllt. Er lehnt sich an die verschlossene Tür, sieht den Raum, der mehr und mehr schwankt, die Tiefkühltruhe, der Trockner, die Waschmaschine schaukeln hin und her, der steinerne Boden will nicht stillstehen. Gleich wird er wieder erbrechen müssen.

Was zum Teufel mach ich hier?

Er hoppelt zurück, es geht besser, er hat schon Hoppelroutine, bis an die Waschmaschine. Er hält sich wieder an der Kante fest, atmet. Langsam stoppt die innere Karussellfahrt. Dafür steigt die Angst auf, ein mulmiges, beklemmendes Gefühl, eine Hilflosigkeit angesichts seiner Blöße und Schwäche.

»Hallo?«

Oli ruft, zaghaft, aber er hat Stimme. Vielleicht wurde er ausgeraubt, hat durch einen Schlag auf den Hinterkopf sein Kurzzeitgedächtnis verloren, oder er hatte einen Schlaganfall, und die Rettung ist bereits hierher unterwegs?

Was für dumme Ideen.

Wer würde einen Kranken oder Verletzten halb nackt und gefesselt in eine Waschküche bringen? Welche Erklärung gibt es dann? Wo sind überhaupt seine Sachen?

Einer absurden Idee folgend, andere gibt es hier drinnen nicht, bückt er sich und macht mit den Fingern beider Hände die Tür zur Waschmaschine auf. Tatsächlich liegen da drinnen seine Klamotten. Oli wird wieder schwindlig, die Absurdität seiner Situation nimmt zu. In der Trommel, durcheinander, aber zu erkennen, seine Hose, sein Hemd, das Jackett, da, seine Socken. Seine Brieftasche sieht er nicht, auch nicht seine Schlüssel. Was hätten die auch in der Trommel verloren? Plötzlich sehnt er sich nach seinem Handy, er hat es in der Mittagspause im Büro gelassen, er könnte nicht mit Antonia reden, wenn er sein kleines Treffen hat, diese Stunden im Stundenhotel haben nur ihm gehört. Diese und die nächsten.

Obwohl heute etwas anders gewesen ist. Das fällt ihm ein. Keine Absteige, nein. Wo zum Teufel waren sie hingefahren? Er und seine Mittagspausenbraut? Zu ihr? Nein, das konnte nicht sein, sie hatte ihm doch erzählt, sie würde noch bei ihren Großeltern wohnen. Oder hat sie dort gewohnt, bis sie nach Frankfurt zog? Er weiß es einfach nicht mehr. Alles ist verschwommen. Eine Fahrt? Ja, genau. Da schon war ihm schwindlig gewesen. Und dann? Ein Loch im Kopf, eine Strecke ohne Erinnerung.

Er und die Junge haben sich jedes Mal wieder direkt verabredet, so wie sie auch das erste Mal direkt gewesen waren, er hatte da solche Angst gehabt, dass es aufgedeckt würde. Gezittert wie ein Welpe. Aber es trotzdem durchgezogen. Beim zweiten Mal schon eine rasante Routine, Handy im Büro lassen, raus ins Mittagsvergnügen.

Ist er entführt worden? Verschleppt? Das kann nur ein Witz sein, bei den Schulden, die er für das Reihenhaus noch abzuzahlen hat, könnte ihm einer was dazugeben, anstatt etwas von ihm zu fordern. Seine Arbeit im Büro, seine Besuche bei möglichen Kunden, so unbedeutend und klein, nichtig.

Was, was, was?

Bitte, bitte, nicht mehr diese Frage, sie macht ihm immer

mehr Angst, immer mehr Panik, seine Zähne klappern aufeinander, das kann aber auch vom kalten Steinboden kommen. Oli wühlt in der Wäschetrommel, zieht sein Hemd heraus, dann sieht er seine Schuhe. Was bitte schön machen seine Straßenschuhe da drinnen?

Egal.

Er seufzt schrecklich laut auf, Hauptsache, er kann sich wieder anziehen, ist nicht mehr nackt und bloß hier drinnen. Mit den Klamotten wird er sich gleich besser fühlen, das weiß er einfach, stärker, wieder mehr er selbst. Er zieht an den Fesseln der Hände, er muss freikommen, muss sich einfach sein Hemd überstreifen. Tränen rinnen ihm übers Gesicht, es ist der Schmerz, es ist die Angst, er zieht und heult. Hat er nicht schon etwas Spiel zwischen den Handgelenken?

Da fällt ihm das Licht oben gegenüber der Tür auf, das durch einen schmalen Streifen aus dickem, undurchsichtigem Glas fällt. Etwas Kraft kehrt in seine Muskeln, in sein Denken zurück. Wenn er sich entfesseln kann, auf die Kühltruhe steigt, dann kann er dahingelangen, das Glas einschlagen mit irgendwas, vielleicht mit seinen Schuhen, und sich durchzwängen, er ist gut trainiert und ein schmaler Typ. Hoffnung keimt wieder auf. Aber erst das Hemd.

Hinter ihm dreht sich ein Schlüssel im Schloss.

Er wirbelt herum, hat sein Hemd in der Hand.

Er schreit auf.

Da fällt Oli noch eine andere Erklärung ein. Es kann sich doch nur um einen schlechten Scherz handeln, einen der übelsten Sorte. So einen, wie man ihn manchmal im Fernsehen sieht, bei Spaßsendungen. Da werden arglose Mitbürger von Bekannten oder Freunden in böse Fallen gelockt, bis am Ende einer »Verstehen Sie Spaß?« oder »Mein bester Feind!« ruft.

Oli versteht schon Spaß. Aber er hat keinen besten Feind.

Ihm fällt partout niemand ein, der ihm so einen bitterbösen Scherz hätte spielen wollen.

Diesmal waren sie nur zu fünft im Konferenzraum, und draußen schlug heftiger Regen gegen das Fenster. Was der Juni bis jetzt an Hitze gebracht hatte, entlud sich, acht Tage nach dem Doppelmord in der Kaiserstraße.

Heinz Baldur hatte seinen inneren Kreis, seine Vertrauensleute, zusammengerufen. Harro würde nach der Besprechung zurück nach Köln fahren und dort nach dem Rechten sehen, er hatte fähige Mitarbeiter, würde aber bis zur Aufklärung des Falles pendeln.

Melek hatte für Kaffee gesorgt, und Dörte Fein stellte eine bunte Box mit verschiedenen Kuchenteilen auf den Tisch, die Reste der Geburtstagsfeier ihres Sohnes. Dann verteilte sie vier Mappen an die Anwesenden.

»Hier die letzten Auswertungen aus den Labors. Bei den Fäden, die Harro auf dem Körper Nummer zwei am Bett entdeckt hat, handelt es sich um indische Rohseide. Massage- und Kosmetikhandschuhe werden daraus gemacht. Da wir auf beiden Leichen weder Fingerabdrücke noch fremde Hautschuppen gefunden haben, könnte der Täter solche Seidenhandschuhe getragen haben. Alle Infos schicke ich euch auch noch per Mail. Aber wir haben in unserer Abteilung ein Problem mit einem Trojaner. Irgendein witziger Idiot hat uns lahmgelegt. Manchmal tut es einfach gut, was mit den Händen zu betatschen und zu bekritzeln, finde ich.«

Dörte war an der Tafel, an der die Tatortfotos hingen. Daneben stand heute ein Overheadprojektor, den Melek als Dinosaurier bezeichnet hatte. Dörte aber benutzte ihn jetzt. Analoger Tag.

»Hier, zwischen den Leichen, seht ihr die Abdrücke der Katze. Sie hat sich an der Kopfwunde von Körper Nummer eins zu schaffen gemacht.«

Melek legte ihr Kuchenstück zurück in die Box. Sie mochte Katzen nicht besonders, schon gar nicht Katzen, die von Leichen kosteten.

»Die Pfoten der Katze haben Abdrücke hinterlassen. Was mich wundert, sind die fehlenden Fußabdrücke. Der Täter oder einer der Täter war auf dem Bett, hat das Blut auf dem

Körper Nummer zwei verteilt. Trotzdem auf dem Fußboden keine blutigen Abdrücke. Er muss sich also, bevor er aufs Bett stieg, die Schuhe ausgezogen haben, danach wieder an, und sich überhaupt vorsichtig um die Blutlache herumbewegt haben. Oder er hat hinterher aufgewischt. Es gab Spuren von einem Reinigungsmittel am Parkett, das kann aber auch schon länger dort eingetrocknet sein. Trotzdem: einerseits die exzessive Gewalt, andererseits penible Sorgfalt, um keine Spuren zu hinterlassen.«

»Keine Hautschuppen auf dem Bett? Keine Haare auf dem Kissen? Man kann nicht einem betäubten Mann neun tiefe Stichwunden zufügen und sein Blut über seinen Körper streichen, ohne Spuren zu hinterlassen.«

»Auf diesem Bett sind viele Leute herumgeturnt, Heinz. Wir sind noch dabei, alles von der zerlegten Matratze bis zur Überdecke auszuwerten, das dauert. Bis jetzt leider keine Treffer.« Dörte Fein nahm einen Schluck Kaffee, holte Luft, aber Heinz unterbrach sie. Er wirkte nervös und unausgeruht.

»Weitere Ansatzpunkte. Arslan, bitte.«

Melek schob die Schutzhülle von ihrem iPad und scrollte über ihre eigenen bisherigen Ergebnisse. Dürftig noch, aber doch Neues.

»Wir sind mit der Suche nach der jungen Frau, die sich Jolly nennt, noch nicht weitergekommen. In den sozialen Netzwerken zu viele Kombinationen und Treffer, die wir erst nach und nach überprüfen können. Die Kollegen grasen alle Möglichkeiten im Netz ab. Laufen mit der Phantomzeichnung durch die Nachbarschaft und die Lokale.«

Thomas Habermann, der Fünfte in der Runde, zeigte auf wie ein braver Schüler.

»Ja, Thomas?«

»Ich bin in der Kaiserstraße bereits durch alle Lokale gerast, habe das Phantombild von der Unbekannten herumgezeigt, und einer der Kellner im Greens konnte sich an sie erinnern. Mit Vornamen Heinz, wie du, Boss. Sie war am 23. Juni abends dort an der Bar. Er wusste aber überhaupt keinen Namen. Hat sich gegen Ende unseres Gesprächs mehr und mehr verschlossen. Etwas strange. Ich hab ihn einbestellt für eine weitere Befragung. In der Commerzbank kannte sie keiner von den Mitarbeitern, auch da bin ich rum. Check!«

Dörte Fein begann, mit dem Kaffee in der Hand den Tisch entlangzugehen. Heinz Baldurs Unruhe hatte auch sie angesteckt.

»Ich bin noch nicht fertig, Leute. Hört mir also zu. Wir haben begonnen, die zahlreichen DNA-Proben zu untersuchen und zuzuordnen. Neben den beiden Toten und dem Wohnungsmieter haben noch einige andere Leute das Apartment genutzt, besucht oder was auch immer. Wir sind bei vierundzwanzig isolierten Proben bis jetzt. Achtzehn davon sind männlich, sechs weiblich. Wenn ihr also Verdächtige habt, können wir bereits Vergleiche machen.«

»Ich hätte gerne solche Vergleichsproben auch von Astrid Fahrenkauf und Rosemarie Jeer. Trotz ihrer Alibis. Ich will nicht ausschließen, dass eine der betrogenen Ehefrauen doch einen Weg gefunden und sich gerächt hat.« Heinz erhob sich ebenfalls, ging an die Tafel, fixierte die Fotos.

»Aber warum dann auch der jeweils andere?«, hakte Melek nach. »Aufräumen für alle beide?«

»Wer weiß. Bestellt sie einfach noch mal ein, macht den Vergleich.«

»Und Manuel Pirlo selbst?«

»Er hat ein Alibi, war, bis er die Leichen gefunden hat, bei drei Freunden, dann bei den Nachbarn unten. An seinem Körper, seiner Kleidung waren an dem Abend keine Spuren zu entdecken.«

Thomas griff sich ein Kuchenstück und wandte sich an die Leiterin der Spurenermittlung. »Was ist mit den Tatwaffen, Dörte?«

»Da wir keine Vergleichsmöglichkeiten haben, kann ich nur wiederholen, dass aus der Kopfwunde des ersten Opfers Holzsplitter extrahiert wurden, die zu einem Nudelholz genauso wie zu einem Baseballschläger oder einem anderen abgerundeten Gegenstand aus Holz passen könnten. Die beiden Scheren, die wir in der Wohnung gefunden haben, sind definitiv nicht die Tatwaffen, mit denen das zweite Opfer verletzt wurde.«

»Das heißt also, der oder die Täter haben alle Mordsachen eingetütet und mitgenommen?«

»Zusätzlich zu der Kleidung, ja!«

»Da haben wir wieder dieses verdammt achtsame Vorgehen.«

»Was wunderbar zu einer Frau passt. Klaro, oder?« Nach seinem etwas unpassenden Kommentar biss Thomas ab und tippte in sein Smartphone. Kuchenbrösel landeten auf dem Tisch.

»Thomas, nimm dir einen Teller. Wir sind hier nicht auf einem Kindergeburtstag, ja!«

Thomas Habermann schluckte und sah zu Heinz hin. Seinen Boss so mürrisch und müde zu sehen, wie so oft in den letzten Tagen, machte ihm doch zu schaffen. Er überlegte, mit was sich Heinz Baldur herumschlug, hätte aber niemals gewagt zu fragen.

Harro deNärtens hatte sich hingegen bereits einen Teller genommen und zwei Stück Kuchen daraufgelegt, dazu eine volle Kaffeetasse mit drei Stück Zucker danebengestellt. Er blieb die Ruhe in Person.

»Da ich euer letztes Meeting versäumt habe, will ich nachfragen. Was könnte das Tatmotiv sein? Die Fesselung, die Folter, die brutale Gewalt, das kommt ja auch nicht so oft vor.«

Heinz drehte sich von der Tafel weg zu Harro hin. »Wir sind alles durchgegangen. Von einem Racheakt bis hin zu brennender Eifersucht. Wir haben die Liste der Kunden, die Fahrenkauf in der Commerzbank beraten hat, ebenso wie die externe Liste von Jeer. Beide haben ihren Job ganz gut gemacht, keine betrügerischen Beratungen oder großen Verluste bei den Anlegern. Ihre Frauen wissen von keinen persönlichen Feinden, und wenn wir sie nach dem DNA-Test als Täterinnen ausschließen können, wankt natürlich auch das Eifersuchtsmodell.«

Melek mischte mit. »Eine Möglichkeit wäre auch, dass es während des Stelldicheins zu Handgreiflichkeiten gekommen ist. Dass die Dates der Männer Prostituierte waren und –«

Heinz unterbrach Melek. »Das hatten wir schon, Arslan. Dagegen sprechen die K.-o.-Tropfen. Die Fesselung. Die Folter. Dazu braucht es Vorbereitung. Diese Tat war geplant.«

»Was sagt der Fallanalytiker?« Harro schüttete und rührte den Zucker in seine Tasse.

Heinz setzte sich neben ihn, schenkte sich endlich auch Kaffee ein, nur schwarz. »Du meinst die Rücksprache mit Dr. Orwinski?«

Dr. Peter Orwinski leitete beim LKA Nordrhein-Westfalen die Gruppe für die operative Fallanalyse, kurz OFA genannt. Heinz hatte in seinen Kölner Jahren oft und gut mit ihm zusammengearbeitet. Hatte ihm erste Unterlagen vom Fall gemailt, ihn kontaktiert.

»Also: die Opfer, zwei Männer, Anfang beziehungsweise Mitte vierzig, verheiratet, Kinder. Beide ihren Ehefrauen untreu. Dr. Orwinski meint, der oder die Täter müssten gleich alt oder jünger sein. Mittelschicht wie die Opfer. Beiderlei Geschlecht kommt in Frage. Es könnte sich um ein Exempel handeln, das man damit statuieren wollte.«

»Aber wir leben in Zeiten, wo man für Untreue nicht gesteinigt wird.«

»Der Gesellschaft einen Spiegel vorhalten. Es könnte ein religiöser Fanatismus dahinterstecken. Du sollst nicht ehebrechen oder so. Eine Art Reinigung von Sünden. Denk an die jeweils neun Verletzungen beider Opfer.«

»Es sind aber zehn Gebote. Oder sieben Todsünden.«

»Das ist richtig. Wir können jedenfalls noch nichts ausschließen. Nicht mal einen geplanten Raubüberfall, obwohl nichts in dem Apartment fehlt, laut Aussage des Bewohners. Genauso gut kann es auch die junge Frau, die wir suchen, getan haben. Diese Jolly.«

»Eine Frau allein also?«

»Du selbst hast doch bestätigt, dass die Stichwunden mit der Schere auch von einer schwächeren Person stammen können, Harro. Fahrenkauf war betäubt, auch eine Frau hätte zustechen können. Und einem gefesselten und gefolterten Typen den Schädel einzuschlagen schafft auch das schwache Geschlecht.«

Eine Weile sagte keiner etwas. Draußen donnerte es.

Baldur trank seinen Kaffee in einem großen Schluck.

Dörte Feins iPhone gab eine klassische Melodie von sich.

»Das Labor.«

»Na los, geh ran.«

Die andern vier warteten gespannt. Außer drei kurzen Jas kam nichts aus Dörtes Mund, während ihre Hände auf die Tischplatte trommelten. Melek sah zu ihrem Boss, der rieb sich die Augen, seine Nächte waren sicher wie ihre viel zu kurz.

Dörte legte auf.

»Vornweg: Unser System arbeitet wieder. Also, es gibt drei gute Nachrichten zusammen mit einer vierten Nachricht, die aber aufgrund ihres Inhalts ausgeschlossen werden kann.«

»Hier bitte keine kryptischen Formulierungen, Dörte, in medias res.«

»Wir haben unter den vielen DNA-Proben aus der Wohnung immerhin vier Treffer im Computer erzielt.«

Heinz Baldur öffnete den Mund.

»Heinz, lass mich ausreden. Alle vier Treffer sind weiblich und in einer unserer Datenbanken gespeichert, weil es sich um vom Gesundheitsamt registrierte Prostituierte handelt. Die Daten werden in den nächsten Minuten an euch gesendet.«

»Also doch vielleicht meine Theorie mit dem Zuhälter«, murmelte Melek.

Ihr iPad gab einen Laut von sich, ebenso Thomas' Smartphone. Nur Heinz' Handy blieb noch stumm.

Melek las die Infos am schnellsten. »Beate Garusch, Greta Weißmann, Birgit Hoffner und Cornelia Kabinsker. Alle vier mit Meldeadressen. Die Frage ist, ob sie noch dort wohnen.«

»Melek.« Dörte unterbrach ihre Kollegin. »Schau bitte genauer hin. Drei könnt ihr ausfindig machen und vernehmen, Nummer vier allerdings ist auszuschließen.«

»Oh«, sagte Melek nur.

»Spannt mich nicht auf die Folter, Leute.« Heinz starrte immer noch auf sein Handy, die Nachricht war bei ihm noch nicht angekommen.

Dörte kam zu ihm, berührte seine Schulter. »Die vierte ist vor vier Jahren verstorben. Cornelia Kabinsker.«

»Wie kommt dann ihre DNA in diese Wohnung?«

»Dafür gibt es eine Erklärung, Heinz. Sie kann sich auch vor ihrem Ableben in der Wohnung aufgehalten haben. DNA-Spuren können lange bis unendlich nachgewiesen werden.«

»Immerhin haben wir drei lebende horizontale Gewerbedamen, die wir schnellstmöglich besuchen sollten.«

Thomas Habermanns Blick wechselte von seinem Smartphone zu den Bildern an der Wand. »Ich könnte einen Kollegen von der Sitte bitten zu versuchen, sie rund um den Hauptbahnhof ausfindig zu machen. Vielleicht haben wir Glück, und sie sind alle drei noch im aktiven Dienst.«

»Aktiven Dienst? Was heißt das denn, Thomas?« Dörte schüttelte den Kopf, Melek grinste.

»Ich meine, wenn sie dort noch anschaffen gehen, ist die Chance megagroß.«

»Dann mach das, Habermann. Jetzt gleich.«

Thomas nickte schnell und ging mit dem Telefon am Ohr ans Fenster.

Heinz schüttelte Dörtes Arm ab, stand auf und begann quer durch den Konferenzraum zu laufen. »Bei der vierten, der Verstorbenen, nehmen wir zumindest die Angehörigen auf unsere Agenda. Da sie anschaffen gegangen ist, suchen wir nach dem Zuhälter.«

Melek wippte mit ihrem Fuß und stieß gegen den Tisch, der Kaffee in den Tassen schwappte. Ihre Finger liefen über das Display.

»Ich hab sie schon. Cornelia Kabinsker. Es gab einen Vermerk wegen illegaler Prostitution, dann hat sie sich registriert. Eine weitere Verhaftung. Danach aber nichts mehr. Der Eintrag ist nie gelöscht worden. War bis zu ihrem Tod hier in Frankfurt gemeldet. Hier kommt ihre letzte Anschrift.«

»Gut. Das übernimmst du, Arslan, mit Habermann. Und weiter?«

Melek zuckte mit den Schultern.

Thomas kam vom Fenster zurück. »Ich habe den Kollegen erreicht. Mit etwas Glück treibt er die Frauen auf. In diesem Apartment scheint einiges los gewesen zu sein.«

Dörte Fein sah Heinz zu, wie er auf und ab lief wie ein gefangener Tiger. Auch sie überlegte, was ihrem Kollegen über die Leber gelaufen sein könnte.

»Immerhin geht etwas voran, Heinz.«

»Es ist mir zu wenig, zu wenig!«

Heinz Baldur schlug mit der rechten Hand auf den Tisch. Draußen unterstützte ein zweiter Donner seinen unerwarteten Ausbruch.

Ich sehe nichts, ich höre nichts, ich sage nichts.

Melek musste an die drei japanischen Affen denken und hoffte, dass die drei Damen vor ihr kein solches Bild abgeben würden.

Beate Garusch, Greta Weißmann, Birgit Hoffner.

Bei der Befragung zu den Morden in der Kaiserstraße durch Baldurs Team saßen die drei Prostituierten vom Bahnhofsviertel den Ermittlern gegenüber.

Thomas Habermanns Kontaktmann bei der Sitte hatte sich spontan als sehr hilfreich erwiesen, die drei Frauen schnell ausfindig gemacht und sie dazu bewegt, sich mit der Kripo zu treffen. Allen dreien war vorher zugesichert worden, dass es sich im Moment nur um eine Aussage, noch keine Beschuldigung, keinen direkten Verdacht, handelte.

Am heutigen Tag wirkte Heinz Baldur ausgeglichener, schien seine Ruhe wiedergefunden zu haben.

Er hatte den drei Frauen vorneweg etwas zu essen spendiert und sie dazu in das italienische Restaurant Da Mario, direkt am Beginn der Kaiserstraße, eingeladen. Er wollte die Situation auflockern, damit es zu einem vertrauteren Austausch kommen konnte, mehr als nur das Bulle-Nutte-Gespräch, das diese Frauen oft genug erlebt hatten.

Ihre Bereitschaft, sich mit der Polizei zu treffen, sprach dafür, dass die drei Frauen eher nicht von Befragten zu Verdächtigen werden würden. Doch wann und warum sie am Tatort gewesen waren, konnte eine wichtige Information darstellen.

Birgit Hoffner und Beate Garusch hatten sich für eine Pizza entschieden, Greta Weißmann drehte sich Nudeln auf.

Melek dachte, dass man diesen Frauen, so wie sie ihnen hier im Lokal unter all den anderen Gästen gegenübersaßen, nicht ansehen konnte, welchem Gewerbe sie nachgingen. Am ehesten wirkte die sehr dünne Birgit Hoffner in ihrem extrem knappen Rock und dem eng anliegenden Top noch wie ein käufliches Mädchen, aber es war Sommer, und viele Frauen, Melek privat inklusive, zogen sich schon mal gern sexy an.

Vor den dreien am Tisch lag noch immer das Fahndungsbild der jungen Frau, die sich Jolly nannte. Keine der drei hatte das Mädchen wiedererkannt. Als Thomas das Bild hinlegte, hatte Melek die Frauen genau beobachtet, aber in keinem der Gesichter hatte es ein Zucken oder ein Aufblitzen in den Augen gegeben.

»Jolly, des issn bläide Noame, wannde misch fräjgschd.« Greta Weißmann schob sich ein weiteres Nudelknäuel von der Gabel in den Mund. Ihre Zähne waren gelblich, sicher rauchte sie zu viel, ihre Stimme klang rau, passte überhaupt nicht zu dem Dialekt.

Birgit Hoffner säbelte an ihrer Pizza und nickte. »Jolly klingt nach Buntstiften oder Kinderkram. Wenn eines der Mädels so einen doofen Arbeitsnamen beim Anschaffen hätte, hätte ich ihn mir gemerkt.«

Die Älteste, Beate Garusch, so um die dreißig, die lange, angeklebte Wimpern hatte, legte ihr Besteck zur Seite, hatte die Pizza kaum angerührt. »Es gibt eine Juno, die hat der Meine auch im Rennen. Und ich kenne eine Jupiter, die sich mal ein Zimmer neben mir gemietet hat, aber die ist inzwischen so alt, da geht wirklich nichts mehr.«

»Wobei viele Typen auf Alte stehen. Mär mag's faschd nedd glaawe.«

Heinz räusperte sich. »Hat denn das Prostitutionsgesetz bei euch an der Freierfront etwas verbessert?«

Melek stutzte. Mit dieser Frage von ihrem Boss hatte sie nicht gerechnet.

Die drei Frauen aber tauten sichtlich auf.

»Na, was glaubst du? Dass das Gesetz von 2002 gekommen ist, ist gut gewesen, das schon. Wir sollten ab da ja einen anerkannten Beruf haben. Aber inhaltlich hat uns das Gesetz wenig geholfen. Dass das Ausbeuten von uns Nutten strafbar geworden ist, schön und gut, aber so was ist dehnbar, da schau erst mal, wie du da einen anzeigen kannst.«

Beate Garusch schien ihren Appetit doch wiedergefunden zu haben, griff nach dem Messer und begann ihre Pizza zu achteln. »Den Freiern hat es Vorteile gebracht, das ist zum Lachen, weil die sich nicht mehr wegen Sittenwidrigkeit strafbar machen. Da kommen auch die Herren aus dem Ausland massenhaft zu uns für den Schnäppchensex.«

Die beiden anderen nickten.

Heinz trank von der Cola, die er sich bestellt hatte. Melek nippte an ihrem Wasser. Thomas Habermann knabberte an einem Stück Brot und sah etwas verstohlen auf das Essen der Frauen.

»Meine Damen, wenn ich Ihnen jetzt ein paar Namen nenne, würden Sie mir dann direkt sagen, ob Sie etwas damit anfangen können?«

»Frisch vunnde Läwwer weg.«

»Manfred Fahrenkauf. Hugo Jeer.«

Alle drei schüttelten synchron den Kopf.

»Kaiserstraße 22. Das Apartment oben. Die Mansardenwohnung.«

Wieder Kopfschütteln, doch mittendrin hörte Beate Garusch auf.

»Moment. Die Adresse kenne ich. Dahin bin ich schon mal bestellt worden.«

»Wann und von wem?« Thomas schaltete sich ein.

Beate Garusch überlegte. »Wartet. Da hat's einmal so eine Party gegeben, da hat man mich hinbestellt. Aber das liegt weit zurück.«

»Ja, doa hotse rescht, 's kennd soi. Is awwer wärglisch länger her.«

»Also, ich erinnere mich nicht.« Birgit Hoffner, die Jüngste, mischte mit, zuckte mit den Schultern, zog an ihrem Top. »Es sind einfach zu viele Kerle und zu viele solcher Partys. Sorry.«

Heinz legte nach. »Manuel Pirlo.«

»Oh ja.« Beate Garusch lachte jetzt leise. »Ich erinnere mich. Der hat da eine Sexparty für seine Freunde geschmissen. Hat einen neuen Job bekommen oder so was. War selber aber ein Schwuli. Da waren auch ein oder zwei Jungs vom Strich dabei. Aber nett von dem, für seine Heteros zu sorgen. Und war gut bezahlt, vor allem die Extras.«

Melek merkte, dass sie sich wieder über ihre Naivität im Verhör mit dem homosexuellen Mieter der Tatortwohnung zu ärgern begann. Sie überlegte, was so ein Extra sein könnte. In Köln hatte sie in ihrer Zeit bei der Streife nur zweimal mit Prostituierten zu tun gehabt. Im Rückblick erstaunlich wenig.

Beate Garusch redete schon weiter. »Wie gesagt, ist eine Weile her.«

»Wann war das? Überlegen Sie bitte.«

»Ein Jahr bestimmt. Nein, länger. Über ein Jahr.«

»Danach noch mal? Vielleicht in der letzten Zeit?«

»Nö. Warum?«

Plötzlich verwandelte sich Beate Garuschs kleines Lachen in ein schallendes, lautes Gelächter. Ein paar der anderen Gäste drehten sich zu ihnen um.

»Jetzt macht es klick in meinem Kopf. Das ist doch der Ort, wo diese zwei Fremdgänger abgeschlachtet worden sind. Da war was los hier in der Ecke. Und ihr denkt jetzt, wir haben was damit zu tun oder vielleicht unsere Männer. So ist es doch, Herr Hauptkommissar, oder?«

»Ich gestehe!« Heinz grinste.

Beate Garusch lachte immer noch, als hätte man ihr einen guten Witz erzählt. »Wenn ich euch jetzt sage, dass ich ein Alibi habe. Oder besser neun Alibis, denn so viele Kunden hatte ich höchstwahrscheinlich an dem besagten Abend, würdet ihr mir glauben?«

»Ja.«

»Dasselbe könnte für uns alle drei gelten.«

»Ich glaube es auch den beiden anderen Damen.«

»Aber ihr bestellt uns jetzt trotzdem ins Präsidium ein, damit wir eine offizielle Aussage machen?«

»Muss ich. Verzeihen Sie mir?«

»Ja!«

Birgit Hoffner und Greta Weißmann guckten etwas irritiert

zwischen Heinz Baldur und Beate Garusch hin und her. Ebenso Thomas Habermann. Melek hätte sich gern mehr eingemischt. Wollte die DNA-Probe ins Spiel bringen und die Frauen mehr unter Druck setzen. Aber das schien ihren Boss überhaupt nicht zu interessieren. Er winkte dem Kellner zum Zahlen.

»Das wäre für den Moment alles, meine Damen.« Heinz holte sein Portemonnaie heraus. »Eines noch.«

»Was dein Herz begehrt, Hauptkommissar.«

»Cornelia Kabinsker. Sagt einer von Ihnen der Name etwas?«

Alle drei schüttelten wieder den Kopf, es wirkte schon wie einstudiert.

»Soll vor einigen Jahren hier angeschafft haben. Ist verstorben, laut unseren Infos.«

Beate Garuschs Lachen verebbte. »Die wenigsten von uns werden in Würde alt. Aber das weißt du ja.«

Sie steht schräg gegenüber dem Haus. Warum sie gerade heute hier langgelaufen ist, kann sie nicht sagen. Das tut sie immer wieder mal, geht vorbei, vor oder nach der Arbeit, macht den großen Umweg, stellt sich unter die Eiche, wartet manchmal, ob einer drüben herauskommt. Nie hat sie Angst gehabt, wiedererkannt zu werden oder auf jemanden zu treffen, der sie angesprochen hätte. Sie hat sich verändert, gehört nicht mehr hierher. Das hat nicht nur mit der anderen Frisur, der Sonnenbrille oder dem anderen Outfit zu tun.

Bis heute ist nie jemand aus dem Haus gekommen oder in das Haus hineingegangen. Immer stand sie da und harrte wie eingefroren in der Zeit aus, nur um dann einfach wieder fortzugehen, als hätte es diese Schleife in ihrem Weg, in ihrem Tagesablauf nie gegeben.

Als sie die Frau und den Mann vor der Tür gesehen hat, ist ihr erster Impuls gewesen, heute weiterzugehen, sich aus dem Staub zu machen, aber sie hat in den letzten Jahren so vieles getan, das ihren ersten Impulsen widersprochen hat, dass sie doch stehen bleibt. Und beobachtet.

Sie kennt die beiden, hat ihnen tatsächlich schon die Hand geschüttelt, ein paar Worte mit ihnen gewechselt, hat eine unbedeutende Aussage gemacht, es sind Ermittler, Polizei also. Dass die nun hier aufgetaucht sind, überrascht sie schon etwas, welcher Strang hat sie hierhergeführt?

Der alte Mann kommt vor die Tür, und aus der Entfernung kann sie seinen Zerfall der letzten Jahre bis unter die Eiche sehen. Er ist dabei, sich zu Tode zu trinken, er wird es nicht mehr lange machen.

Stimmt sie das froh? Sie denkt daran, dass sie sich seinen Tod immer und immer wieder gewünscht hat, aber nicht ein natürliches, langsames Sterben zwischen Müll und leeren Flaschen. Obwohl das auch eine gewisse Gerechtigkeit gebracht hätte. Nein, sie hat sich eher immer mit einem Messer in der Hand oder einer Schnur zwischen den Fingern gesehen und dazu seinen letzten Blick in ihre Augen, sodass er versteht, was er ihr angetan hat und was durch seine Schuld aus ihr geworden ist. Getan hat sie nie etwas in der Richtung, nie auch nur ihre Hand gegen ihn erhoben, nicht einmal ihre Stimme.

Der alte Mann und die beiden vor der Tür reden. Eine Nachbarin ist auch am Zaun, die kennt sie nicht, muss später hergezogen sein. Alles verändert sich, nicht nur sie.

Plötzlich ringt der junge Besucher mit dem alten Kerl, ringt ihn zu Boden, aus der Entfernung kann sie nichts hören, den Grund nicht erfahren. Die junge Frau will helfen, die Nachbarin am Zaun fotografiert, die Situation scheint zu eskalieren, gleich werden die Polizisten Verstärkung rufen. Sie dreht sich um und geht.

Spätabends kommt sie noch mal zurück.

Bei den Nachbarn wird gegrillt, sie kann Stimmen hören, sicher wird über den Vorfall am Nachmittag diskutiert. Sie hat schon darüber gelesen, alles erfahren. Das Netz ist voll davon, die Posts bei Facebook und die Twittermeldungen quellen über. Polizeiwillkür. Alter Mann wird attackiert. Seine Tochter, die doch schon lange tot ist, gelte im aktuellen Fall als tatverdächtig, eine peinliche Ermittlungspanne oder Schikane?

Das hat ihr gefallen. Nach all ihren eigenen Pannen und Abstürzen im Leben genießt sie es manchmal, andere abstürzen zu sehen. Sie hat das Bild des Chefermittlers im Internet gesehen, der Hauptkommissar mit der eigenartigen Vergangenheit, hat über seinen bizarren Fast-Abgang vor einem Jahr in Köln gelesen, auch das fand sie gut. Ein wenig aufregend. Ein wenig seltsam. Wie ihren eigenen Lebensweg bis hierher. Sogar ein wenig berührend.

In der Dunkelheit kommt sie jetzt näher. So nah wie in den letzten Jahren nie. Steht eine Weile vor der Haustür. Hört nichts von drinnen. Sie drückt die Klinke, unverschlossen. Hat der alte Mann nicht Angst, dass ihm einer etwas aus seinen angehäuften Müllbergen klaut? Wahrscheinlich ist es der Suff, der ihn immer vergesslicher werden lässt. Oder die Polizei hat ihn später noch abgeholt, und keiner ist drinnen im Haus.

Die Tür schwingt lautlos auf.

Sie macht zwei Schritte und steht in der Dunkelheit. Hier drinnen ist es noch viel wärmer als draußen, und der Gestank setzt sich sofort in ihrer Nase fest. Wie kann er hier noch leben? Sie zieht ihr Smartphone aus der Hosentasche, das Display leuchtet, gibt Licht. Schon im Vorraum stapeln sich Kartons und alter Nippes. Dazwischen Kleidung und Dosen. Seine Sammelwut ist völlig außer Kontrolle geraten. Sie geht weiter, hält sich mit der freien Hand die Nase zu.

Im Wohnzimmer ist es noch schlimmer, kaum Platz, sich zu bewegen. Nur noch ein Sessel vor dem Fernseher ist frei. Daneben unaufgegessenes, angeschimmeltes Brot neben einer Klopapierrolle, ein schmutziger Wäschehaufen und darauf wild durcheinander eine Brille, eine Haarbürste und ungeöffnete Briefe, alte Zeitungen.

Ihr wird übel.

Trotzdem steht sie, verharrt noch. Greift sich ein Teil. Greift und ekelt sich. Greift und steckt ein. Dann bewegt sie sich rückwärts, geht, wie sie gekommen ist. An der Haustür angekommen, hört sie von oben ein Schnarchen, eher der Laut eines großen kranken Tieres als eines Menschen. Sie geht hinaus, zieht die Tür hinter sich zu, zieht die Luft draußen ein wie einen langersehnten Duft. Sie wischt sich ihre Hand an der Jeans ab, später muss sie sie waschen, schrubben.

Auf der Straße, dem Weg zurück, ist sie froh, den alten Mann nicht getötet zu haben. Das hier, langsam und qualvoll, ist für ihn doch eine gute Art, zu sterben.

✂

Polizeiwillkür gegen Rentner

Ein Kommentar von Lars Weden

Diesmal muss man dem empörten Aufschrei der Boulevardpresse und dem Shitstorm im Internet recht geben, denn die Frankfurter Polizei hat sich topaktuell im Fall der »Fremdgängermorde« einen kapitalen Patzer geleistet. Im Rahmen der Aufklärung wurde anscheinend nicht nur gegen eine Verstorbene ermittelt – schwer vorstellbar, dass Cornelia K., die vor vier Jahren bei einem Autounfall in Spanien ums Leben gekommen ist, letzte Woche die beiden Männer in der Kaiserstraße getötet hat –, einer der Polizeibeamten hat auch die Nerven verloren und den Vater der Verstorbenen angegriffen. Ist der Druck seitens der Medien zu groß? In der heutigen Zeit, wo jeder auf schnelle Ergebnisse wartet, können wenige Tage schon Druck erzeugen, das ist wahr. Aber verlangt nicht jedes Verbrechen eine schnellstmögliche Aufklärung? Das Team um den Ersten Hauptkommissar Baldur muss es gewohnt sein, mit Stress umzugehen, somit …

»Das ist absolute Scheiße!«

Heinz Baldur zerknüllte die ausgedruckte Seite aus der Frankfurter Rundschau Online nicht, zerriss sie nicht, sondern faltete sie zusammen und legte sie auf den Tisch. Dann atmete er tief durch. Diesmal blieb ein Ausbruch aus. Auch wenn die Situation in Heinz' Büro ziemlich angespannt war.

»Und das ist nicht scheiße, weil die Presse uns in der Luft zerreißt, auch nicht, weil wir von einem Shitstorm im Netz überrollt werden. Es ist DIE TOTALE SCHEISSE, weil es unsere Arbeit noch schwieriger macht und wir selbst, ich wiederhole das noch mal, wir SELBST, WIR haben uns diese Scheiße eingebrockt. So ist es doch, oder?«

Die beiden Anwesenden hatten den Kopf gesenkt und schwiegen.

Melek Arslan kaute auf einem ihrer Fingernägel, während Thomas Habermann mit seinem Zeigefinger imaginäre Kringel auf die Schreibtischplatte malte. Heinz drehte sich auf seinem Bürostuhl hin und her, einmal rechts, einmal links.

»Habermann.«

»Was soll ich sagen, Boss? Wir haben eben Scheiße gebaut.«

Jetzt war es an Melek, tief Luft zu holen.

»Arslan, vielleicht fällt dir etwas dazu ein?«

Sie fällte einen schnellen Entschluss. »Ich kann mich Thomas nur anschließen. *Bok. Üzgünüm.*«

Bernhard Kabinsker macht die Tür auf, und seine Alkoholfahne ist das Erste, was Melek auffällt. Drinnen ist es dunkel, die Rollos sind heruntergezogen, es riecht muffig, mehr noch, es stinkt wie nach altem Fisch. Draußen vor der Tür hat es über dreißig Grad, die Sonne brennt heute mal wieder.

»Kriminalpolizei Frankfurt. Herr Kabinsker?«

»Ja, und?«

Thomas zeigt seinen Ausweis, Melek lässt ihre Hände vorn verschränkt.

Sie sieht eine Bewegung am Zaun des kleinen Vorgartens, der nur aus kargem Gras besteht. Eine füllige Frau steht dort, auf ihrem Arm ein kleines Mädchen mit Schnuller im Mund.

»Herr Kabinsker, wir hätten ein paar Fragen zu Ihrer Tochter, dürften wir hinein?«

»Cornelia ist tot. Hab ich doch gemeldet, musst ich doch melden. Hat mich Stunden auf dem Amt gekostet. Musste eine Nummer ziehen. Eine Nummer, das sind wir, das macht man aus uns. Was gibt's sonst noch?«

»Vielleicht, wenn wir drinnen …?«

»Alles, was es über meine Tochter zu sagen gibt, kann hier draußen besprochen werden. Ist ja nicht viel. Sie war eine Schlampe, und jetzt ist sie tot.«

»Woran ist sie denn gestorben?«

»Warum fragen Sie?«

»Im Zusammenhang mit dem Doppelmord in der Kaiserstraße hat uns eine Spur zu Ihrer Tochter geführt.«

»Die Typen, die massakriert worden sind?«

»Herr Kabinsker, wir sind noch mitten in den Ermittlungen, wir gehen vielen Möglichkeiten nach.«

»Schlampen. Schlampen sind die alle. Meine Frau war eine, hat sich von mir anbumsen lassen. Musste sie doch nehmen, nachdem das Kind da war, oder? Und wie die Mutter, so die Tochter. Und die Regierung. Alles Schlampen mit einer Oberschlampe.«

Bernhard Kabinsker dreht sich um, schwankt, verschwindet im Inneren des Hauses. Melek und Thomas sehen sich kurz an, da taucht der Mann schon wieder auf, diesmal mit einer Flasche Bier in der Hand. Er trinkt und wischt sich über das unrasierte Kinn. Schwenkt die Flasche in Habermanns Richtung. Der macht einen Schritt zurück.

»Nach unseren Informationen ist Cornelia Kabinsker vor vier Jahren verstorben.«

»Was wollen Sie dann von mir? Ihr Klugscheißer wisst ja schon alles.«

Bernhard Kabinsker rülpst, dann spuckt er Thomas vor die Schuhe. Melek hört ein Kichern von der Seite. Die füllige Frau steht immer noch am Zaun, das Kind ist nicht mehr auf ihrem Arm. Dafür hält sie ein Handy in die Höhe.

»Würden Sie bitte keine Fotos machen?«

»Was denn? Angst vor 'nem Bildchen?«

»Ich könnte es auch mitnehmen, wissen Sie? Konfiszieren.«

Die Hand mit dem Handy senkt sich.

Die Sonne brennt so gnadenlos, und Melek sieht, wie sich Thomas' Brustkorb auf und nieder bewegt, er wischt sich den Schweiß von der Stirn.

»Herr Kabinsker.«

Melek kann hören, dass Thomas' Stimme schärfer geworden ist.

»Also. Ihre Tochter Cornelia ist vor vier Jahren bei einem Unfall in Spanien ums Leben gekommen?«

»Nichts ist übrig von ihr. Schlampe. Hat mich im Stich gelassen. War doch klar, dass sie abstürzt. Hat mit jedem rumgemacht. Eine Hure als Tochter! Aber so sind die Weiber.«

Er nimmt einen Schluck, schirmt seine Augen mit der Hand gegen die Sonne ab. »Ist doch so, Gitti, oder?«

Die füllige Frau am Zaun hebt unfassbarerweise den Daumen.

»Aber gemeldet war Sie hier bei Ihnen als letzte Wohnadresse. Vielleicht dürfen wir doch reinkommen, und wir reden drinnen weiter.« Thomas macht den einen Schritt wieder nach vorn.

Völlig überraschend hebt Bernhard Kabinsker die Hand mit der Bierflasche. Vielleicht will er nur verhindern, dass die Polizei in sein Haus kommt. Vielleicht will er dem Bullen aber auch eins überbraten.

Kommissar Habermann jedenfalls bekommt einen Schrecken, sein internalisiertes Polizeitraining übernimmt, und mit zwei schnellen Griffen hat er Bernhard Kabinsker gepackt und zu Boden gebracht. Die Bierflasche fällt ebenfalls, zerbricht in Hunderte Scherben, die in der Sonne glitzern.

Melek will zwei Dinge gleichzeitig tun. Ihren Kollegen stoppen, für sie hat es keinen Grund gegeben, den betrunkenen Mann niederzuringen. Und Bernhard Kabinsker wieder aufrichten, ihn von da unten hochholen, damit er sich nicht an den Scherben verletzt. Die Aktion könnte ihnen Ärger einbringen.

Da ist es schon zu spät. Nachbarin Gittis Handy ist wieder in ihrer Hand aufgetaucht, sie macht die Fotos, die sie nur eine halbe Stunde später an die Boulevardpresse verkauft. Der Shitstorm bricht los, die Medien haben im Sommerloch einen Aufmacher.

»Scheiße! Ich sag das gerne noch ein paarmal.« Heinz Baldur hob das gefaltete Zeitungsblatt wieder hoch, fächelte sich damit Luft zu.

Melek Arslan und Thomas Habermann sagten nichts.

… somit ließe sich zusammenfassen: In der beliebten Kaiserstraße geschieht ein Doppelmord, und die Frankfurter Mordkommission hat

nichts Besseres zu tun, als einen Frührentner wegen seiner verstorbenen Tochter unter Druck zu setzen. Sosehr man gegen die anonymen Shitstormer ist, kann man doch verstehen, dass sie ihrer Empörung Luft machen möchten. Hauptkommissar Baldur hat eine Interviewanfrage zur Klärung abgelehnt. Schweigen ist vielleicht tatsächlich eine gute Strategie gegen diesen Polizeiflop. Noch besser wäre eben ein Fahndungserfolg, Herr Baldur.

✂

Sie saßen wie Hühner nebeneinander auf einer der Bänke im Kanonesteppel. Thomas und Melek tranken Äppelwoi im Krug wie ein klassisches Touristenpaar. Nur Heinz hatte sich ein Glas Weißwein bestellt und nippte daran. Sein Magen tat wieder weh. Er fühlte sich, als hätte er leichtes Fieber, seine Glieder schmerzten, und sein Kopf brummte.

Am liebsten hätte er den beiden vor sich die wahre Geschichte erzählt, nicht die übertriebene, teils erfundene Story aus der Boulevardpresse. Die mit Rita. Oder auch die andere Geschichte. Aber es waren Kollegen, mehr noch, Untergebene, wie er dieses Wort verachtete.

Die beiden hatten Scheiße gebaut und die Scheiße wieder korrigiert. Soweit es in ihrer Macht stand. Heinz genügte das.

Bernhard Kabinsker war umgehend abgeholt worden, doch diesmal war es eine freundliche Einladung ins Polizeipräsidium, und im Rahmen dessen hatten Melek und Thomas sich bereit erklärt, sich bei dem Mann zu entschuldigen. Der Zwischenfall galt als geklärt, die Aussage des Mannes zu seiner verstorbenen Tochter war aufgenommen worden.

Auch Kabinsker selbst hatte diesmal richtig kleinlaut gewirkt, er hatte erzählt, dass es das erste Mal seit Monaten gewesen sei, dass er sein Haus und seine Straße überhaupt verlassen habe. Nach dem Krebstod der Ehefrau war er wohl endgültig abgestürzt, hatte seine Arbeit verloren, nur mehr Streit mit der Tochter gehabt, die sich irgendwann aus dem Staub gemacht, den Vater endgültig im Stich gelassen hatte. Die Nachricht von ihrem Unfalltod habe ihn deshalb weniger getroffen als das langsame Sterben von Cornelias Mutter, wie er meinte. Keine Freunde, keine Sozialkontakte, gerade Nachbarin Gitti redete manchmal über den Zaun mit dem alten Mann. Ein einsamer Trinker.

Cornelias Sterbeurkunde hatte er dabeigehabt, hatte sie tatsächlich in seinem Chaos gefunden, hatte sie in einer durchsichtigen Folie mitgebracht wie ein Relikt. »Is auf Spanisch«, hatte er gesagt und hilflos mit dem Daumen über die Sätze gestrichen.

Er hatte nie eine Nachbeurkundung in Deutschland beantragt. Das Papier wurde eingescannt und gespeichert. Wo seine Tochter begraben lag, hatte der alkoholabhängige Mann nicht sagen können. Irgendwo da in Spanien, »Tarragona« stand auf dem Blatt Papier. Das würden die Ermittler noch nachprüfen.

Die unschönen Fotos, die Kommissar Thomas Habermann zeigten, wie er einen älteren, verbrauchten Mann zu Boden brachte, würden wohl noch lange im Internet kursieren, aber schon heute war es die Schlagzeile von gestern. Thomas würde einen Verweis bekommen, eine Suspendierung hatte Heinz strikt abgelehnt. Melek konnte aus der Geschichte völlig herausgehalten werden.

Sie mussten weitermachen. Immer noch gab es zwei Tote, deren Körper noch nicht freigegeben worden waren und deren Ehefrauen auf eine Beerdigung warteten.

Jetzt saßen sie drinnen im Kanonesteppel, der Innenhof war bei den warmen Abendtemperaturen völlig überfüllt.

»In meiner Zeit als Streifenpolizistin hatte ich einen Partner, der so unanständig fluchen konnte, dass ich innerlich immer rot wurde. Der hätte den richtigen Text zu der Meldung der Bild Zeitung gemacht.« Melek trank einen Schluck und schüttelte ihre dunklen Haare, als wäre der Äppelwoi Zitronenwasser.

»Ich bin mir sicher, auf Türkisch gibt es auch genug vermaledeit krasse Flüche, nicht?« Thomas hatte seine Reue und Niedergeschlagenheit anscheinend hinter sich gelassen und stellte seinen Sprachstil mal wieder zur Schau.

Vermaledeit krass? Heinz fragte sich, wie Thomas zu seinen seltsamen Ausdrücken fand. Am liebsten hätte er ihn schon wieder gemaßregelt, aber es war klar zu beobachten, dass Thomas Melek wohl auch vermaledeit krass fand, so wie er sie ansah, deshalb wollte Heinz ihn am Feierabend nicht blamieren.

Wobei Feierabend ein dehnbarer Begriff war. Heinz würde nach dieser Runde zurück ins Präsidium fahren, noch hereinkommende Meldungen sichten und, wie es schien, wieder eine Runde auf der unbequemen Couch pennen. Wenn er mit den Magenschmerzen überhaupt einschlafen konnte. Vielleicht doch besser seine Wohnung, es wurde Zeit, dass er in seinem Bett nächtigte.

»Ich sehe mir total gern ›Sherlock‹ im Fernsehen an. Ob ihr es glaubt oder nicht, da kann man ein paar Anregungen mitnehmen.« Thomas sah bei seiner Rede nur Melek an, wartete auf ihre Reaktion, kratzte sich an seinem hohen Haaransatz.

»Oh! Ich hab die alten Bücher weder gelesen noch mir die alten Filme angesehen, sorry.« Melek zuckte nur mit den Schultern. »Mich interessiert mehr die neue Polizeiarbeit mit all den technischen Verbesserungen, die auf uns zukommen werden.«

Oje, dachte Heinz, da biss Thomas aber auf Granit. Er gähnte.

Doch Thomas ließ nicht so schnell locker. »Ich meine den modernen ›Sherlock‹, die BBC-Serie. Da wird die alte Geschichte mit moderner Computertechnik kombiniert. Das würde dir gefallen. Ich deduziere. Sagt er immer. Grüner geht's nicht.«

»Was?«

»Deduzieren, also herleiten, folgern. Das heißt für mich, Fakten und Intuition zu verbinden. Magst du dir mit mir mal die bisherigen Staffeln ansehen?«

Melek lächelte etwas geheimnisvoll, gab aber keine direkte Antwort, was einem Korb gleichkam. Heinz versuchte die Situation zwischen den beiden zu retten, es war wichtig, dass sie gut miteinander klarkamen.

»Der Polizeipräsident hat nicht nur ein Informationsverbot verhängt, sondern sich per Rundschreiben auch jeden Kommentar zu all den Bemerkungen in der Presse und im Internet verbeten. Denkt bitte daran!«

Melek schien gern auf den Themenwechsel einzugehen.

»Bin ich völlig anderer Meinung.« Sie hatte die ersten hundert bösen Kommentare gesammelt und vorgeschlagen, den Leuten, die anonym deftige Beschimpfungen posteten, zu antworten.

»Nein, Melek. Das ist gut. Vernünftig. Wenn du denen antwortest, hört es nie auf.« Auch Thomas war offenbar froh über die neue Gesprächsrunde.

»Macht es dir etwas aus, dass die das alte Zeug über dich und deinen ›Unfall‹ wieder ausgegraben haben, Heinz?« Melek sah ihn bei ihrer Frage nicht an.

Heinz seufzte nur. Hörte sich Unfall wirklich besser als Mordversuch an? Er winkte ab, er fühlte sich plötzlich zu kraftlos, um zu antworten, und schob das Glas mit dem Wein von sich fort. Er wollte jetzt doch nur noch nach Hause. Morgen war tatsächlich auch noch ein Tag.

Eine Stunde später saß Heinz Baldur immer noch im Kanonesteppel. Allein. Thomas und Melek waren nach dem Krug Äppelwoi gegangen, beide getrennt, da würde wohl nichts laufen.

Er fragte sich, was ihn dazu bewogen hatte, zu bleiben. Inzwischen hatte er das Glas Wein doch ausgetrunken, sich ein zweites bestellt, seinen Magen ignoriert. Um ihn herum tosendes Leben, der Lärmpegel war gewaltig. Nirgends fühlt man sich so einsam wie in der Menge, dachte er, und wie als wollte die Menge seinen Gedanken widersprechen, kamen vier junge Frauen an seinen Tisch und fragten nach den freien Plätzen auf der Bank.

»Bitte, meine Fräuleins.«

Sie lachten laut und waren sichtlich schon etwas angetrunken, und früher, ja früher hätte er die Gunst der Stunde genutzt und eine von ihnen in ein Gespräch verwickelt, aus dem sicher mehr geworden wäre. Die Brünette mit der halb offenen Bluse und dem sichtbaren schwarzen BH darunter, die eben versuchte, ihn in einen Witz, der zwischen den Frauen lief, einzubauen. Aber Heinz wollte nicht. Oder konnte nicht. Diese Abstinenz hätte Rita gefallen.

Er zahlte, wünschte den jungen Frauen noch einen schönen Abend, spontan nahm er die Hand der Brünetten und drückte ihr einen Kuss auf den Handrücken. Sie kicherte, und Heinz fühlte ein wenig den alten Baldur, den von früher aufsteigen. Dann quetschte er sich durch die Menge Richtung Eingang.

»Kumpel. Hey!«

Es war Luis.

Wahrhaftig.

Heinz blieb stehen, wurde angerempelt, merkte es nicht. Luis nach all der Zeit? Luis in Frankfurt? Wieder Luis?

»Auch wenn ich mich wiederhole, du siehst mich schon wieder so an, als wäre ich ein Geist.«

Heinz wollte etwas sagen, aber es fiel ihm partout nichts ein. Sein Magen drehte sich einmal im Kreis, wieder das Gefühl, leichtes Fieber zu haben. Er horchte in sich, war das Freude über Luis oder doch ein wenig Unwohlsein, mit einem Gesicht aus der alten, schweren Vergangenheit hier in Frankfurt konfrontiert zu werden? Sein Herz konnte sich nicht entscheiden, pochte in seinen Ohren.

»Komm her, du!«

Luis öffnete seine Arme und schloss sie um Heinz' Oberkörper. Doch, es musste Freude sein, die Heinz empfand. Mitten in der Menschenmenge umarmten sich die beiden alten Kumpel, und seine Einsamkeit begann ein wenig zu schmelzen. Er spürte eine Träne in seinem linken Augenwinkel, mein Gott, jetzt nur nicht sentimental werden, Hauptkommissar.

Luis war noch nie um so was verlegen gewesen. »Du siehst beschissen aus, wenn ich dir das sagen darf, Kumpel.«

Luis hatte seine Arme gelöst, und sein linker Mundwinkel ging nach oben, er zeigte sein klassisches Halb-und-halb-Lächeln. Halbmond-Gesicht, hell und dunkel.

»Bis eben hab ich mich auch noch beschissen gefühlt, Luis. Was zum Teufel machst du hier?«

»Äppelwoi trinken unter Touristen, was sonst.«

»Verarsch mich nicht. Was machst du in Frankfurt? Warum hast du dich nicht gemeldet?«

»Weißt du was, Kumpel, lass uns das doofe Frage-Antwort-Spiel auf ein anderes Mal verschieben.«

»Bist du allein hier?«

»Alle Fragen zur rechten Zeit, Kumpel!«

Luis drehte sich und quetschte sich zwischen eine Gruppe von Männern, die sich eben zuprosteten. Heinz streckte sich, um Luis nicht aus den Augen zu verlieren, aber in dem Moment schoss ein solcher Schmerz quer durch seine gesamte Front, Brust und Herz und Magen und Bauch, dass er laut aufschrie und sich nach unten krümmte.

»Geht es Ihnen nicht gut?«

Heinz sah auf. Es war nicht Luis, sondern die Brünette vom Tisch vorhin. Sie hatte eine Hand auf Heinz' Rücken gelegt, und in ihren Augen stand eine kleine Sorge, eine kleine Sympathie, ein Hauch von Zuneigung. Aber wieder konnte er nicht. Keinen Schritt weiter.

»Geht schon, ich glaub, das ist der Wein. Oder der Lärm hier drinnen. Ich muss nur kurz raus, raus an die frische Luft, dann werd ich wieder.«

»Soll ich mit Ihnen kommen?«

»Nein, nein, danke, ich bin mit einem Kumpel hier, der wird sich um mich kümmern.«

Ihre Hand rutschte von seinem Rücken, ihre Augen zeigten Enttäuschung, aber sie lächelte. »Na dann, noch einen schönen Abend.«

Heinz richtete sich vorsichtig auf. Der Schmerz hatte sich verzogen, so schnell, wie er gekommen war. So wie er auch Luis nirgends mehr entdecken konnte. Also war er wieder allein in der Menge.

Melek Arslan rannte.

Es war kurz nach sechs Uhr früh am nächsten Tag und schon warm, aber noch nicht brütend heiß. Sie brauchte das Laufen, wie sie das Atmen brauchte oder einen Kaffee, wenn sie wieder in ihrer kleinen Wohnung in der Neugasse 13 in Wiesbaden angekommen war. Wieder war es nur eine Ein-Zimmer-Wohnung, so wie schon in Köln, aber Altbau mit hohen Wänden, es reichte für sie, allein, wie sie immer noch lebte.

Seit Simon keine neuen Aussichten, was Männer anging. Ihre Mutter fragte manchmal am Telefon, vorsichtig, fragte, weil die Tochter älter wurde, würde Melek gern unter der Haube sehen, so wie ihre beiden Schwestern, wobei Nesrin jünger als sie war. Ihr Vater fragte nie, hielt sich zurück bei allem, obwohl Melek wusste, dass er ihre Berufswahl missbilligte und sie lieber in seinem Laden sehen würde. Sie liebte ihn dafür, wusste auch, dass es für ihn nicht leicht war, ihr diese Freiheiten zu gewähren.

Wenn sie vom Laufen zurück war, dann der Kaffee, dann die Dusche und dann die S-Bahn, die sie wieder nach Frankfurt ins Präsidium bringen würde, zu den neuen Kollegen und dem Boss auf Zeit.

Sie mochte Thomas Habermann mit seiner schrägen Art, sich auszudrücken, auch wenn sie seine kleinen Avancen etwas plump fand. Sie mochte die ganze Truppe um Heinz Baldur. Und Baldur selbst. Er war älter als sie und ihr Vorgesetzter, aber manchmal, wenn sie neben ihm stand, da hatte sie ein leichtes Kribbeln im Bauch. Er war ein stattlicher Mann, auch wenn er in den Tagen, seit sie an dem Fall arbeiteten, so müde und erschöpft wirkte wie ein kranker Mann.

Von Tag zu Tag mehr, sie überlegte, woran das lag.

Wichtig war jedoch nur der Mord, der Doppelmord, an dessen Aufklärung das Team arbeitete, und sie freute sich jeden Morgen, wenn die S-Bahn anfuhr, auf weitere Ergebnisse. Zweimal in dieser Zeit hatte sie es nicht bis nach Hause geschafft und sich bei Dörte Fein einquartieren dürfen, im Gästezimmer neben dem Zimmer ihres achtjährigen Sohns Linus. Sie hatte ihm vorgelesen und sich vorgestellt, wie es mit einem eigenen Kind wäre. Doch dazu fehlte ganz eindeutig ein Mann.

Melek rannte und dachte nach und spürte ihren jungen und gesunden Körper, brauchte das Lauftraining. Wenn endlich wieder mehr Zeit war, würde sie auch wieder auf dem Schießstand üben, auch das brauchte sie.

Dieser Kick einer Ermittlung war berauschend. Das wird mein Beruf, dachte sie weiter, meine Aufgabe, in zwei Jahren bin ich mit dem dualen Studium fertig, von der Kommissarsanwärterin zur Kommissarin, ade Praktikantentum. Dann die nächsten Schritte bis zur Hauptkommissarin. Ein eigenes Team, eine eigene Ermittlung leiten, das war der Traum. Der kam noch vor dem Traum von einem Mann, einem Partner, einem Liebhaber.

Ihr Handy sang in ihrer Bauchtasche, sie sah auf die Uhr, erst sechs Uhr fünfzehn.

»Arslan.«

»Thomas hier. Wir haben einen weiteren Toten. Wie schnell kannst du hier sein?«

Sie hielt im Laufen an, drehte, wechselte die Richtung. Gut, sie würde nach Schweiß riechen, aber sie hatte ihr Monatsticket im Portemonnaie und das Portemonnaie ebenfalls in der Tasche an ihrem Bauch.

»Weniger als eine Stunde. Wer und wo?«

»Ich schicke dir die Daten aufs Handy. Mehr, wenn du da bist.«

Thomas legte auf, Melek rannte einfach weiter Richtung Bahnhof.

Heinz Baldur stand an diesem frühen Morgen in der noch dunklen Wohnung vor dem Spiegel im Bad. Ein wenig Licht kam durch die Milchglasscheibe des Fensters von der Straße herein, es wurde langsam hell. Er konnte sich selbst als Scherenschnitt sehen, als Schatten im Schatten der Morgendämmerung.

Seine dunklen Haare standen zu Berge. Wenn er die Lampe anknipsen würde, könnte er erste helle Fäden darin sehen, die seit letztem Jahr erschienen waren. Er war diesen Mai vierundvierzig geworden, fühlte sich aber seit dem Beginn der Mordermittlung wie vierundsiebzig. Licht im Bad würde ihm auch die dunklen Ringe unter seinen Augen zeigen, die tiefen Falten um seinen Mund, seine gesamte Erschöpfung.

Er hätte doch im Büro bleiben sollen, auf der unbequemen Couch fand er besser Ruhe als in der großen Wohnung. Die drei Zimmer taten sich vor ihm wie gähnende Löcher auf, wenn er nach Hause kam. Fast ein Jahr! Verdammt, fast ein Jahr und immer noch nicht alle Kisten ausgepackt. Immer noch die zwei verkümmerten Topfpflanzen vom Vormieter im Wohnzimmer,

immer noch nur einzelne Möbelstücke, die es auch schon gegeben hatte, als er hier einzogen war. Das Bett war neu, aber er schlief trotzdem besser im Büro. Wann, Heinz, Karl-Heinz, Heinzi, wann?

Es war zu warm in der gesamten Wohnung. Er hatte gestern vergessen, morgens die Rollos herunterzulassen, damit die Zimmer sich nicht aufheizten. Vielleicht sollte er sich einen Ventilator kaufen. Er würde wieder aus dem Haus gehen, ohne an die Rollos zu denken, das wusste er jetzt schon. Aber er würde auch den Ventilator vergessen, während einer Ermittlung hatte es schon früher in seinem Kopf keinen Platz für Alltagsdinge gegeben. Aber niemals diese seelische Erschöpfung.

Es lag nicht an der Hitze.

Seit sie die Toten gefunden hatten, konnte er nicht mehr richtig schlafen, sein Magen tat jetzt dauernd weh, ob er nun Tropfen oder Tabletten oder das Bullrich Salz nahm, das ihm seine Mutter aus Wien geschickt hatte.

Was war mit ihm los?

Noch wollte er die Sache nicht mit seinem Therapeuten besprechen, hatte die nächste Stunde bei Dr. Kobler verschoben wegen des Falles, das war eine perfekte Ausrede. Aber je länger die Aufklärung dauerte, desto elender fühlte er sich. Vielleicht doch seine Mutter in Wien anrufen? Schwachsinn, Edith war ihm noch nie eine Hilfe gewesen, hatte selbst Hilfe gebraucht, als ihr Mann starb und die Jahre danach, Hilfe, die sie von ihrem Sohn nicht bekommen konnte. Es war gut, dass sie wieder in ihrer Heimatstadt lebte, dort schien sie ihren Seelenfrieden gefunden zu haben.

Aber er brauchte einen Freund.

Luis.

Heinz dachte so intensiv an Luis, dass der Schatten hinter ihm an der Badezimmertür, den er im Spiegel wahrzunehmen glaubte, Luis hätte sein können.

Wie sein Freund aus der Vergangenheit gestern im Kanonesteppel aufgetaucht war, hatte schon etwas Gespenstisches gehabt, als hätte man einen Lichtschalter gedrückt oder an einer Zauberlampe gerieben. Er fragte sich, wo Luis seit seinem

Besuch bei ihm im Krankenhaus letztes Jahr in Köln bis zu ihrer Begegnung gestern Abend abgeblieben war. Damals hatte Heinz tagelang gedacht, er käme wieder, wenn sich die Tür zum Krankenzimmer geöffnet hatte. Er hatte sein Handy immer und immer wieder gecheckt, ob es eine Nachricht gab, wobei er sich nicht sicher war, ob Luis überhaupt seine Nummer hatte.

Da schon. Da hätte er gern geredet. Über sich, über seine Affären, über Rita. Über Rita, über Rita. Sie hatte ihn töten wollen. Er vermisste sie.

Wie kaputt war das?

Er lehnte sich an das Waschbecken, senkte die Augen. Im Dämmerlicht des Morgens erschien ihm das Weiß der Keramik mit dem schwarzen Loch des Abflusses in der Mitte wie eine umgekehrte Allegorie zum Licht am Ende des Tunnels. Hatte er etwas in der Art gesehen, als das Gift in seinem Körper tobte? Er konnte sich nicht erinnern.

Wenn Luis tatsächlich in Frankfurt war, musste es eine Möglichkeit geben, ihn zu finden. Er war doch Hauptkommissar Baldur, er konnte seine Verbindungen nutzen, um ihn aufzuspüren. Nein. Er wollte keinen mehr zwingen, sein Kumpel zu sein, oder? Unerwartet kamen Tränen, er fühlte sie auf seinen Wangen, hörte sie leise in das Becken tropfen. Wann war er zu dem Einzelgänger geworden, der hier stand und heulte wie ein Kleinkind?

Er sah Luis vor sich, dann wechselte das Bild. Sein Vater sagte, komm, Heinzi, wir gehen jetzt da rüber und sehen uns die hübschen Frauen in ihren kurzen Röcken an, wie sie Eis essen und mit den Fingern ihre Locken aufzwirbeln. Das mag ich besonders.

Ja, das mochte er auch. Alles, was sein Vater gemocht hatte, hatte er auch geliebt.

Im Schlafzimmer ging sein Handy an. Die Töne fraßen sich durch die Badezimmertür, direkt in seinen Magen. Heinz stöhnte, konnte sich erst nach zwei tiefen Atemzügen nach draußen bewegen.

»Ja?«

Und Oli Haupt?

Seit drei Uhr morgens stand fest, dass er seine Frau und seine vier Kinder nicht mehr wiedersehen würde. Vielleicht, wenn man daran glauben mochte, würde er in einer anderen Form über sie wachen, sie einem Engel gleich besuchen und ihnen von Zeit zu Zeit einen Kuss auf die Stirn und in die Herzen drücken. Vielleicht, wenn man daran glauben mochte, würden ihm seine Sünden vergeben, und er würde an die Himmelspforte weit, weit da oben klopfen. Vielleicht, wenn man daran glauben mochte, würde er sich den Film seines Lebens ansehen und sich entschließen wiederzukommen, als Hund oder Huhn oder neues Kind mit alter Seele. Alles konnte wahr sein oder auch nicht. Vielleicht war Oli Haupt um drei Uhr morgens aber auch nur verlöscht wie eine Kerze im Wind.

Zwei Stunden später wurde sein Körper gefunden, sein armer, geschundener Körper. Da gab es fünf Wunden an seinem Bauch, drei auf seiner Brust und eine an seinem Penis. Zusammengezählt ergaben die Wunden die Zahl neun. Gestorben war er nicht an diesen Verletzungen, die ihm mit einer Zange zugefügt wurden, auch nicht am Blutverlust, sondern am Schock darüber, was ihm in der fremden Waschküche zustieß. Sein Herz hatte darüber aufgehört zu schlagen.

Um fünf Uhr morgens entdeckte ihn ein Bootsbesitzer an der Anlegestelle seines Bootes am Mainufer, am Bachforellenweg, gegenüber dem Haus Nummer 27, hinterm Gebüsch abgelegt. Oli, nur in seinen grauen Unterhosen. Der Bootsbesitzer stand auch unter Schock, als er die Polizei rief, aber starb daran nicht. Machte sogar, während sich die Sirenen näherten, ein schnelles Foto mit seinem Smartphone, das er später an diesem Tag doch wieder löschte.

✂

Harro deNärtens kam zu ihnen ans Polizeifahrzeug. Melek hatte eine Wasserflasche in der Hand, Thomas tippte in sein Smartphone, und Heinz sah mal wieder elend aus. Das fiel auch dem Rechtsmediziner auf.

»Was hast du für uns, Harro?«

»Also, erstes Statement. Der Mann wurde vor seinem Tod gefoltert. Fesselspuren an Hand- und Fußgelenken. Auf Bauch, Brust und den Genitalien sind schwere Blutergüsse. Die Haut, die Muskeln wurden zusammengequetscht, ein Zangenkniff, würde ich sagen. Das ist extrem schmerzhaft. Vor allem am Penis.«

Heinz und Thomas zogen zeitgleich die Luft ein, Harro hob eine Schulter an.

»Dass er daran gestorben ist, wage ich allerdings zu bezweifeln. Genaueres, wenn ich ihn untersucht habe.«

Die Trage mit dem Leichensack darauf wurde an ihnen vorbeigeschoben. Der schwarze Wagen stand ein paar Meter weiter an der Absperrung.

»Lass mich kurz raten. Es sind neun.«

»Du hast den Körper auch gesehen. Und sicher gezählt. Neun schwere Wunden.«

»Scheiße.«

»Der Tod ist vor noch nicht langer Zeit eingetreten, vor zwei, höchstens fünf Stunden.«

»Also wurde er schnell entsorgt.«

Melek stellte die Flasche ab. Ihr iPad fehlte ihr. Das hatte sie bei ihrer Joggingtour nicht dabeigehabt.

»Da hätten wir hier nach der Kaiserstraße den Dritten im Bunde.«

Keiner widersprach Thomas Habermann.

Melek sah zu dem Leichenwagen hinüber, der schwarze Sack wurde eben verladen. Ein Stück hinter der Absperrung tummelten sich Menschen. Jede Menge Menschen. Musste keiner von ihnen zur Arbeit? *İğrenç*, dachte sie, ekelhaft.

Vor dem Wagen, an dem sie standen, hatte die Spurensicherung bereits begonnen, die aufgestellten Nummerntäfelchen zu fotografieren, um alles am Tatort zu dokumentieren. Dörte Fein war noch vor ihr und Heinz hier gewesen, Harro ein paar Minuten später, er hatte in Frankfurt übernachtet.

Thomas wischte und tippte immer noch.

»Es gibt natürlich millionenfach Einträge über die Zahl Neun im Internet. Da: von Quersummen der Geburtszahlen, die auf Charakter und Schicksal schließen lassen, bis hin zu den Kelten, bei denen die Neun als kosmische Zahl gilt, in der das ganze Universum steckt, die dreifache Triade. Sicher finden wir auch bei schwarzer Magie etwas darüber. Satanismus. Krass.«

»Ich hasse es. Wir schlagen uns durch alle Möglichkeiten einer beschissenen Zahl, und am Ende landen wir doch bei Raubmorden. Zur weiteren Freude der Presse.«

Heinz rieb sich den Magen, und Melek hätte ihn gern gefragt, ob er krank sei. Ihr Boss sah so aus, als würden ihm ein paar Tage im Bett guttun. Natürlich standen ihnen die nicht zur Verfügung, also war es besser, wenn sie darüber den Mund hielt.

»Seine Identität wird schwer festzustellen sein. Außer Unterhosen hat er nichts angehabt.«

»Wir geben heute noch ein Foto raus. Er hat einen Ehering getragen, da wird ihn jemand vermissen.«

»Jeer und Fahrenkauf in der Kaiserstraße trugen auch ihre Eheringe.«

»Du denkst an Dr. Orwinski, Arslan. Jemand hat was gegen verheiratete Männer.«

»Verheiratete Männer, die fremdgehen.«

»Das können wir hier nicht wissen.«

»Der Mann ist sicher nicht schon halb nackt hierher ans Ufer gekommen, vielleicht wurde er wie die anderen in einem der Häuser oder einer der Wohnungen hier ermordet und dann nach draußen geschafft.«

»Auch eines der Boote käme in Frage.«

»Soll ich die Hundestaffel verständigen, dass die hier die Fährte aufnehmen? Vielleicht führt uns das an den tatsächlichen Tatort.«

»Gute Idee, Arslan, mach das.«

Harro mischte sich ein. »Ich kann euch bald sagen, ob der Mann kurz vor seinem Tod Geschlechtsverkehr hatte. Und wenn es nicht seine Frau war, die er besprungen hat, dann wären wir wieder bei einem Fremdgängermord, wow. Das wäre der Leckerbissen für alle Moralapostel.«

»Noch können wir aber nicht sagen, dass der heutige Tote

und die beiden letzte Woche überhaupt in einem Zusammenhang stehen. Wer weiß, vielleicht ist er kein Fremdgeher, sondern ein treuer Ehemann, der von einem Arbeitskollegen erschlagen worden ist und, um alle Spuren zu vertuschen, gefoltert und halb nackt hierhergebracht wurde.«

»Der Mann wurde definitiv nicht erschlagen, Baldur. Bei allen drei Toten waren die Folterspuren vorne am Körper zu finden, und jeder wurde mit recht banalen Gegenständen gequält. Zigaretten, Schere, hier mit hoher Wahrscheinlichkeit eine Zange. Willst du meine Vermutung hören?«

»Harro, sprich es nicht aus.«

»Sorry, Heinz, aber es wird sich mit hoher Wahrscheinlichkeit um einen Serientäter handeln.«

»Na gut. Einer musste es ja sagen. Natürlich habe ich den Fakt seit heute Morgen auch schon im Kopf.«

»Dann wäre dieser Tote hier nicht der letzte.«

»Und der Druck auf uns nimmt noch mal zu. Ich wette mit euch, dass sich die Meute heute Mittag schon bei einem ersten Pressestatement bespaßen lässt.«

Wie um Heinz' Worte zu bestätigen, schossen mehrere Blitzlichter hinter der Absperrung auf. Sicher war auch schon das Fernsehen unterwegs.

»So, Leute«, Harro rieb sich ebenfalls den Magen, aber bei ihm wirkte das höchstens hungrig und nicht krank, »ich werde mich jetzt hinter dem Leichenwagen herfahren lassen, direkt zu meinem Arbeitsplatz Nummer zwei. Sobald ich die genaue Todesursache weiß oder mehr, melde ich mich.«

Harro deNärtens winkte einem der uniformierten Polizisten, die beiden machten sich auf den Weg durch die Menschenmenge. Wieder sah Melek Blitzlichter aufleuchten.

»Hier. Weiter. In der psychologischen Numerologie deutet die Schickalszahl Neun auf Menschen mit einer großen Opferbereitschaft und Hingabe hin, die ihrer Umwelt trotzdem oft ein Rätsel bleiben. Hier, in der Göttlichen Komödie setzt sich die Hölle aus neun Kreisen zusammen. Bei den Chinesen steht die Neun für den Drachen.« Thomas schien sich nicht mehr von seinem Smartphone lösen zu können.

»Das führt uns im Moment leider nicht weiter. Wir können nichts ausschließen, nichts eingrenzen, bei all den Möglichkeiten. Mir wäre lieber, du würdest die Schaulustigen ablichten. Wenn der Täter uns mit der Neun etwas mitteilen will, ist er vielleicht hier und schaut uns auf die Finger.«

»Boss, das läuft schon, das hab ich schon in Auftrag gegeben. Da ist schon einer der Polizisten dran. Alles grün.«

»Na schön. Wann kann ich mit dem Mann reden, der die Leiche gefunden hat?«

»Der sitzt noch im Notarztwagen, ich frag gleich nach. Bleib leicht.«

Thomas scrollte selbst im Gehen weiter. Heinz hatte große Lust, ihm ein Bein zu stellen.

Dörte Fein nahm Harros Platz ein. Sie verschränkte die Arme, blinzelte in die warme Morgensonne. Wenn sie unter ihrem weißen Anzug und mit den Handschuhen schwitzte, so merkte man es nicht.

»Ein Serienmörder. Oder?«

»Dörte, du nicht auch noch.«

»Harro hat das eben schon angesprochen.« Melek fühlte sich unnütz. Am liebsten wäre sie in die Menge gesprungen und hätte wahllos Passanten verhört.

»Oder eine Serienmörderin.« Dörte klopfte Heinz auf die Schulter.

»Was hast du für mich, Dörte?«

»Reifenspuren vor dem Fundort der Leiche. Der Belag hier hat sich durch die Hitze der letzten Tage erwärmt, dadurch war der Abdruck möglich. Dazu ist an der Stelle ein klein wenig Lack abgeblättert. Gut für uns. Kombiniert man diese beiden Informationen, müsste sich die Automarke ergeben. Da die Reifenspuren direkt an dem Gebüsch enden, hinter dem der Körper lag, wage ich zu behaupten, da ist jemand in aller Herrgottsfrüh in diese ruhige Uferstraße gefahren und hat den Körper abgelegt.«

Heinz streckte Dörte seinen erhobenen Daumen hin, strich sich dann über das immer noch unrasierte Kinn.

»Melek. Du wirkst ja ohnehin in deinen Joggingshorts, als

wolltest du losrennen. Fang schon mal an, in den Häusern nach möglichen Augenzeugen zu fragen. Wenn der Tote abgeladen wurde, hat vielleicht jemand was beobachtet.«

»Gern. Bin schon weg. Allerdings hab ich meinen Ausweis noch in Wiesbaden. Als der Anruf kam, war ich wirklich joggen.«

»Dann nimm dir einen der Kollegen mit.«

Dörte sah Heinz an. »Du wirkst nicht gerade fit, Baldur.«

»Mach dir keine Gedanken über mich. Wie sieht es mit den weiteren DNA-Analysen im Kaiserstraßenmord aus?«

»Sind so gut wie abgeschlossen, der Bericht geht heute zusammen mit meinen ersten Auswertungen der anderen Spuren hier an dich.«

Dörte Fein berührte noch einmal Heinz' Schulter, ging dann zurück zum Tatort.

Heinz stand noch eine Weile an den Wagen gelehnt, ein wenig wie ein unbeteiligter Zuschauer. Vor ihm der Main, der heute träge floss und wegen der Trockenheit wenig Wasser führte.

Ein Serientäter.

Wenn sich diese Vermutung bestätigte, würde die Aufregung groß sein.

Und noch mehr Männer in möglicher Gefahr.

Männer in ihren Vierzigern, die immer mal untreu waren.

So wie er.

Früher.

Die Ermittlungen rasten mit den Ermittlern.

Sie verhörten die Anwohner, von denen keiner etwas gesehen hatte und von denen sich tatsächlich jeder über den Mord in ihrer gut situierten Wohnlage beschwerte wie über das Wetter oder fallende Aktienkurse.

Thomas Habermann glaubte eine heiße Spur entdeckt zu haben, als ihm auffiel, dass drei der Anwohner in der Bachforellenstraße in der Commerzbank arbeiteten wie die ersten beiden Toten Jeer und Fahrenkauf, aber das schien mehr etwas mit der Klientel am Mainufer zu tun zu haben und weniger mit den Opfern.

Drei Mann von der Hundestaffel kamen mit zwei Schäferhunden, die eine Spur aufnahmen, dann aber etwas ratlos an der Uferpromenade des Main stehen blieben. Das Team überlegte, ob der Täter die Leiche des Mannes vielleicht doch mit einem Boot gebracht hatte und die Reifenspuren von einem Wagen stammten, der vor dem Abladen der Leiche einfach an der Stelle geparkt hatte.

Das Opfer wurde schneller als gedacht als Oliver Haupt identifiziert. Seine Frau Antonia hatte ihn auf dem Foto, das die Polizei ins Netz gestellt hatte, erkannt. Sie habe schon verzweifelt versucht, ihn als vermisst zu melden, sei aber abgewiesen worden, wieder was für die kritische Presse.

Oli Haupt hinterließ vier Kinder. Ein Mann Anfang vierzig, das passte zu den ersten Morden. Die schwierige Frage, ob Antonia Kasper-Haupt in der letzten Zeit das Gefühl gehabt hatte, ihr Mann könnte sie betrügen, musste Melek diesmal stellen.

Nachdem ihr die Frau schüchtern erzählt hatte, sie habe ihren Mann zu einer Paartherapie überreden wollen, weil es in ihrer Ehe kriselte, aber inständig gehofft, es gäbe keine andere, fühlte sich Melek schlecht, hakte aber trotzdem nach. Zeigte das Phantombild von dieser Jolly. Die Frau war so bleich geworden wie ein weißes Blatt Papier. Aber kein Zeichen des Wiedererkennens. Nur den Kopf hatte sie geschüttelt, auch noch, als Melek das Bild schon längst wieder hatte verschwinden lassen.

Antonia Kasper-Haupt berichtete, ihr Mann habe im Büro einer Versicherungsfirma gearbeitet, sei auch zum Teil im Außendienst unterwegs gewesen, aber nie nach sieben Uhr abends nach Hause gekommen, um immer noch Zeit für die Kinder zu haben. Melek graute schon vor all den Befragungen im Kreis der Kunden und Mitarbeiter. Wieder lag ein Wust von Aufgaben vor den Ermittlern. Eine Menge weiterer Kollegen würde sie dabei unterstützen und Laufarbeit übernehmen müssen.

Sie verfolgten alle Anrufe aus Oli Haupts Büro nach, fanden dort auch sein Handy und checkten die Anrufliste, seinen Mailaccount, seine Post. Sie suchten die letzten drei Adressen auf, wo er am Tag seines Verschwindens gewesen war. Alle weiteren Termine hatte er nicht mehr wahrgenommen, hier hätte spätestens alles polizeilich aufgenommen werden müssen. Sie durchsuchten sein Arbeitszimmer zu Hause, dann das ganze Reihenhaus der Familie. Sprachen mit Nachbarn, Freunden.

Harro deNärtens meldete sich.

Der Rechtsmediziner hatte mit seiner ersten Vermutung richtiggelegen, die schweren Blutergüsse auf Oli Haupts Haut stammten von einer Zange. Mittlere Größe, in jedem Baumarkt zu erwerben. Der Mann hatte einen Herzstillstand erlitten, geschätzter Zeitraum zwischen Mitternacht und vier Uhr morgens. Anzunehmen war, dass der Schock während der Folterung zu viel gewesen war. Gestorben war er sicher nicht am Mainufer, sein Körper am Fundort nur abgelegt worden.

Harro hatte in seinem Blut eine geringe Menge derselben Mischung von Benzodiazepinen wie im Körper von Fahrenkauf festgestellt, was die Vermutung bestätigte, dass es sich um denselben Täter handelte. Eine sexuelle Handlung war bei Oli Haupt nicht durchgeführt worden, und wenn, dann war es kurz vor seinem Tod zu keinem Samenerguss gekommen. Die vorhandenen Fesselspuren an den Handgelenken und Knöcheln hatten sich ins Fleisch gegraben. Diesmal tippte Harro auf eine dünne Nylonschnur, wie man sie in Bastelläden bekam.

»An den Knöcheln konnte ich eine Faser mit einem Abriss aus der tiefen Hautkerbe, die sie gegraben hat, finden. Ist im Labor. Der Mann hat sich stark gewehrt, sicher versucht, freizukommen. Kein Wunder bei den Schmerzen. Ein schwerer Bluterguss an der rechten Hüfte, zu breit für einen Zangenkniff, kommt noch dazu. Könnte von einem oder mehreren Tritten mit einem spitzen Schuh stammen. Viel mehr konnte auch Dörte zu dem Abdruck nicht sagen. Keine Fingerabdrücke, keine fremden Hautschuppen.«

Bei der späteren Besprechung in kleiner Runde im Präsidium wirkten Heinz, Thomas und Melek alle drei etwas ratlos.

Heinz fasste zusammen. »Die Männer werden also angelockt, betäubt und damit wehrlos gemacht. Dann gefesselt und, wenn sie wieder zu sich kommen, gefoltert. Neun Verletzungen mit wechselnden Gegenständen oder, im Fall Jeer, mit ausgedrückten Zigaretten. Fahrenkauf, der eine zu hohe Dosis von der Mixtur abbekommen hat und nicht so schnell wieder wach wird, wird einfach im wehrlosen Zustand gekillt. Der oder die Täter lernen schnell dazu, begehen den nächsten Mord an Oliver Haupt nicht mehr an einem Ort, wo sie hinterher aufräumen müssen, sondern töten in aller Seelenruhe irgendwo unbemerkt und laden den Körper dann kurzerhand ab.«

Er überflog Notizen, die er sich auf einem Block gemacht hatte. »Mein bevorzugtes Motiv ist weiterhin Rache. Weitere Vorschläge?«

Thomas Habermanns Hand schien inzwischen mit seinem Smartphone verwachsen zu sein. »Ich sage es nur ungern, da du, Boss, es ja nicht hören willst, aber mein Tipp: Ritualmorde.«

»Thomas, wenn du recht hast, dann bin ich der Erste, der dir gratuliert. Aber mein Bauchgefühl spricht dagegen. Das heißt aber nicht, dass ich mich nicht auch irren kann.«

Dörte Fein meldete sich über Skype.

»Ich hab was für euch.«

Die drei Augenpaare richteten sich auf den Bildschirm.

»Harro sind im Schambereich des Toten ein paar lose graue Haare aufgefallen. Oli Haupt hatte am Kopf wie auch an seiner Scham dunkles Haar. Harro hat mir den Fund zur Analyse gegeben. Obwohl ebenfalls von einem Mann, stimmt die DNA nach einem ersten Schnelltest nicht mit der von Oliver Haupt überein.«

»Das sind gute Neuigkeiten. Allerdings war Harro sich sicher, dass es zu keinem Geschlechtsverkehr kurz vor Haupts Tod gekommen ist.«

»Diese grauen Haare sind eindeutig keine Schamhaare, sondern vom Kopf eines anderen.«

»Also eine andere Art des Miteinanders? Fellatio?«

»Mehr kann ich jetzt nicht sagen. Nur, dass sie da waren, und sobald ich ein vollständiges DNA-Profil habe, lasse ich es durch unsere Datenbanken laufen. Ich melde mich. Auch, wenn die Rückmeldung zu den Reifenspuren und den Lacksplittern vom Labor da ist.«

»Das hört sich richtig gut an. Danke, Dörte.«

Heinz drehte sich zu Melek und Thomas um. »Ihr habt's gehört, Leute.«

»Ein Versicherungstyp, der ein kleines Nebenlaster hatte?«

»Möglich.«

»Wir könnten demzufolge von einem männlichen Serientäter ausgehen.«

»Nicht zu voreilig, Thomas. Wir werden sehen. Ich bin jedenfalls überzeugt, dass sich Jeer und Fahrenkauf mit Frauen vergnügt haben.«

»Das waren die Lockvögel.«

»Möglich. Die Frage ist doch, was diese Lockvögel wussten und wie weit sie mitgemacht haben. Ich denke da an diese Jolly, von der wir immer noch nichts außer einer vagen Beschreibung haben.«

»Vielleicht sogar eine kleine Gruppe, die mordet? Wie ein Rudel Wölfe?«

»Spekulation, Arslan. Aber auch das wäre denkbar. Seid ihr nun mit der Suche nach diesem Mädchen weitergekommen?«

Thomas hob die Hand.

»Ich hab nach meinen eigenen Recherchen in der Kaiserstraße noch ein paar Kollegen in weitere Lokale und Geschäfte im gesamten Bahnhofsviertel geschickt. Noch keine Rückmeldung. Der Kellner aus dem Greens ist ins Präsidium gekommen. War noch verschlossener als das erste Mal. Wollte oder konnte sich nicht genau erinnern. Auf den Fotos von den Schaulustigen an der Kaiserstraße war sie nicht zu entdecken. Auch sonst hat sich keine Person mehrfach darauf gezeigt.«

»Auf jeden Fall wird unser Phantombild von ihr nicht nur in der Presse und im Netz gezeigt, sondern auch bei Aktenzeichen XY. Vielleicht hilft das doch.«

»Die Zeichnung passt aber auf fast alle jungen Mädchen mit lockigen blonden Haaren, ich finde es zu indifferent, trotz zweier Aussagen.«

»Besser als nichts, Arslan. Lass uns jetzt bitte die Fälle vergleichen. Fotos analysieren. Ähnlichkeiten, Unterschiede, Auffälligkeiten. Sobald sich Harro oder Dörte mit neuen Ergebnissen melden, entscheiden wir über das Weitere.«

Doch bis zum Abend gab es nichts Neues.

Die Hitze hielt an.

Zwischendurch entlud sich wieder ein kurzes Gewitter, was aber keine Abkühlung, sondern nur feuchte, drückende Schwüle brachte.

Heinz hatte auf der Fahrt vom Präsidium nach Hause das Gefühl, langsam zu ersticken. Aber er hatte sich gezwungen, das Büro zu verlassen, hatte Melek und Thomas fürs Erste nach Hause geschickt, wenn sich etwas tat, würden sie sowieso verständigt.

Wieder hatte der Tote ein starkes Gefühl der Ohnmacht in ihm ausgelöst. Allein schon der Anblick des gequälten abgelegten Körpers brachte die Magenschmerzen zum Lodern, nur mit großer Mühe hatte er sich vor seinen Kollegen beherrscht. Harro und Melek hatten einen Blick getauscht, als er sich wieder den Magen gerieben hatte. Wenn es so weiterging, musste er den Fall abgeben. Aber diese persönliche Niederlage würde er so lange wie möglich hinauszögern.

Denn was war die Konsequenz?

Ein Rückzug aus seinem Beruf oder zumindest aus den laufenden Mordermittlungen. Und dann? Eine Versetzung ins Betrugsdezernat oder eine Umschulung in Richtung Computerkriminalität. Nein. Er würde sich bei Betrugsfällen wirklich zu Tode langweilen, und für einen Computercop war er schlicht und einfach nicht begabt genug, es interessierte ihn auch nicht.

Was blieb als Alternative?

Vielleicht sollte er doch den Therapeuten aufsuchen, um sich mit ihm abzusprechen, es mit leichten Beruhigungsmitteln versuchen.

Er konnte sich an keinen solchen Zustand in all seinen Berufsjahren zuvor erinnern. Die Toten hatten ihn immer kaltgelassen, nur die Fälle dahinter interessiert. Rita hatte mit ihrem versuchten Giftanschlag auf ihn wohl weit mehr kaputtgemacht, als er angenommen hatte. Wenn er keinen Weg fand, mit diesem neuen Seelenzustand umzugehen, lag es sogar im Bereich des Möglichen, dass er seinen Dienst ganz quittieren musste. Das wäre dann wie ein Sterben auf Raten. Ohne seinen Job würde er am Ende sein.

»Oh Rita, Kleines, dann hättest du dein Werk doch vollendet.« Während er die Treppen zu seiner Wohnung hochstieg, kam das Selbstgespräch automatisch.

Er sah zuerst nur die Zehen in den Sandalen auf der Treppenkante.

Jemand saß auf den Stufen. Dann kam eine große Tüte in sein Blickfeld, zwei Hände, die gefaltet über nackten braunen Knien lagen. Ein blaues T-Shirt mit der Aufschrift »Don't waste my time!«.

Heinz wusste, dass es Luis war, bevor er seinen Kopf sehen konnte. Das Gesicht seines Vaters tauchte in dem Moment auf, wie fast immer, wenn sich Luis zeigte, so klar, als wäre er mit Luis mitgekommen.

Heinz und Elmar Baldur hatten eine tiefe und innige Vater-Sohn-Beziehung gehabt, und Mutter Edith hatte sich oft als fünftes Rad am Wagen bezeichnet. »Wenn der Vater mit dem Sohne« oder »ein Herz und eine Seele«, hatte es im Freundeskreis der Eltern oft geheißen. Als Elmar starb, war es für den damals achtzehnjährigen Karl-Heinz so gewesen, als hätte er seinen Vater, seinen besten Freund, seinen Vertrauten, alle auf einmal verloren. Eine tiefere Trauer hatte er nie wieder in seinem Leben gefühlt.

Doch es war natürlich nur Luis allein, der vor Heinz' Wohnung auf den Stufen saß und seinen Kopf jetzt schief legte.

Das Licht im Treppenhaus ging aus. Heinz' Herz schlug plötzlich schneller. Er stand unschlüssig im Dunkeln, und eine unbestimmte Ahnung erfasste ihn, so als müsste er sich an etwas erinnern, das er tief unten, irgendwo im Keller aller vergangenen Jahre, vergraben hatte.

Na toll, jetzt fürchtest du dich schon, wenn das Licht ausgeht, Hauptkommissar.

Er machte eine Geste, um die innere Stimme abzustellen. Es funktionierte. Im dunklen Flur hörte Heinz, wie Luis in die Tüte griff. Es raschelte.

»Kumpel, wenn du nicht bald die Tür zu deiner Wohnstätte aufsperrst, wird mir in der Hitze noch die Proseccoflasche platzen.«

Heinz ging drei Treppenstufen zurück und drückte den Lichtschalter erneut. Luis. Er war es tatsächlich.

»Prosecco? Ist nicht dein Ernst. Männer wie wir trinken doch Äppelwoi.«

Sie lachten.

Es war befreiend und tat gut. Heinz' Magen entkrampfte sich, sein Herz hatte seinen Rhythmus normalisiert. Er kam nach oben, und Luis stand auf. Er sperrte die Tür zu seiner Wohnung auf, und Luis kam mit ihm hinein. Im Vorzimmer auf einer der unausgepackten Kisten stellte Luis seine Tüte ab und holte zwei Flaschen Henninger Bier heraus.

»Das trinken Männer, Kumpel. Ich glaube, es wird höchste Zeit, dass ich wieder in dein Leben trete, oder?«

Luis stieß die Bierflaschen leicht zusammen, es klang nach einem guten Start in den restlichen Abend.

Mein Gott, wie hatte ihm Luis gefehlt.

»Wo sind Küche und Kühlschrank in der Bude hier?«

Heinz zeigte nach links. »Was hast du denn noch in diesem Monstrum von Tüte?«

»Noch ein paar Flaschen Henninger Bier und alles, was zwei alte Kumpel für ein spätes Abendessen brauchen.«

Ein sehr spätes Abendessen gab es am Ende dieses Tages auch in einem Haus im beschaulich ruhigen Stadtteil Eckenheim. In der Wohngegend wechselten sich Reihenhäuser mit kleinen, frei stehenden Bauten ab. Familienfreundlich, verkehrsberuhigt, eine Zufahrtsstraße, die Katzen gefahrlos überqueren konnten und wo Eltern ihre Kinder leichten Herzens zum Spielen nach draußen schickten.

Sie dinierten bei Kerzenschein.

Ein dreiteiliger Kandelaber stand in der Mitte des Tisches. Er warf zuckende Schatten auf Tisch und Tischdecke. Die Terrassentür stand offen, es hatte wieder zu regnen begonnen, und die feuchte Schwüle kam herein. Im Hintergrund sang Sting von einer unerfüllten Liebe. Leise und so weich wie reine Seide schwebte seine Stimme aus den Lautsprechern.

Beide schwitzten leicht, die Luft roch nach Süden.

»Meine Großeltern sind früher oft mit mir ans Meer gefahren. Opa hat immer gerne Sandburgen gebaut. Wenn er sich zu einem Mittagsschläfchen hingelegt hat, habe ich sie zertrampelt. Oma hat es einmal gesehen und mich gezwickt. Fest. Ich hatte später einen blauen Fleck davon. Du kleiner Teufel, hat sie gesagt. Das hat mir gefallen. Kann ich noch einen Schluck haben?«

Hier gab es Prosecco. Dazu Tomaten mit Mozzarella, Knoblauchbaguette.

»Schmeckt echt geil!«

»Die Tomaten sind aus dem Garten. Sie wachsen und wuchern und treiben aus, ohne dass ich etwas dafür getan hätte.«

»So wie unsere Beziehung.«

Sie stießen an.

»Geht es deinem Opa besser?«

»Nicht wirklich. Er meint, das Jahr übersteht er nicht. Oma will mit ihm sterben. Ich hoffe, sie machen's bald wahr.«

»Du kleiner Teufel.«

»Ha, ha!«

Sie tranken einen Schluck.

Auf einem Extrateller lagen noch Parmaschinken und hauchdünn geschnittene Salamischeiben.

»Nein, ehrlich. Wenn sie tot sind, erbe ich und muss nicht immer um die Überweisungen betteln. Dass sie mich betteln lassen, ist echt ekelhaft. Alte Leute, zum Kotzen.«

Ein warmer Windhauch kam herein, das Kerzenlicht tanzte. Candlelight-Dinner. Aber ohne Erotik. Ohne Sex. Nur für die Geschichten.

»Erzähl! Ich folge dir.«

»Er hat gejault. Schon beim ersten Kniff hat er gejault wie ein Hund.«

»Oder Wolf.«

»Er hat sich an den Füßen fast losgerissen, hat sich hochgerollt und ist auf Knien Richtung Tür …«

»… ist an der Tür zusammengebrochen. Hat geheult wie ein Baby.«

»Nein!«

Das Proseccoglas wurde abgestellt. Die Stimmung kippte ohne Vorwarnung.

»Nein? Aber du hast doch …?«

»Hab ich nicht gesagt. Niemals. Kein Mann heult wie ein Baby. Babys sind niedlich und entzückend, sie schreien vor Hunger oder weil sie müde sind oder sich in die Windeln geschissen haben. Kein Mann ist wie ein Baby. Sag so was nicht.«

»Verzeih.«

»Du vermenschlichst sie.«

»Tut mir leid.«

»Und du betäubst sie.«

»Ohne die Betäubung wäre es gar nicht möglich. Sie wären in ihrer Angst stärker als wir.«

»Wir sind stärker!«

»Wenn du es sagst.«

Die Kerzen flackerten.

»Apropos. Immer nur diese verheirateten Typen. Ich habe das satt.«

»Dabei muss es bleiben. Auf jeden Fall.«

»Sonst was?«

Das schöne Dinner war fast hinüber.

»Wir … wir sind wie diese Kerzen. Wir flackern, und irgendwann sind wir abgebrannt und verlöschen.«

Das Proseccoglas wurde wieder angehoben. Ein Versuch, den Abend zu retten.

»Nein, nein. Im Gegenteil. Wir sind wie der Wind, der ihr dummes Licht zum Tanzen bringt. Wir machen, dass die Schatten schreien. Warum bleibst du nicht und siehst es dir an?«

»Ich höre. Das genügt. Das ist sogar besser. Hören entsteht durch Schwingung. Die berührt.«

»Ich bin einmal währenddessen raus, da warst du aber nicht vor der Tür und hast gelauscht.«

»Ich bin tatsächlich einmal aus dem Haus, auf die Straße, dann in den Garten. Ich hatte Angst, man hört es bis draußen. Die Nachbarn.«

»Diese beschissenen Spießer! Jeder von denen hätte es auch verdient.«

»Sag das nicht. Ich hatte Angst. Angst, dass es durchdringt.«

»Und?«

»Nur ein paar Schritte weit in den Garten rein kann man noch etwas wahrnehmen. Danach hört man es eher wie eine Geisterstimme, die man sich nur einzubilden glaubt.«

»Na also! Keine Knebel nötig. Perfekt. Und wir gehen weiter.«

»Ich wollte noch etwas …«

Eine andere Geschichte lag in der Luft. Etwas, von dem man nicht wusste, ob es richtig gewesen war. Ein Hauch von Gefahr, aber dadurch nicht weniger erregend.

»Was?«

»Nichts. Erzähl du weiter! Bitte!«

Endlich stieß das erste wieder mit dem zweiten Glas zusammen, der Klang war hell.

Ein nächster Windhauch, stärker als der erste.

Eine der Kerzen verlöschte. Das Licht der beiden anderen bog sich, wurde dunkler, tanzte wilder, malte Schattenschreie auf den Tisch.

»Stell dir vor, er ist an der Tür zusammengebrochen, hat geheult wie ein Hund …«

»… gejault hat er. Gejault schon beim ersten Zangenkniff.«

Das Candlelight-Dinner lief wieder.

Why should I cry for you? Fragte im Hintergrund Sting.

Später hat sie einen Traum. Ihr Vater und Fred stehen neben ihrem Bett und sehen auf sie herunter. Sie ist nackt und schämt sich.

»Wenn du etwas sagst, dann bringen wir dich um.«

Beide sprechen im Chor.

Ihre Stimmen klingen wie das Kratzen an einer Tür.

Sie versucht, nach der Bettdecke zu greifen, um ihre Blöße zu bedecken. Doch sie kann sich nicht bewegen. Wieder öffnen beide Männer den Mund, doch statt Wörtern kommt aus jedem Mund ein Schwall Blut heraus. Das Blut stürzt wie ein Wasserfall über sie. Sie kann nicht mehr atmen unter all dem Blut, das sie unter sich begräbt, nicht mehr denken, nicht mehr fühlen. Das Blut hüllt sie ein, klebt an ihrer Haut, durchdringt jede Pore. In ihrem Herzen, in ihrem Kopf, in ihrem Bauch, da klopft es, klopft hart und immer weiter.

Sie schreckt aus dem Traum hoch. An der Tür zu ihrem Schlafzimmer klopft es tatsächlich.

Sie bleibt liegen, wartet, überlegt. Irgendwann hört das Klopfen auf, und sie schläft wieder ein.

Am nächsten Morgen erwacht sie mit dumpfen Kopfschmerzen. Sie geht durch die Zimmer, merkt, dass sie allein im Haus ist. Das Bett im zweiten Schlafzimmer ist unbenutzt. Die Stille drückt sie, sie will nicht darüber nachdenken, sie beeilt sich, zur Arbeit zu kommen.

Trotz zweier Aspirin bleibt das dumpfe Pochen hinter ihren Schläfen, trommelt in einem schnellen Rhythmus. Den ganzen Tag lang.

»Wir haben einen Treffer!«

Dörte Feins Stimme klang aufgeregt.

Heinz kam gerade aus der Dusche. In einer nassen Hand hielt er seinen ersten Kaffee, in der anderen sein Handy. Das Handtuch rutschte auf die Fliesen, dafür hätte er eine dritte Hand gebraucht.

»Einen Namen?«

»Bernhard Kabinsker.«

»Scheiße. Das gibt es doch nicht!« Baldur stieß weitere Schimpfwörter aus.

Dörte wartete, bis Heinz sein Fluchen beendet hatte. »Ist das nicht der ältere versoffene Typ, den Habermann in den Schwitzkasten genommen hat? Die ›netten‹ Fotos im Internet?«

»Das ist er.«

»Oh! Das ist tatsächlich stark. Jedenfalls wurde der Mann vor einigen Jahren wegen Trunkenheit am Steuer verhaftet. Es gab einen Autounfall mit einer Verletzten. Hat seinen Führerschein verloren, eine Anklage wurde erhoben, er kam mit Bewährung davon. Im Rahmen dessen wurde auch eine DNA-Probe von ihm gespeichert. Sie stimmt mit den Haaren, die wir gefunden haben, überein.«

»Unfassbare Scheiße. Unerwartete Scheiße! Trotzdem. Ich bin unterwegs. Der Staatsanwalt wird uns sofort einen Haftbefehl ausstellen. Ich treffe mich dort mit Habermann. Arslan wird von Wiesbaden aus länger brauchen.«

»Melek hat heute bei mir und Linus übernachtet.«

»Perfekt. Schick sie los.«

»Warte. Bleib dran, Heinz. Da ist noch was.«

»Wow, gleich zweimal am frühen Morgen!«

Er hörte Dörte kichern wie ein junges Mädchen.

»Das Reifenprofil. Die Lacksplitter. Von einem Peugeot 407. Kombi. Dunkelblau.«

»Davon gibt es Tausende. Enttäuscht mich etwas.«

»Nimm, was du kriegen kannst, Heinz.«

Dörte legte auf, Heinz zog sich seine Kleider über die noch feuchte Haut. Er konnte die erste Nachricht kaum fassen. Der alte, verlebte Mann, der an Habermanns Überreaktion und dem Shitstorm beteiligt gewesen war, sollte der Killer sein? Das wollte nicht so schnell in Heinz' Kopf. Alles sprach dagegen, aber Dörte Fein und ihre Mitarbeiter in den Labors würden sich wohl nicht irren.

Jetzt einen Schritt nach dem anderen.

Als Heinz durchs Wohnzimmer ging, sah er Luis eingerollt auf der Couch liegen. Sie hatten diese Nacht noch ewig geredet, Bier getrunken, etwas gegessen, die Balkontür offen, die laue Julinacht draußen.

Wenn Heinz jedoch ganz ehrlich war, hatte er geredet und

Luis zugehört. Es hatte so gutgetan, den Müll mit Rita und die Zeit danach endlich jemandem im Detail zu erzählen, der nicht ein professioneller Therapeut war. Jetzt hatte Luis endlich die ganze Geschichte hören wollen. Und im Gegensatz zu Dr. Kobler hatte Heinz das Gefühl, dass Luis seine immer noch währende Zuneigung zu seiner Ex-Verlobten wenigstens ein bisschen verstehen konnte. Jedenfalls hatte Luis ihm nicht geraten, die Frau doch endlich loszulassen. Er hatte einfach geschwiegen. Auf die ganz persönliche Luis-Art eben.

Heinz kritzelte drei Zeilen auf seinen kleinen Block, den er für Fallnotizen immer bei sich trug: »Nimm dir ein Handtuch, mach dir Kaffee, bleib, so lange du magst oder kannst??!! Henninger sei Dank! – (Karl-)Heinz.«

Er beugte sich über den Couchtisch und kam dabei Luis' Gesicht ganz nah. Es war immer noch ein jugendliches Gesicht, der Kumpel hatte sich über die Jahre gut gehalten, keine graue Strähne im dunkelblonden Haar zu erkennen. Luis schnarchte mit offenem Mund.

Heinz legte den Zettel auf den Couchtisch. Er richtete sich wieder auf, Sterne flimmerten vor seinen Augen, ihm schwindelte.

Immerhin waren seine Magenschmerzen verschwunden, und im Fall gab es anscheinend einen ersten Hauptverdächtigen.

Er pfiff beim Hinausgehen.

✂

Was passiert in einem Leben, dass man sich so fallen lässt?

Melek saß im Überwachungsraum und sah durch die Scheibe des Einwegspiegels auf Bernhard Kabinsker.

Der Mann hatte gerade mit seinen Fäusten auf den Tisch getrommelt, jetzt liefen ihm die Tränen über das Gesicht, der Rotz aus der Nase.

»Meine Frau is am Krebs krepiert, meine Tochter is auch tot, und Sie sitzen da und sagen, ich hätte so ein dummes Arschloch erschlagen?« Seine Stimme überschlug sich. »Scheiß-Polizeiwillkür. Schon wieder!«

»Oliver Haupt wurde nicht erschlagen, Herr Kabinsker. Wie Sie an den Fotos erkennen können, wurde das Opfer gefoltert und ist infolge des Schocks gestorben.«

Bernhard Kabinsker war seit heute Morgen in Untersuchungshaft. Schneller als gedacht hatte er sein Haus wieder verlassen müssen. Diesmal waren aber weder die Polizei noch er selbst auf ein gutes Miteinander aus. Thomas leitete die Vernehmung, Heinz saß daneben.

»Ich mag die Fotos nicht sehen. Widerlich, dieser tote Kerl. Als er bei mir war, da hat er aber noch gelebt.«

»Herr Kabinsker, Sie kennen also den Mann?«

»Kennen, kennen … was heißt kennen? Sie drehen mir die Worte im Mund um. Der war vor meiner Tür.«

»Wann genau?«

»Gestern, vorgestern oder vor einer Woche. Scheißegal. Der Wichser wollte mir irgendwas andrehen. War von einer Sekte oder von einem dieser Stromanbieter, keine Ahnung.«

»Oliver Haupt hat Versicherungen verkauft, Herr Kabinsker.«

»Sag ich doch. Wichser!«

»Und da es hier um eine Mordermittlung geht, ist es sehr wohl wichtig, wann er bei Ihnen geklingelt hat.«

»Mir scheißegal. Ein Wichser weniger. Die stecken doch alle unter einer Decke, wenn es darum geht, einem was anzudrehen. Ich spuck auf diese Typen, ich kotz auf euch alle.«

Mitleid kam in Melek auf. Aber weit mehr mit der Familie des Verdächtigen als mit Kabinsker selbst. Sie war die Aufzeichnungen der letzten Jahre, bevor Heidelinde Kabinsker verstorben war, durchgegangen. Immer wieder Anzeigen wegen häuslicher Gewalt. Nicht einmal die Krebserkrankung hatte ihn davon abgehalten, seine Frau zu verprügeln.

Und die Tochter? Cornelia Kabinsker war nach dem Tod der Mutter noch in dem Haus geblieben, laut den Nachbarn hatte es auch mit ihr immer wieder lautstarken Streit gegeben. Sicher auch Gewalt.

Nach ihrem Unfalltod war der Mann völlig abgerutscht, das Haus vermüllte mehr und mehr. Eine der Nachbarinnen, Gitte Lahm, dieselbe, die auch die Fotos von Habermann und

Kabinsker an die Presse verkauft hatte, hatte ihnen erzählt, dass Kabinsker mehrmals im Gespräch erwähnt hatte, dass seine Tochter anschaffen gegangen war, sich prostituiert hatte.

Das passte zu dem Eintrag in der Datenbank, dass man Kabinskers Tochter am Frankfurter Bahnhof polizeilich erfasst hatte. Laut damaligen Berichten hatte die junge Frau anfangs versucht, eigenständig ohne Zuhälter am Bahnhof Kunden zu werben, und war das erste Mal von einer anderen Professionellen gemeldet worden. Im Milieu verstand man keinen Spaß, wenn es um Stammplätze und Stammkundschaft ging. Bei einer Anzeige, die ebenfalls gespeichert war, hatten sich zwei Freier um sie geprügelt. Danach war sie polizeilich nicht mehr aufgefallen, was aber noch lange nicht hieß, dass ihr nicht noch einiges Übles passiert sein konnte.

Was hatte sie dann in Spanien gewollt? Einen schlichten Urlaub? Oder hatte sie Pläne gehabt, auszuwandern? Sich ein neues Leben ohne Vater und Gewerbe aufzubauen?

Melek wartete immer noch auf die Rückbestätigung der spanischen Behörden. Der Unfallbericht sollte dort aufliegen. Sie hatte mit einem Beamten aus dem Rathaus in Tarragona telefoniert, der schlecht Deutsch, aber wenigstens gut Englisch gesprochen hatte. Die Akten würden noch eingescannt, man hinke etwas hinterher, die früheren Aufzeichnungen würden sich im Keller stapeln. Aber er versprach, ihr eine Kopie davon »spätestens in *forty-eight hours*« zu mailen. Tarragona sei übrigens die schönste Urlaubsstadt der Welt, und *Miss Policewoman* aus Frankfurt solle doch mal kommen, hier scheine immer *the sun*. In der Stadtverwaltung arbeite sogar ein deutsches Ehepaar, die Junglens, die sich hier niedergelassen hätten.

Gute Idee, wenn der Bericht nicht bald eintraf, könnte Melek ihren Boss bitten, ihr zumindest zwei Tage Spanien zu finanzieren. Diesen Witz musste sie bei Heinz Baldur bringen.

Jemand brüllte jetzt auf der anderen Seite des Einwegspiegels. Melek ließ alle Gedanken an den Süden fahren.

»Ich sag keinen Ton mehr, wenn das Arschloch nicht hinausgeht. Der Scheißer da!«

Bernhard Kabinsker war aufgesprungen und schüttelte die

Fäuste gegen Thomas Habermann. Thomas blieb diesmal erstaunlich ruhig, auch Heinz reagierte mit Gelassenheit.

»Herr Kabinsker, wenn Sie uns drohen, bekommen Sie höchstens eine Anzeige wegen tätlichen Angriffs gegen die Polizei. Damit kommen Sie schon hinter Gitter, noch bevor wir Ihnen den Mord an Oliver Haupt nachweisen müssten.«

Kabinskers Arme erschlafften. Von einer Sekunde zur anderen nahm sein Gesicht wieder diesen jammervollen Ausdruck an.

»Wenn ich es Ihnen doch sage.« Er zog den Rotz durch die Nase hoch. »Ich wusste nicht mal, dass der Haupt heißt. Hat nur von irgendwelchen Verträgen und so was geredet. Ich hab ihn verjagt, wie ich alle verjage. Ich geh doch kaum mehr vor die Tür, und reinlassen tu ich schon überhaupt keinen.«

Melek dachte an das Chaos, das sie bei Kabinskers Verhaftung und der Hausdurchsuchung vorgefunden hatten. Das ganze Haus war vollgestopft mit allem möglichen Kram. Der Mann musste alles gehortet haben, was ihm unterkam. Allein in der Küche türmten sich Dosen, Fertigprodukte und eingeschweißte Lebensmittel, die meisten schon abgelaufen. Dazu die vielen Flaschen, leer zum Teil, nicht entsorgt. Die Alkoholsucht hatte den Mann auch zum Messie werden lassen. Die Spurenermittler würden es da drinnen schwer haben. Dazu noch der Gestank, als hätte Kabinsker seit Jahren kein Fenster mehr geöffnet.

»Noch mal für euch Idioten zum Mitschreiben: Der tote Typ da auf den Fotos war an meiner Haustür, und ich hab ihn zum Teufel gejagt, das is es.«

»Wie kommen dann Ihre Haare in den Schambereich des Opfers?«

Kabinsker blinzelte. »Schambereich? Sie meinen, etwas von mir is neben dem Schwanz von dem …? Scheiße! Ich bin doch keine Schwuchtel! Meine Tochter war die Schwanzlutscherin!«

Weitere zehn Punkte für Antipathie.

Kabinsker überlegte,. für einen Moment vergaß er das Gejammer. »Woher wollen Sie denn wissen, dass das meine Haare sind? Schon wieder Polizeiwillkür! Oder werd ich von den Schweinen da oben ausspioniert? Ich geh damit an die Presse.«

»Erinnern Sie sich an den Autounfall 2004, als Sie betrunken eine Frau angefahren haben?« Thomas blätterte in den Unterlagen. »Damals wurden Sie zu einer Bewährungsstrafe verurteilt. Im Rahmen dessen ist Ihr DNA-Profil gespeichert worden.«

»Ihr habt mich im Visier.« Er brüllte wieder. »Ihr verfolgt mich! Wichser! Arschlöcher! Ich mach euch fertig!«

Seine Fäuste waren wieder oben.

Heinz stand nun seinerseits auf. »Jetzt ist es genug, Herr Kabinsker.« Seine Körperhaltung drückte eine Mischung aus Angespanntheit und Lässigkeit aus. Seine Augen fixierten den Mann.

»Sie haben zwei Möglichkeiten. Entweder Sie beruhigen sich und wir unterhalten uns hier wie zivilisierte Leute weiter, oder ich veranlasse, dass man Sie in eine Zelle bringt und unser Verhör erst in achtundvierzig Stunden fortgesetzt wird. Das kann ich machen und werde ich auch, wenn Sie nicht aufhören, hier rumzutoben. Achtundvierzig Stunden können lang sein, glauben Sie es mir.«

Kabinsker sackte auf den Stuhl zurück. Seine Hände zitterten wie Schilf im Wind. »Kann ich 'n Bier kriegen?«

Melek schüttelte den Kopf. Sie fragte sich nicht das erste Mal seit der Verhaftung, wie dieser Mann die Kraft hätte aufbringen sollen, den gesunden, trainierten Oliver Haupt zu foltern. Geschweige denn K.-o.-Tropfen zu mischen, das Opfer zu sich zu locken und später am Mainufer abzulegen. Außerdem war Kabinsker seinen Führerschein bereits los. Vor seinem Haus hatte auch kein Wagen gestanden. Kabinsker war weit von einem passenden Täterprofil entfernt.

Die Tür zum Überwachungsraum ging auf. Dörte Fein steckte ihren Kopf herein.

»Wie läuft es?«

»Er will ein Bier.«

»Kommissar Habermann bringt Ihnen ein Bier, Herr Kabinsker«, sagte Heinz nebenan hinter der Scheibe.

Thomas stand auf und verließ den Raum, tauchte bei Dörte und Melek auf.

»Ihr seid hier auf der besseren Seite, der Typ stinkt zum Steineerweichen.«

Melek überlegte kurz, wie Steine durch Gestank erweicht werden könnten, sagte aber nichts.

Dörte klopfte Thomas auf die Schulter. »Tapfer, Junge, tapfer. Wenn du mit dem Bier wieder drinnen bist, schick Heinz heraus. Ich muss ihn sprechen.«

»Gibt es Neues?« Melek konnte ihre Neugier schwer bezähmen.

Dörte überlegte kurz. »Ich informier euch vorab, Leute. Wird Baldur auch recht sein.« Sie stützte sich ab und sah durch die Scheibe auf Kabinsker und den Hauptkommissar, die sich inzwischen stumm gegenübersaßen. Kabinsker hatte den Kopf gesenkt, die zitternden Hände gefaltet, Heinz saß mit verschränkten Armen auf der Tischkante. Kein Wort wurde mehr gewechselt.

Dörte deutete auf die beiden. »Ist ein Phänomen.«

»Was?« Thomas und Melek fragten gleichzeitig.

»Dieses Schweigen, das stille Warten, das Heinz immer draufhat. Er stellt eine Frage oder prescht mit einer Vermutung vor, und dann hält er still.«

In der Stille entsteht der Raum für ein Geheimnis, das gelüftet werden möchte, dachte Melek.

Der Flash in ihrem Kopf war kurz. Ihr Vater. Dursun Arslan, der Gemüsehändler, der seinen Laden auf der Venloer Straße in Köln-Ehrenfeld betrieb, nebenbei noch abends im Café seines Bruders bediente, der mit seiner Frau, den Kindern und Schwiegerkindern und inzwischen vier weiteren Verwandten in einem Haus in Bocklemünd lebte, der liberal und großzügig war und den Koran stets ehrte, ihn als Buch für das Leben bezeichnete. Er hatte seinen Kindern nie Steine in den Weg gelegt, selbst wenn er die Dinge anders sah.

Dursun hatte sich in einem winzigen Zimmerchen im Flur, das eigentlich als Garderobe gedacht war, einen Gebetsraum eingerichtet, einen Rückzugsort in der Hektik des Alltags. Dort duftete es nach Kerzenwachs und Tee. Dort machte die Stille den Raum groß, ließ, abseits der Welt, das Mysterium des Glaubens erahnen. Melek fiel ein, dass sie sich, seit der Fall lief, nur einmal kurz bei ihrer Mutter gemeldet hatte, sie musste es später heute schaffen, endlich wieder ihren Vater anzurufen.

Drinnen im Vernehmungsraum hatte Kabinsker wieder zu weinen begonnen. Nicht das trotzige, wütende Heulen von vorhin, sondern ein leises Schluchzen.

»Früher war's noch gut nach Feierabend. 'n Bier auf der Terrasse oder kegeln gehen mit der Frau. Das war mein Ding, hab die Kegel abrasiert, alle neune! So war das.«

Heinz reichte ihm ein Taschentuch über den Tisch, und der Mann schnäuzte sich.

»Die Welt dreht sich einfach ohne einen weiter. Zuerst rennst du mit, schuftest, baust dir was auf, dann fällst du aus der Kurve. Ich hab keinen umgebracht. Bring nur mich selbst um die Ecke mit der Sauferei.«

»Wer könnte Ihnen denn etwas anhängen wollen, Herr Kabinsker?«

»Keinen Schimmer. Das Haus ist alt und nicht viel wert, keine Erben mehr da. Streit mit den Nachbarn gibt's immer, aber keiner von denen wäre so clever, sich so was auszudenken. Mein Leben ist eh schon verpfuscht, da braucht es nicht noch einen Toten dazu.«

Kabinsker wischte sich mit dem benutzten Taschentuch über die Augen.

Hinter der Scheibe wandte sich Dörte an Melek und Thomas. »So, jetzt die weiteren Infos zu den Haaren: brüchige Haarwurzeln, zurückgebildete Haarzwiebel, schon länger aus dem Follikelkanal herausgelöst. Haare, die schon vor längerer Zeit ausgefallen sind oder beispielsweise aus einer oft benutzten Bürste stammen könnten. Die also sicher schon länger nicht mehr auf dem Kopf dieses Mannes zu Hause waren. Wenn das unser einziger Beweis bleibt, sieht es dürftig aus.«

»Das heißt, jemand hat sich in Kabinskers Haus geschlichen und ein paar Haare aus seiner Bürste genommen und unserem dritten Opfer in die Unterhose gesteckt?« Thomas' Gesicht verzog sich.

Dörte zuckte mit den Schultern. »Oder viel banaler. Leider. Unser Opfer war doch Versicherungsvertreter. Er tourt mit seinen Angeboten, ist auf Verkaufsmission, klingelt auch bei Kabinsker. Der lässt ihn doch rein, egal, was er hier erzählt.

Bei seinem Besuch in Kabinskers Haus, in all dem Müll und Dreck, könnten sich die Haare auf Haupts Kleidung oder auch Körper abgesetzt haben, später beim Ausziehen oder auch beim Duschen rutschen sie tiefer, bleiben in seiner Scham hängen.«

»Igitt.« Thomas rollte mit den Augen.

»Thomas, wenn ich dich jetzt checken würde, würdest du dich wundern, wie viel Hautschuppen, Haare und anderes Getier du von fremden Menschen auf deinem Körper gesammelt hast.«

»Also nicht wirklich ein Beweis.«

»Wenn wir nichts Ergänzendes finden, weitere belastende Spuren im Haus, dann nein.«

Im Vernehmungsraum drehte sich Heinz um, sah intensiv zur Scheibe, als hätte er Dörte gehört.

»Scheiße, das Bier.« Thomas stürzte nach draußen.

Melek sah Dörte an, die nun ihrerseits mit den Augen rollte.

Sie saßen diesmal im hintersten Eck der Zappbar, einer Szenekneipe mit Musik aus den Sechzigern und Siebzigern. Noch war der Laden nur spärlich besucht, die Musik lief leise im Hintergrund. Maureen Evans sang über *the big hurt*, und Melek sowie auch Heinz wippten mit den Füßen.

Hirn auslüften, hatte Heinz es genannt und seinen Leuten nach dem Verhör von Bernhard Kabinsker zwei Stunden Pause gegeben.

Thomas war nach Hause gefahren. Sein Bruder war zu Besuch, und er wollte ihn wenigstens kurz sehen. Dörte Fein war im Polizeipräsidium geblieben, sie musste Anrufe und Mails aus den Laboren beantworten, koordinieren, die Arbeit hinkte immer hinterher. Somit waren sie zu zweit hierhergekommen. Als Johnny Preston »Running Bear« anstimmte, kamen zwei Gläser mit alkoholfreiem Bier an ihren Tisch. Melek und Heinz tranken jeder einen Schluck.

»Er kann es nicht sein, nicht wahr?«

Melek stellte diese Frage, obwohl keiner von ihnen mehr an

eine direkte Schuld des Verdächtigen glaubte. Sie spekulierte weiter.

»Er könnte mit dabei gewesen sein. Wir hatten ja schon in Richtung mehrerer Täter gedacht. Vielleicht als Anhängsel dieser Jolly?«

»Wer nimmt einen alten, alkoholkranken Mann mit zu einem Massaker, zu Folterungen? Außerdem hatte Kabinsker keinen Kontakt zu den anderen beiden Opfern. Das ergibt nicht den geringsten Sinn, Arslan.« Heinz runzelte die Stirn, trank einen Schluck. »Vielleicht will uns jemand verarschen.«

»Du vermutest, jemand hat absichtlich Haare von Kabinsker in die Hose des dritten Opfers getan? Das scheint mir zu abgefahren.«

»Ja und nein, Melek.«

Melek horchte auf. Heinz hatte sie das allererste Mal bei ihrem Vornamen genannt. Überhaupt schien es ihrem Boss trotz des deprimierenden Verhörs besser zu gehen. Er hatte sich rasiert und wirkte insgesamt frischer. Nicht mehr so gequält.

Er trank einen Schluck, trommelte mit den Fingern die Melodie aus den Lautsprechern mit, lächelte sie kurz an. »Lass mich einfach was zusammenspinnen. Habermann und du, ihr sucht Kabinsker auf wegen seiner verstorbenen Tochter. Habermann leistet sich seinen kurzen Ausfall, und die Fotos verbreiten sich. Der Shitstorm, die schlechte Presse. Das hat unser wahrer Täter ausgenutzt und für uns eine Blindspur arrangiert.«

»Wie ist er an die Haare gekommen?«

»Keine Ahnung. Hat Kabinsker vielleicht besucht, sich als einer von der Presse ausgegeben, ihn in seinem wirren Gelaber gegen die Polizei und den Staat im Allgemeinen bestärkt. Den lässt Kabinsker dann rein, dort drinnen in dem Chaos sammelt unser Täter nebenbei ein paar Haare auf. Tötet wieder. Drapiert sie in Oliver Haupts Unterhose. Wir fallen drauf rein.«

»Was hätte er davon?«

»Ich spekuliere weiter wild drauflos. Also, erstens gewinnt er Zeit. Wenn es ein Serientäter ist, hat er bereits sein nächstes Opfer im Visier und kann sich in Ruhe darauf konzentrieren. Wir suchen in der Versicherung, grasen die Mitarbeiter ab, wühlen in den Freundeskreisen, Nachbarschaften. Zeit vergeht, die Arbeit türmt sich. Wir werden beschäftigt. Zweitens ist der nächste Presseflop für uns jetzt schon garantiert, weil wir mit Kabinsker den Falschen verhaften, noch dazu einen Mann, der erst vor wenigen Tagen schon einmal Opfer polizeilicher Willkür geworden ist. Vielleicht hofft der Täter auch, dass unser Team von dem Fall abgezogen wird und sich ein neues erst darauf einstellen muss. Wieder ein Zeitgewinn.«

»Bis jetzt ist nichts so wirklich logisch im Vorgehen.«

»Das würde ich nicht sagen. Die ersten Morde haben eine Welle der Aufregung in der Stadt ausgelöst. Es wurde diskutiert, spekuliert, und nachdem bekannt geworden ist, dass beide Männer fremdgegangen sind, waren auch schnell die Moralapostel auf dem Vormarsch.«

»›Fremdgängermorde‹, was für ein bescheuerter Aufmacher.«

»Und vergiss nicht, Melek, die Polizei wird immer bloßgestellt, wenn sie bei solchen Kapitalverbrechen nicht schnellstmöglich eine heiße Spur oder eine Lösung aus dem Ärmel schüttelt.«

»Ein Täter, der untreue Männer und Bullen nicht mag.«

»Ich denke, das mit der Polizei nimmt er als kleinen Bonus mit, der sich durch Habermanns Fehlverhalten ergeben hat.«

Marv Johnson sang »You Got What It Takes«, und Heinz Baldur schwieg kurz, schloss die Augen, schmunzelte, schien sich für einen Moment in eine andere Welt hineingebeamt zu haben.

Melek sah sich um, die Bar strotzte vor Retronippes. Ihr Kopf kam ihr jetzt eher schwerer als ausgelüftet vor. »Ich kenne keinen der Songs hier. Lade mir völlig andere Musik herunter.«

Er machte die Augen wieder auf, sah Melek an. Grau, dachte sie, grau. Heinz ist der Erste, dessen Augenfarbe ich als Grau bezeichnen würde. Grau mit Blaustich. Das klang komisch, und sie musste innerlich ebenfalls schmunzeln.

»Dafür bist du definitiv zu jung, Melek. Selbst ich würde diese Musik nicht kennen, wenn nicht mein Vater sie oft gespielt hätte. Seit ich die Zappbar vor einem halben Jahr hier in der Nähe des Präsidiums entdeckt habe, komme ich immer mal gern hierher. Aber nie später am Abend, Lokale voller Menschen strengen mich an.«

»Was macht dein Vater? In Pension?«

»Er ist schon lange tot. Ein Autounfall, als ich achtzehn war.«

»Oh. Sorry.«

»Nein, schon in Ordnung, kannst du nicht wissen. Es war einfach Pech.«

Sie schwiegen eine Weile. Melek trank den Rest ihres Bieres, trotz der null Prozent Alkohol fühlte sie sich leicht beschwipst.

»Mein Vater hat einen Gemüseladen in Köln-Ehrenfeld. Er würde es immer noch gerne sehen, dass ich dort mithelfe, anstatt böse Menschen zu jagen.«

»Warum machst du's?«

»Die ›Bösen‹ verfolgen?«

»Ja. Ich kenne nicht viele junge Türkinnen, die eine Karriere bei der Kriminalpolizei anstreben.«

»*Damlaya damlaya göl olur, bir damla sel olur.* Tropfen für Tropfen entsteht ein See, aber ein Tropfen kann eine Flut auslösen. Ich will einer der Tropfen sein, der die Gerechtigkeitsflut bringt.«

»Klingt grün, um Habermann zu zitieren.«

Melek musste laut lachen, Heinz trank den letzten Schluck.

»Komm, wir fahren zurück.«

»Wie geht es weiter, Boss?«

»Das Umfeld von Haupt, die Familie, Freunde, die Kollegen im Büro. Viele Befragungen. Wir behalten Kabinsker auf jeden Fall so lange wir können in Untersuchungshaft. Wenn wir es schaffen könnten, es vor der Presse zurückzuhalten, wäre ich froh. Zumindest spielen wir es herunter. Dörte hat jetzt alle DNA-Profile vom ersten Tatort in der Kaiserstraße, es ist wirklich eine ganze Menge. Dazu müssen wir die passenden Menschen finden.«

»Ich bin noch an Spanien dran. Könnte sein, dass ich ein verlängertes Wochenende wegen der Unfallrecherche dort brauche.«

Heinz grinste. »Du gefällst mir immer besser, Melek.«

Sie spürte, wie sie rot wurde, wechselte schnell das Thema.

»Apropos. Wann werden wir der Presse von unserer Vermutung, dass es sich um einen Serientäter handelt, erzählen?«

»Ich glaube, es wird nicht mehr lange dauern, und die kommen selber drauf. Spätestens bei der nächsten Pressekonferenz heute Abend wird einer die Frage danach stellen. Hol dir die Zeitungen morgen.«

»Ich lese die Schlagzeilen direkt online.«

»Na, dann kannst du die Idee von einer Serie sicher jetzt schon finden. Solche Spekulationen kommen immer. Jeder liebt Reihen.«

»Es wird weitergehen, nicht?«

»Du sondierst bitte weiter das Internet und alle sozialen Medien nach dieser ›Jolly‹. Auch wenn ein anderer Kollege aus der Computerabteilung daran arbeitet, möchte ich deinen natürlichen Instinkt mit drin haben. Wird dich deine Freizeit kosten, ich weiß, aber mach es.«

Natürlicher Instinkt, das gefiel Melek. »Kein Problem. Ich bin ohnehin im Kopf ständig an dem Fall dran. Aber ich meinte, ob es weitergehen wird mit unserem Täter.«

»Du meinst einen neuen Toten?«

»Ja.«

Heinz fuhr sich mit der Zunge über die Lippen. Für einen Moment tauchte die Erschöpfung wieder auf seinem Gesicht auf, dann strafften sich seine Züge.

»Wir arbeiten daran, dass es nicht so weit kommt.«

»Aber wie können wir ihn aufspüren?« Plötzlich fühlte sie sich entmutigt.

Heinz tätschelte ihre Hand. »Du musst darunterschauen, daneben, dahinter, manchmal auch drüber hinweg. Schau nie direkt hin, denn in den Schatten rund um das, was du siehst, zeigen sich die Dinge. Nicht im hellen Licht oder in den bunten Farben, das alles ist nur zur Täuschung da. Lösungen gibt es in den Randzonen, dort, wo wir hingehen, wenn wir träumen.«

»Klingt richtig gut.«

Melek sah Heinz direkt in die Augen. Grau, dachte sie wieder, graue Augen. Heinz winkte schnell ab, rief zum Zahlen.

»Du bist eingeladen.«

»Danke, Boss. Du siehst übrigens besser aus, wenn ich das sagen darf. Die letzten Tage hatte ich das Gefühl, du brütest eine Krankheit aus.«

»Die Vergangenheit hatte mich etwas im Würgegriff. So was wie eine Sommergrippe von anno dazumal.«

»Mein damaliger Freund ist an dem Abend in das italienische Lokal gefahren, wo du …« Melek merkte, dass sie einen Schritt zu weit gegangen sein könnte. »Entschuldige, das geht mich nichts an.«

»Nein, nein, schon gut. Im wunderbaren Internet kann man alles nachlesen, und seit Habermanns Ausfall hat es die Presse als Zugabe wieder hochgespült. Ich komm klar damit. Was hatte dein Freund für einen Grund? Ist er Journalist?«

»Nein, nein, er war ein Kollege, das heißt, er war höhergestellt als ich. Ich war bei der Streife und er schon in der Mordkommission. Du kennst ihn übrigens.«

»Wie heißt er?«

»Simon Lauberg.«

»Ah, der Herr Kommissar Lauberg. Ich erinnere mich. Das war dein Freund?«

»Ist auch wie eine Sommergrippe gewesen.«

»On n'atrappe pas les mouches avec du vinaigre.«

»Was?«

»Das ist jetzt ein Sprichwort von mir dazu. Oder besser gesagt von einem alten Kumpel, der gerade auf Besuch bei mir ist. Luis. Der ist auch ein Teil aus der Vergangenheit. Du musst ihn kennenlernen. Wenn wir alles hinter uns haben und Luis noch hier ist, lade ich euch alle ein. Auf eine scharfe Currywurst an der Bude. Best Worscht in Town. So muss es sein.«

»Was bedeutet es?«

»Was?«

»Das Sprichwort. Ich kann kein Französisch.«

Jetzt war es an Heinz, laut aufzulachen. »Ehrlich gesagt, Melek, ich habe ihn nie nach der Bedeutung gefragt.«

Sie lehnt mit dem Kopf an der Tür und hört.

Hört etwas.

Etwas schreit. Etwas, das auch ein Tier sein könnte.

Ihr Unterleib und ihre Beine sind kalt geworden dort am Boden des Kellers. Auch das rechte Ohr, das die Tür zur Waschküche berührt. Diese Kälte kann sie auch in ihrem Inneren fühlen. Dort kommt sie aus dem Gehirn, wo die Geräusche, die Musik, das Schreien umgewandelt werden in Gefühl.

Heutige Musik: Anastacia, die schöne, einmal schwer erkrankte Sängerin. Ihre Stimme ist dunkel, erotisch, ihr Gesang so mitreißend. Oh, Anastacia, wie geht's, wie fühlst du dich?

Lange Zeit hat sie selbst geglaubt, nichts mehr fühlen zu können, nicht mehr empfindungsfähig zu sein. Sie hat sich die Arme geritzt und keinen Schmerz gespürt, sie ist gerannt und gerannt, täglich mehrmals, und hat ihre Erschöpfung am Zittern der Muskeln wahrgenommen, sie hat sich ficken lassen und nur die Mechanik des Aktes miterlebt. Ihr Leben versank in diesem Meer an Gefühllosigkeit, sie ertrank zwischen all den Tropfen ihres vergeudeten Lebens.

Doch dann hat sie ihren Seelenspiegel getroffen.

Ein Gegenüber, das eine Reflexion, einen Widerhall gab für ihre eigene Wut, ihren tiefen Hass, ihre Verzweiflung. Sie hat hingehört, hat den Geschichten gelauscht, die sie in all der Grausamkeit aufnehmen und erfassen konnte. Wie Katzenaugen nachts das Restlicht aufnehmen und verarbeiten, um auch in der Dunkelheit sehen zu können.

Also ist das Sehen doch vor dem Hören gekommen.

Damals hat sie die Augen offen gelassen, bei ihrer Abtreibung nach Freds Abgang, Weggang. Dass sie schwanger war, hat sie erst spät bemerkt, eigentlich zu spät, aber ihr Vater – mein Gott, warum hatte sie sich am Ende doch gerade ihm anvertraut? – hatte damals eine gefunden, die, sie benutzt dafür das altmodische Wort, eine Engelmacherin war und gegen Geld keine Fragen stellte. Sie hat die Augen während der ganzen Prozedur offen gelassen, hat gesehen, wie ihr Vater bleich wurde, aber vielleicht kam das auch daher, dass er noch kein Bier intus gehabt hatte.

Damals war kaum geredet worden, was hätte sie da also zu hören gehabt? Die Herztöne ihres Ungeborenen? BumBum-BumBumBum, so schnell, so kräftig und doch wehrlos, als das Ende kam.

Heute, das weiß sie, ist das kleine Beil dran, mit dem sie sonst Gemüse hackt.

Das Beil für den Onkel. Den aus dem Schwimmbad. Auch beim zweiten Treffen war der fette, mit Tante Petra verheiratete Onkel Klaus mit dabei gewesen. Hatte sie wieder angegraben, viel offensiver als das erste Mal. Der nette Robbie hatte wie Beiwerk hilflos danebengestanden, peinlich berührt, aber ohne einzugreifen. Da hatte sie kein Mitleid mehr empfinden können, auch nicht für den Neffen. Diesmal hatte sie selbst gelockt, geködert. Aber nur bis hierher. Nicht mehr. Mehr ist nicht ihres, den Tötungsakt überlässt sie ihrem Gegenüber.

Die Schreie drinnen, die Hackebeilschreie, sind hoch, schrill und klingen irgendwie ausweglos. Mit jedem neuen Schrei füllt sich ihr Speicher, und sie kann sich unter ihrer Haut wieder spüren.

Von den Qualen hat sie beim ersten Mal, bei den ersten Kerlen, nichts mitbekommen. Man konnte in einer Wohnung in einem Mietshaus in der Innenstadt nicht einfach jemanden kreischen lassen, aber die Geschichten hinterher waren ein Ohrenschmaus gewesen. Zigaretten und eine Schere.

Stell dir vor, er war ein böser Junge. Ein unartiges Männchen. Musste mein Aschenbecher sein, hat sich verbrannt, verkohlte Haut mit rotem Rand.

Sie wird versorgt mit allen Details zu dem, was hinter dem Spiegel geschieht, in der Dunkelzone.

Blutrausch. Qual. Bestrafung.

Geschichten ins Leben rufen, grausame und blutige. Sie entstehen lassen durch das Hören, sich daran berauschen.

Schon beim ersten Mal war es lächerlich einfach gewesen, die Männer zu ködern, zu betäuben. Wie dummes Schlachtvieh waren sie gefolgt, hatten sogar ihren eigenen Sterbeort organisiert. Jeer und Fahrenkauf. Hatten bis kurz vor dem Ende nichts geahnt, keinen Verdacht gehegt. Nicht mal der, der kein Glas Prosecco getrunken hatte, weil er unter Magensäure litt, der Hugo Jeer, und damit keine K.-o.-Tropfen abbekam. Dem hatte sie sogar einen runtergeholt mit den Handschuhen, da stand er drauf, ein letzter Wunsch sozusagen, bevor sie ihn gefesselt und geknebelt hatte. Als dann später das echte Massaker begonnen hatte, war sie schon draußen gewesen, vor der Tür.

Stell dir vor, das hat der immer noch für ein Spiel gehalten, obwohl sein Kumpel schon völlig hinüber auf dem Bett lag.

Als es vorüber war, war sie zurück hinein. Blut und Wahnsinn. Aber nur ein Bild. Nur ein erstarrtes Bild, sie hatte wegsehen können vom Mittelpunkt, von den Körpern, während sie aufgeräumt hatte. Drumherum gewischt. Eingepackt. Als machte sie nach einer Grillparty sauber.

Die Geschichte dazu hat sie sich so oft erzählen lassen, dass sie mitsprechen konnte.

Ihre Spiegelseele ist der Rausch. Sie die Frau für das Danach. Heute wird sie sich noch überlegen müssen, wo sie die Körper ablegen wird.

Männerkörper von Arschlöchern mit einem Ring am Finger. Die, mit denen sie in den Jahren nach Fred gevögelt hat, hat sie sich auch immer tot vorgestellt, während sie unter, auf oder zwischen ihnen funktionierte. Ihre kurze Zeit in der Prostitution war die elendste gewesen. Männer, die oft nicht bezahlten, Drohungen von anderen Nutten, Prügel von einem der Zuhälter, der sie in seine Dienste zwingen wollte, eine Verhaftung, eine Anzeige. Was war sie doch für eine erbärmliche Nutte gewesen, nicht einmal das konnte sie.

Wenn damals nicht ihre Mutter an Krebs gestorben wäre und ihr etwas Geld hinterlassen hätte, um wieder zurechtzukommen, wer weiß, ob sie heute noch am Leben wäre.

Drinnen singt Anastacia »Paid My Dues«. Rockt. Die Musik passt zu dem Hackebeil, sie kann nicht sagen, warum. Gefällt ihr besser als George Michael das letzte Mal. Den mochte sie nicht so.

Bei Nummer drei waren sie schon eine Stufe weiter gewesen.

Hier im Haus. Der Versicherungsvertreter mit den vier Kindern. Noch leichter, noch ungefährlicher, und die Freiheit, sich Zeit zu nehmen. Davor, während, danach. Eine Entwicklung.

Sie entwickeln sich.

Aber das Hören, das ist ihres, das gibt noch mehr. Geht tiefer.

»Hast du schon das Neueste gehört?«

Drinnen haben die Schreie aufgehört, eine kurze Ohnmacht vielleicht. Zeit für ein Gespräch durch die Tür, als wäre dieser Vorgang das Normalste der Welt.

»Was denn?« Ruft sie zurück.

»Die Medien reden von einer Serie, einer Reihe. Das ist noch besser. Wir müssen nachlegen. Gefällt mir. Geil!«

Die Kälte vom Boden lässt sie zittern. Zittern wie Espenlaub, das hat sie irgendwo gelesen. Poesie, die es schon lange nicht mehr in ihrem Leben gibt.

»Aber was wird dann später? Am Ende der Reihe?«

Warum stellt sie jetzt diese Fragen? Einen unpassenderen Zeitpunkt kann es nicht geben. Doch sie brennen in ihrem Herzen, schon seit den ersten Toten.

»Doofe Frage. Was soll das?«

»Weil ich es wissen muss. Einfach so. Was ist am Ende aller Reihen?«

Eine Pause drinnen. Stille und Kälte paaren sich.

Dann: »Vielleicht stelle ich mich. Zeige mich. Werde öffentlich. Werde berühmt.«

Angst kriecht in ihr hoch. Panik. Wenn sie ihren Seelenspiegel, ihr Gegenüber verliert, was bleibt dann? Oder was kommt wieder? Die Empfindungslosigkeit. Die endlose Leere. Sie taumelt innerlich, hebt die Hand, kratzt an dem Holz der Tür.

»Nein. Bitte!«

Sie bettelt.

Tut sich selbst so leid.

Der Zweite da drinnen, der Hübsche, der Robbie, der mit den Grübchen, sollte ihr leidtun, der war nicht geplant, war aber mit dabei, war mitgekommen mit dem fetten Onkel Klaus, sein Pech.

Keine Folter bei ihm, das hatte sie immerhin verhindern

können. Sonst will sie nicht mehr an ihn und das Cornetto-Eis denken. Robbie ist schon Staub oder wird es bald sein.

»Tu das nicht! Hörst du? Bitte!«

»Halt den Mund, ja! Ich mag es nicht, wenn du jammerst wie ein Waschweib.«

Sie beißt sich auf die Lippen, es sticht.

Von drinnen kommen wieder die Schreie. Erst langsam, dann immer schneller wie eine Sirene, die sich einsingt. Drinnen geht das Hörspiel wieder los.

Sie dreht den Kopf, jetzt ist das andere Ohr angelehnt, kühlt aus.

»Das Männchen will nicht hören? Dann muss das Männchen fühlen!«

Drinnen ist jetzt diese Mischung aus Musik und Schreien und Lachen. So eine Geräuschkulisse, die über ihr Ohr in ihr Hirn eindringt, dass sie die Augen schließt und sich wünscht, nie mehr sehen zu können, ganz in dem Hören aufzugehen.

Hören heißt für sie Fühlen, wie bei dem Mann da drinnen, für den der Schmerz der ganze letzte Wahnsinn ohne klares Bewusstsein sein wird.

✂

Als Heinz Baldur an diesem heißen Juliabend nach Hause kam, war es schon dunkel. Die Pressekonferenz war vorbei – das Interesse hatte ihre interne Prognose übertroffen. Diesmal waren zusätzlich die vielen Agenturen aus dem europäischen Ausland mit von der Partie gewesen, dazu hatten sich eine Journalistentruppe aus Moskau, ein Kamerateam aus Peking und zwei Sender aus den USA in das völlig überfüllte Foyer des Präsidiums gequetscht.

Nach dem Statement der Pressesprecherin und einer ersten Lageeinschätzung von ihm selbst war die Fragerunde eröffnet worden mit der Bitte um kurze, gezielte Fragen.

Schon bei der dritten war es gekommen: »Hauptkommissar Baldur, haben Sie schon in Erwägung gezogen, dass es sich um einen Serientäter handeln könnte?«

Nein, hätte er da am liebsten geantwortet, nein, da sehen wir noch keinen Zusammenhang.

Doch er hatte sich am Nachmittag zuerst mit dem Fallanalytiker Dr. Orwinski, später dann mit dem Polizeipräsidenten kurzgeschlossen, und beide, der eine aus seiner Profession heraus, der andere noch dazu um den Ruf und die Reputation der Frankfurter Behörde besorgt, hatten ihm dazu geraten, das Thema auf keinen Fall auszuklammern. Nichts Schlimmeres konnte passieren, als den vierten Toten zu finden und einen Serientäter ausgeschlossen zu haben, während die Presse es doch schon vorher gewusst hatte.

Er hatte also Ja gesagt, betont, dass es nur eine Option von vielen sei und man bitte die Ermittler ihre Arbeit machen lassen sollte. Doch darin lag zu viel Konjunktiv, das hatte er gespürt, die Schlagzeile von heute musste fett und direkt sein. Was er bis jetzt im Netz und in den Zeitungen gelesen hatte, was in den Nachrichten gezeigt wurde, alles stürzte sich auf die Idee der Reihe. Eine Serie von Morden an verheirateten Männern mittleren Alters.

Die »Fremdgängermorde« eben. Auch wenn sich über Oliver Haupt noch nichts in der Richtung sagen ließ.

Immerhin eine Sache hatte die Presse tatsächlich verpasst. Noch war nicht durchgesickert, dass Bernhard Kabinsker sich in Untersuchungshaft befand. Lange würden sie ihn ohne weitere stichhaltige Beweise allerdings nicht mehr festhalten können. Wie schnell es danach in die Medien gelangen würde, konnte keiner sagen, aber während der Pressekonferenz war Heinz um diesen Felsbrocken herumgekommen.

Er schloss die Tür auf und stand eine Weile im dunklen Vorzimmer.

Die Müdigkeit der Tage fiel wie eine schwere Ladung über ihn, für Sekunden war ihm, als würde er sich durch zwei teilen, der eine weitergehen, der andere erstarren in diesem Moment der Dunkelheit.

Das Klingeln seines Handys erschreckte ihn dermaßen, dass sein Herz für eine Sekunde aussetzte, nur um dann in einem rasenden Tempo zu galoppieren.

Er sah auf dem erleuchteten Display sofort die österreichische Vorwahl, aber es war nicht die Nummer seiner Mutter.

»Ja?«

»Grüß Gott, spreche ich mit Herrn Karl-Heinz Baldur?«

»Ja, was ist?«

»Mein Name ist Gabbler, Lea Gabbler, Allgemeines Krankenhaus Baumgasse, Wien.«

Heinz' Herz setzte zum zweiten Mal aus. Seine Mutter. Seiner Mutter war etwas passiert. Das auch noch.

»Herr Baldur, ich rufe Sie an, weil mich Ihre Frau Mama darum gebeten hat.«

Immerhin musste sie am Leben sein. Tote können schwer um etwas bitten. Aber was ...?

»Lieber Herr Baldur, Ihre Mutter ist heute Morgen mit akuten Herzbeschwerden eingeliefert worden. Zuerst lag der Verdacht auf einen Herzinfarkt vor, aber wir konnten schnell Entwarnung geben. Es war eine Rhythmusstörung, die auf eine leichte Entzündung des Herzmuskels zurückzuführen ist.«

»Sie liegt auf Intensiv?«

»Nein, stationär.«

»Ich kann trotzdem nicht mit ihr reden?«

»Das können Sie ohne Weiteres. Ich gebe den Hörer gerne weiter.«

»Ich verstehe nicht. Warum rufen Sie mich denn an, Dr. Gabbler?«

»Oh, Herr Baldur, ich bin keine Frau Doktor, ich bin die Nachtschwester. Da, jetzt streckt die Frau Baldur schon die Hand nach dem Hörer aus. Ihnen noch ein gutes Nachterl.«

Heinz' Stimmung wechselte von Sorge zu Unmut. Er mochte solche Spielchen seiner Mutter überhaupt nicht.

»Heinzi?«

»Mama, du hast mich erschreckt!«

»Karl-Heinz, ich hab heute sicher ein Dutzend Mal auf deine Mailbox gesprochen, keine Rückmeldung. Und ich hab es schon tausendmal bei dir in der Wohnung klingeln lassen, keiner hebt ab. Hast wieder vergessen, den Anrufbeantworter einzuschalten, was? Was ist denn nur los bei dir? Was machst du denn immer? Sorgen sind für meinen schrecklich entzündeten Herzmuskel Gift.«

»Mama, ich arbeite.«

Er versuchte, sich an diese Anrufe zu erinnern, aber obwohl sein Handy heute im Dauereinsatz gewesen war, hatte es keine unbeantworteten Anrufe gegeben. »Du musst die Nummer von meinem Handy verwechselt haben, Mama. Da war nichts von dir drauf.«

»Keine dummen Ausreden, mein Sohn. Gott sei Dank ist nichts Schlimmes gewesen, sonst hättest du mich am Friedhof besuchen können.«

»Mama, sag so was nicht.«

Seine Mutter konnte mit ihrer Art die ganze Gefühlspalette in ihm abrufen. Er war sauer, besorgt, erschrocken und froh gleichermaßen.

»Wie geht es jetzt weiter, Mama? Was machen die? Wie lange musst du bleiben? Ich kann im Moment nicht weg hier, um mich um dich zu kümmern.«

»Brauchst du doch nicht, Heinzi. Es waren ja nur Stolperer. Ich muss über die Nacht hierbleiben, hab jetzt so ein Kasterl an der Brust zum Messen, und morgen geh ich mit einem tollen Medikament wieder nach Hause, so rote riesige Pillen, dann melde ich mich.«

»Klingt doch ganz okay.«

»Ich hab dich vor einer Stunde im Fernsehen gesehen. Gut schaust aus, bist telegen. Hast du den Mörder inzwischen gefunden?«

»Nein, Mama.«

»Wer war denn die nette Frau neben dir?«

»Die Pressesprecherin.«

»Hübsch.«

»Mama, nicht von der Ferne aus kuppeln, mir geht's gut, auch allein.«

»Bist nicht schrecklich einsam, seit das mit der Rita passiert ist?«

»Mama, Schluss damit! Mir geht's echt gut. Jetzt musst du wieder fit werden, und dann ist alles in Ordnung. Ja?«

»Na gut. Jetzt bin ich müd. Ich melde mich morgen. Bussi, servus!«

Er schluckte. Rang um Fassung und tröstete sich schnell damit, dass seine Mutter im Krankenhaus unter Aufsicht war und betreut wurde. Er hätte sich niemals jetzt ein paar Tage freinehmen können.

Immer noch hatte er das Licht im Vorzimmer nicht angemacht. Doch es war nicht mehr völlig dunkel. Unter der Tür zum Wohnzimmer brannte Licht, und man konnte den Fernseher hören.

Wer?

Dann fiel es ihm ein. Luis musste immer noch da sein. Er hatte die Wohnung anscheinend seit heute Morgen nicht verlassen. Heinz hatte ihm mit seinem Zettel auf dem Tisch auch förmlich aufgedrängt, dass er blieb. Aber brauchte er nicht seine Sachen, zumindest eine Zahnbürste? Wo lebte Luis eigentlich in der Stadt? Im Hotel? Bei Freunden? Heinz wurde klar, dass er gestern Abend nur über sich und seine Probleme geredet hatte. Luis hatte zugehört, Fragen gestellt, aber wenig, nein, so gut wie nichts von sich erzählt.

Heinz machte endlich Licht, musste seine Augen zukneifen. Er gähnte.

Die Tür zum Wohnzimmer öffnete sich.

»Kumpel, etwas spät, aber nicht zu spät für die Frikadellen, die ich in der Leere deines Kühlschranks entdeckt habe. Die kann man auch kalt essen. Mit einem Bier dazu.«

»Warst du den ganzen Tag hier?«

Luis legte seinen Kopf schief. Im Licht des Flurs schimmerten seine Augen wie unter Tränen. Dahinter war es leer. Leer und kalt, wie leblos, dachte Heinz.

Was sollte das denn? Woher kamen diese dummen Gedanken? Er musste sich zusammenreißen.

»Luis, wenn du hier warst, warum bist du nicht ans Telefon gegangen? Meine Mutter hat versucht, mich zu erreichen.«

»Hier hat keiner angerufen.«

»Edith ist ins Krankenhaus gekommen, Herzstolpern oder so was in der Art. Hat es hier angeblich ständig probiert.«

Luis sagte nichts. Heinz fühlte eine Schwere in der Brust.

»Du erinnerst dich doch noch an sie, Luis, oder?«

»Edith hat mich nie gemocht.« Luis' Mundwinkel zogen sich nach unten.

»Quatsch, Luis. Das hast du dir nur eingebildet.«

»Warum durfte ich dann nur in dein Zuhause, wenn sie unterwegs war?«

Es stimmte. Heinz hatte es nur vergessen gehabt. Edith hatte ihm damals verboten, Luis zu treffen. War regelrecht hysterisch geworden. Obwohl er einen Kumpel so dringend gebraucht hatte nach dem Unfalltod des Vaters. Er versuchte sich zu erinnern, warum seine Mutter gegen Luis gewesen war. Es fiel ihm nicht ein, sein Hirn war zu überlastet. Aber er war froh, dass Luis noch hier war, jenseits aller Fragen, die er hatte.

»Heute bist du mal am Erzählen, Luis, Kumpel.«

»Du siehst extrem müde aus, Baldur. Geh ins Wohnzimmer. Setz dich auf die Couch und guck in die Röhre, ich hol dir was.«

Es war, als würde Luis hier wohnen und Heinz wäre zu Besuch. Aber er war zu müde vom Tag, um zu widersprechen. Müde, das Schlagwort für sein momentanes Leben.

Später hatte er einen Traum. Sein Vater und Luis standen neben seinem Bett und sahen auf ihn herunter. Sein Körper war über und über mit Erde bedeckt.

»Wenn du magst, dann kannst du zu uns kommen.« Beide sprachen im Chor. Ihre Stimmen klangen wie der Gesang in einer Kirche. Er versuchte, die Hände zu heben, um sich von der Erde zu befreien. Doch er konnte sich nicht bewegen. Wieder öffneten beide Männer den Mund, doch statt Wörtern kam aus jedem Mund ein Schwall Wasser heraus. Das Wasser rann wie ein Sturzbach über ihn. Er konnte nicht mehr atmen unter all dem Schlamm, zu dem die Erde durch das Wasser geworden war, nicht mehr denken, nicht mehr fühlen. Der Schlamm hüllte ihn ein, klebte an seiner Haut, durchdrang jede Pore. In seinem Herzen, in seinem Kopf, in seinem Bauch, da klapperte es, klapperte schnell und immer weiter.

Er schreckte aus dem Traum hoch, und hinter der Tür zum Wohnzimmer klapperte es tatsächlich.

Er lag auf der Couch, selbst hier zu Hause die Couch, der Fernseher war dunkel, und in der Küche hörte er Luis herumlaufen und mit irgendwas hantieren. Er blieb liegen, wartete, überlegte, wo Luis dann übernachten würde. Irgendwann hörte das Klappern auf, und er schlief wieder ein.

Am nächsten Morgen erwachte er mit dumpfen Kopfschmerzen. Er ging durch die Zimmer, merkte, dass er allein war. Das Bett im Schlafzimmer war unbenutzt. Die Stille drückte ihn, er wollte nicht darüber nachdenken, er beeilte sich, zur Arbeit zu kommen. Trotz zweier Aspirin blieb das dumpfe Pochen hinter seinen Schläfen, trommelte in einem schnellen Rhythmus. Den ganzen Tag lang.

Martina war auf der Suche nach sich selbst.

Und auf der Flucht vor den Schattenmännern in ihr.

Dr. Kainz hatte ihr in den Therapiestunden immer wieder gesagt, dass es die Schattenmänner nicht gebe. Dass die Schattenmänner nur ein Gespinst ihrer Psyche seien, durch die Störung in ihrem Kopf manifestiert und so real wirkend, dass Martina nachts schon einmal schreiend auf die Straße gerannt war. Das war vor ihrer letzten Einweisung gewesen.

Die Therapiestunden waren anstrengend und fordernd, aber der Aufenthalt in der Klinik gefiel ihr. Alle waren so freundlich, das Essen ziemlich gut und der Park groß und von einer Mauer umgeben, was ihr ein Gefühl der Sicherheit vermittelte. Hier würden es die Schattenmänner nicht wagen, einzudringen.

Doch wie es schien, hatte sich Martina getäuscht.

Zuerst fand sie den jungen Mann.

Der lag so friedlich unter einer der Tannen im Park, dass er ihr nach dem ersten kurzen Schrecken keine Angst mehr machte.

Und wie es aussah, hatte sich Dr. Kainz auch getäuscht, der strenge und besserwisserische Dr. Kainz.

Martina kicherte.

Sie horchte weit vornübergebeugt an der Brust des hübschen Schattenmannes. Er war tot. Gefahr erkannt, Gefahr gebannt, dachte sie und kicherte gleich noch mal.

Sie kniete sich hin, fand sein Gesicht noch schöner als seinen schlanken jungen Körper und küsste ihn auf den Mund.

Den zweiten Schattenmann, ein paar Meter weiter, mochte sie auf Anhieb nicht. Er war dick und aufgequollen, lag mit dem Arsch nach oben auf dem erdigen Boden zwischen den Tannen. Aber nachdem sie ihn umrundet hatte, war klar, dass auch von diesem keine Gefahr mehr ausging. Ihre Neugierde erwachte. Warum gab es hier nur tote Schattenmänner, wer hatte sie ausradiert?

Es fiel ihr schwer, ihn auf den Rücken zu drehen, sein Gewicht kostete sie Schweiß, und diesen Geruch hatte sie immer schon abstoßend gefunden. Sie lehnte sich mit ihrem ganzen Gewicht an seine Seite, und es gelang ihr, ihn zu rollen. Einmal rum.

Der Dicke hätte nie einen Kuss von ihr bekommen, und außerdem war er noch gar nicht tot. Sie konnte ihn röcheln hören.

Martina musste an einen gestrandeten Wal denken. Für einen Moment glaubte sie, das Rauschen einer Brandung zu hören, und das trieb ihr die Tränen in die Augen. Wer hätte je gedacht, dass sie einmal Mitgefühl mit einem verletzten Schattenmann haben würde? Dr. Kainz sicher nicht.

Aber Wale hatte sie immer gemocht und das Meer immer geliebt. Wenn sie jetzt aufstand und losrannte, könnte sie noch vor Sonnenaufgang am Strand sein.

Doch sie blieb neben dem dicken Mann hocken.

Vorne an seinem Bauch sah der Walmann schlimm aus. Alles war rot und verkrustet. Als hätte einer Löcher in den Wanst gebohrt. Vielleicht, um das Fett auszulassen?

Dann hörte sein Röcheln auf.

In ihrem früheren Leben, lange bevor sie von den Schattenmännern verfolgt und schließlich Patientin in der Klinik wurde, war Martina Krankenschwester gewesen. Ein Teil in ihrem Hirn erinnerte sich noch an den Ablauf einer Herzdruckmassage. Sie seufzte schwer, denn das konnte in weiterer Folge bedeuten, dass sie auch eine Mund-zu-Mund-Beatmung machen, dabei die Lippen des Dicken doch berühren müsste. Andererseits hatte sie auch eine Pflicht zu erfüllen, selbst an den Schattenmännern, vor allem wenn sie tot oder verwundet, also ungefährlich waren.

Sie stemmte sich hoch, schob sich ihr Nachthemd nach oben und schlang ein Bein über den Wanst des Mannes. Sie kam auf seinem unteren Bauch zu sitzen, spürte unter ihren nackten Schenkeln die blutigen Krusten, die an ihrer Haut rieben. Ein Ritt auf dem Walschattenmann. Doch noch ein Gekicher wert.

Martina legte ihre linke Hand auf die rechte, dann beide Hände auf die oberen linken Rippen des Dicken. Dann drückte sie sich mit den Füßen ab und begann mit der Herzdruckmassage.

Während sie drückte und pumpte, kicherte sie in den Nachthimmel hinein, und oben glaubte sie, eine Sternschnuppe zu erkennen. Sie wünschte sich morgen zum Kaffee ein Croissant und wusste, der Wunsch würde erfüllt werden. Dann wünschte sie sich mehr Klarheit in ihrem Kopf, doch das war der zweite Wunsch und zählte somit nicht. Schade.

Sie drückte und drückte und drückte. Ein Knacken war zu hören, sicher hatte sie dem Walmann eine Rippe gebrochen, aber das störte ihn wohl nicht.

Hinter ihr wurde es plötzlich hell, und Martina stieß einen Schrei aus. Kamen jetzt all die anderen Schattenmänner, um nach ihren vermissten Kumpanen zu suchen? Wenn sie den unter ihr rettete, würden die anderen sie verschonen?

Sie pumpte weiter, ritt den Walmann und schickte einen dritten Wunsch nach oben.

»Martina!«

Da war eine Stimme in dem Licht hinter ihr, die sie kannte. Sie entspannte sich etwas.

»Martina, um Gottes willen, was machst du denn da?«

Was sie machte? Sie holte den Walmann ins Leben zurück, so einfach war das.

Das Licht wurde heller, sie hörte Schritte. Dann stoppten die Schritte, eine kurze Weile hörte sie nichts. In der Zeit drückte sie weiter, unter ihren Händen wurde das Herz des Dicken wieder aktiviert, wieder zum rhythmischen Schlagen gebracht.

Dann begann jemand hinter ihr zu schreien. Leise Schreie, laute Schreie, weiblich. Weitere Schritte kamen schnell näher, eine zweite Stimme gesellte sich zu den Schreien hinzu, männlich, die fluchte nur, und das wollte Martina gar nicht hören, leider konnte sie sich die Ohren nicht zuhalten, da ihre Hände immer noch zu tun hatten.

»Ach du große Scheiße aber auch, was ist denn da …?«

»Hilfe, hol Hilfe, um Gottes willen, hol doch Hilfe.«

Einer rannte, eine schrie weiter.

Martina drückte und pumpte. Drückte und pumpte.

✂

Herr Professor Dr. med. Albert Kainz kam ihnen entgegen. Seine weißen Haare standen ihm auf beiden Seiten ab, das Licht der Neonröhren auf dem Gang ließ sie aufleuchten. Seit auf dem Parkgelände der psychiatrischen Klinik in Höchst zwei Männer, einer tot, einer schwerst verletzt, von einer der Patientinnen gefunden worden waren, herrschte hier totale Aufregung.

Dr. Kainz' Blick war so belastet und kummervoll, dass Heinz dachte, seine eigenen Sorgen seien nur kleine Kieselsteine in einem Bach.

Er packte die Hand des Hauptkommissars, als wollte er sie quetschen, nahm dann mit der zweiten zugleich Thomas' und Meleks Handgelenke, versuchte, sie zu umfassen und zu schütteln. »Der Mann kommt durch.«

Wenigstens hatte Dr. Kainz diese gute Nachricht für Heinz Baldur und sein Team.

»Wann können wir zu ihm?«

»Im Moment auf keinen Fall.«

»Was?« Thomas verlor neben Heinz die Nerven. »Wir können auf keinen Fall warten.«

Sie alle waren angespannt. Wie es aussah, hatten sie hier ihre

Opfer Nummer vier und fünf, und keiner zweifelte mehr an der Theorie der Serie. Auf jeden Fall drehte sich die Spirale immer schneller, zwischen dem Mord an Oli Haupt und den beiden heutigen Opfern lagen gerade mal fünf Tage.

Bernhard Kabinsker war zwar wieder auf freiem Fuß, aber Heinz hatte ihn überwachen lassen. Kabinsker hatte sein Haus nicht verlassen. Weitere Tatverdächtige hatten sie noch nicht identifiziert. Der Lichtblick aber war, dass einer der beiden Männer überlebt hatte.

Heinz mischte sich schnell ein. »Dr. Kainz, natürlich warten wir, wenn es nötig ist. Aber wie Sie sicher auch aus den Medien wissen, ist es dringend, in dem Fall weiterzukommen, die Toten häufen sich.«

Dr. Kainz schluckte, schob seine Brille zurecht. »Kann ich nachvollziehen. Aber der Mann ist so schwer verletzt, wir mussten ihn in ein künstliches Koma versetzen. Ein Wunder, dass er bei dem Blutverlust nicht gestorben ist. Noch dazu ist im Moment meine gesamte Klinik in heller Aufregung. Wir haben auch hier manchmal mit dem Tod zu tun, aber noch nie mit Mord. Mein Gott, was für eine Sauerei!«

Melek hatte ihr iPad in der Hand und stand in direkter Verbindung mit Dörte Fein und dem Spurenermittlerteam im Park draußen, die nach verwertbarem Material suchten. Vom großen Fenster am Ende des Flures aus konnte man auf das Getümmel sehen, auf die Absperrbänder, die Ermittler in ihren weißen Anzügen wie weiße Falter vor dem dunklen Parkgelände. An den Fenstern auf den Park hinaus Klinikpersonal, Patienten, die gafften. Nichts schien spannender zu sein als ein reales Verbrechen.

»Heinz, du sollst zu Dörte raus.«

Heinz drehte sich um, machte einen Schritt, drehte sich zurück. »Dr. Kainz! Können wir dann wenigstens schon mit der Frau sprechen, die die Männer gefunden hat?«

Dr. Kainz seufzte tief. »Also ein Gespräch mit Martina wird Ihnen nicht viel bringen. Sie ist seit vier Wochen stationär eingewiesen und leidet schon seit Jahren unter einer schweren dissoziativen Identitätsstörung gepaart mit Verfolgungswahn.

Schon jetzt denkt sie, die Männer wären ihretwegen getötet beziehungsweise verletzt worden, weil eine Geheimorganisation ihr auf den Fersen ist. Sie wurde medikamentös eingestellt, ist auf ihre Station zurückgebracht worden.«

»Wir würden es trotzdem gern versuchen.«

»Na gut. Ich will den Ermittlungen nicht im Wege stehen. Je schneller hier wieder Ruhe einkehrt, umso besser. Folgen Sie mir.«

Melek fasste Heinz am Oberarm. »Dörte wartet.«

»Ja, natürlich.« Er überlegte kurz. »Geh du jetzt mit Dr. Kainz, Melek.« Heinz machte sich los, begann erneut mit einer Drehung.

Thomas stellte sich zu Melek. »Ich bin dabei.«

Wieder stoppte Heinz. »Habermann, und du geh lieber vor das Haupttor. Mach uns Bilder von den Schaulustigen für einen Vergleich mit den beiden anderen Leichenfundorten. Danach erkundige dich nach der Kamera über der Einfahrt. Mit Glück können wir den Wagen sehen, mit dem die Toten hereingebracht worden sind.«

Dr. Kainz ballte die Hände zu Fäusten. »Diese Hoffnung muss ich Ihnen nehmen. Die Kamera funktioniert schon seit Wochen nicht mehr, defekt, im Moment nur Staffage. Ich weiß, wir hätten das erledigen sollen, aber unser Alltag ist enorm belastet.«

»Und der Mann an der Anmeldestelle dort, auch nur Staffage?«

»Den können Sie natürlich befragen, Herr Hauptkommissar.« Dr. Kainz wirkte beleidigt. »Wir achten darauf, wer ein und aus geht, sind aber kein Gefängnis. In den Sommerwochen haben wir sogar die Besuchszeiten bis in den späten Abend hinein verlängert. Soll ich ihn herrufen lassen?«

Heinz schüttelte den Kopf. »Ich gehe ohnehin nach draußen zu meinen Kollegen, dann direkt zu ihm. Thomas, die Fotos, Melek, die Patientin. Los!«

Thomas trat von einem Bein auf das andere, er hatte einen ebenso beleidigten Gesichtsausdruck wie Dr. Kainz. »Das kann doch einer der Kollegen machen. Das ist ödkrasse Routine.«

»Du machst das jetzt mal persönlich, ja? Dr. Kainz, ich komme so schnell wie möglich zu der Befragung Ihrer Patientin dazu.«

Kainz schob sich wieder die Brille auf den Nasenrücken, seine weißen Haare leuchteten.

»Was für eine Sauerei!«

Melek hatte auf dem Weg den Klinikleiter darum gebeten, allein mit der Patientin sprechen zu dürfen. Nach einem kurzen Protest hatte Dr. Kainz doch zugestimmt. Er wollte auf dem Gang bleiben, falls Hilfe gebraucht würde. Martinas Zimmer lag im fünften Stock. Die Frau stand ebenfalls am Fenster und sah dem Treiben im Park zu.

»Hallo, Martina. Ich bin von der Polizei. Darf ich Ihnen ein paar Fragen stellen?«

»Ist es meine Schuld?«

Sie drehte sich um, und Melek erschrak ein klein wenig, weil Martina trotz ihres von Falten durchzogenen Gesichts mit der Stimme eines kleinen Mädchens sprach. Sie fühlte sich etwas unsicher, wäre froh gewesen, wenn sich Heinz ihr doch gleich angeschlossen hätte. Aber sie nahm es als Chance, nach den Erfahrungen mit Manuel Pirlo ihre Befragungsmethode zu verbessern.

»Nein, natürlich nicht, Martina. Auf keinen Fall. Mein Name ist Melek Arslan. Oder einfach Melek.«

»Engel! Ein Engel besucht mich.«

Martina strahlte, und auch Melek lächelte jetzt. Sie entspannte sich. Es kam selten vor, dass jemand ihren türkischen Vornamen sofort zu übersetzen wusste. »Sie sprechen Türkisch?«

»Oh, in meiner beruflichen Zeit hatte ich einmal eine Liaison mit einem Oberarzt, der aus Ankara kam. Ich war Krankenschwester, wissen Sie. Hier oder anderswo, das weiß ich nicht mehr. Aber an Aziz werde ich mich immer erinnern. Wissen Sie: *büyük bir adamdi.*« Martina lachte laut, etwas Schaum kam aus ihrem Mund.

»Was ist passiert?« Melek wusste nicht, ob sie das fragen durfte, tat es aber.

»Die Schattenmänner. Aus dem Nichts. An einem Tag noch alles wie immer, dann verfolgt und verfolgt, und niemals hört es auf.«

Jetzt schluchzte Martina, der Wechsel der Gefühle kam so schnell, dass Melek nicht folgen konnte.

»Aber ich bekomme gute Pillen dagegen. Oder dafür. Wie man sieht, sterben die Schattenmänner jetzt. Vielleicht doch meinetwegen.«

»Nein, auf keinen Fall, Martina.« Melek kam näher, stellte sich neben die ältere Frau ans Fenster. »Als Sie die Schattenmänner gefunden haben, waren Sie da allein im Park?«

Martina sah sie nicht mehr an. Ihr Blick ging nach draußen, ihre Augen wurden zu Schlitzen, ihre Brust hob und senkte sich einmal tief. Melek machte den Mund auf, wollte nachhaken, blieb dann aber stumm. Sie dachte an ihren Boss und seine Art, wartete ab.

Eine Weile geschah nichts, Martina guckte, atmete. Draußen am Rande des Parks konnte Melek Dörte Fein sehen, die den Trupp gerade verließ. Die inzwischen aufgestellten Scheinwerfer und die vielen Einsatzleute ließen sie an ein Filmset denken. Dörte zog sich am Einsatzwagen den Anzug aus, redete dort mit Heinz. Viel Zeit blieb Melek hier allein mit der Zeugin nicht mehr.

»Es war eine helle Gestalt.« Sagte Martina plötzlich leise. »Aber schwarze riesige Augen. Stand nur da. Auf dem Weg. Guckte zu den Tannen hin. Dann sah sie mich. Hat gelächelt. Breit. Dann ist sie gelaufen. Etwas plump und ungelenk. Fast gestolpert. Wie ein junger Hund. Zuerst hab ich gedacht, sie wäre auch auf der Flucht vor den Schattenmännern, aber als ich die dann am Boden liegen gesehen habe, hatte ich das Gefühl, sie war nur da, um die Toten zu sehen.«

Wieder Schweigen.

Dann: »Hinter der einen Tanne war auch eine zweite.«

»Zweite was, Martina?«

»Eine zweite Gestalt. Die war aber nur wie ein Schatten im Schatten der Schattenmänner. Klingt komisch und unheimlich zugleich. Nicht?«

»Martina, war die zweite Gestalt weiblich oder männlich?«

»Todesboten können beides sein, oder?«

Melek hielt kurz die Luft an.

Heinz Baldur und Dörte Fein trafen am Einsatzwagen der Spurensicherung aufeinander.

»Und? Was hast du?«

»Heinz, du wirkst genervt.«

»Fünf Tote in gerade mal zwei Wochen. Das ist nervtötend. Auf dem Weg zu dir hatte ich den Polizeipräsidenten am Handy. Und das nach Feierabend. Er ist besorgt. Toll. Das bin ich auch. Also, was hast du für mich?«

»Schuhabdrücke und Reifenspuren.«

»Gut.«

»Turnschuhe. Große Größe. Vierundvierzig oder sechsundvierzig. Welches Modell, erfahren wir bald. Männerfüße?«

»Oder Frau in zu großen Schuhen. Denk an die Haare von Kabinsker. Könnte eine weitere Täuschung sein.«

»Werde ich dir mit etwas Glück sagen können. Die Tiefe des Sohlenabdrucks ist schwächer, wenn jemand so große Schuhe trägt, dass vorne ein Leerraum entsteht. Auf dem waldigen Boden hier zwischen den Tannen und dem Zufahrtsweg haben wir ein paar richtig gute Abdrücke.«

»Ich bin gespannt.«

»Zu den Reifen: dasselbe Profil wie am Leichenfundort am Main. Ich gehe vom selben Fahrzeug aus. Der Täter hat höchstwahrscheinlich vom Besucherparkplatz aus weiterfahrend den breiten Zufahrtsweg zum Park genommen, hat sich danach ein paar Meter zwischen den Bäumen hindurchmanövriert, dort haben wir die Reifenspuren gefunden. Bis zu den zwei Tannen. Hat dann wohl die Männer ausgeladen, abgelegt, denselben Weg zurück. Keine lange Aktion.«

»Der Ältere, der überlebt hat, hat sicher an die hundert Kilo gewogen, das braucht Kraft. Also doch wieder zurück zu den Männerfüßen.«

»Ja und nein. Natürlich ist es ein Kraftakt. Aber wenn du dir vorstellst, der Körper liegt bei einem Kombi hinten auf einer

Plane, an der du ziehst, dann lässt du ihn quasi nach unten rutschen. Schwieriger muss das Einladen gewesen sein, da du ja dabei den Körper hochhieven musst.«

»Zu zweit?«

»Da wären wir wieder bei mehreren Tätern. Möglich. Aber all das könnte auch einer allein.«

»Bei all dem Blut, den Verletzungen, da muss es doch Spuren geben.«

»Wir haben ja Spuren, Heinz, aber noch nicht die richtigen Vergleichsmöglichkeiten dazu. Und wie wir wissen, gehen der oder auch die Täter recht ordentlich vor. Sie scheinen sich zu präparieren, etwas anzuziehen, das ihre Haut schützt, sicher auch eine Kopfbedeckung. Wir haben nie Haare gefunden außer die von Kabinsker. Vielleicht ähnliche Bekleidung wie wir, wenn wir den Tatort begehen und unsere Arbeit machen.«

»Schutzanzüge?«

»Kann etwas viel Banaleres sein. Einfach Kleidung, die abdeckt, keine freien Hautflächen. Dazu das penible Aufräumen. Schon in der Kaiserstraße. Der oder die haben alles fein säuberlich mitgenommen, nicht einmal Asche von den Zigaretten haben wir gefunden. Hausfrauenmäßig sauber.«

»Doch eine Serientäterin? Auch das habe ich schon im Kopf.«

»Selten.«

»Aber nicht auszuschließen. Oder ein Paar. Oder das Rudel, von dem Habermann einmal gesprochen hat. Verdammt, ich könnte schreien.«

»Was weiter?«

»Harro müsste jede Minute hier sein. Er hat zum Glück sowieso im Hotel übernachten wollen. Von der Presse ganz zu schweigen. Die Meute ist schon da und belagert mit den Schaulustigen die Haupteinfahrt der Klinik. Ich will mit dem Klinikleiter Dr. Kainz vereinbaren, dass Harro die Leiche des Jüngeren gleich hier unten in der hausinternen Pathologie untersuchen kann. Und er soll sich auch den, der im Koma liegt, ansehen. Ein paar Kollegen gehen bereits durch die Klinik und suchen die Patienten, deren Fenster auf den Park hinausgehen.

Wenn man sie überhaupt befragen kann, sind hier ja alle wegen psychischer Schäden. Melek ist bereits bei der Frau, die die Männer gefunden hat.«

Einer der Kollegen kam zu ihnen. »Hauptkommissar Baldur.«

»Ja.«

»Ich wurde eben von der Polizeidienststelle in Zeilsheim verständigt, vom dortigen Nachtdienst. Die haben unsere Meldung eben hereinbekommen. Bei ihnen hat eine Petra Reininger heute Nachmittag eine Vermisstenanzeige aufgegeben. Ihr Mann und ihr Neffe sind seit gestern nicht nach Hause gekommen. Die Beschreibung passt zu den Opfern hier.«

»Warum erfahre ich von der Anzeige erst jetzt? Verdammt! Veranlassen Sie, dass man die Frau verständigt und sofort hierherfährt.«

Heinz fuhr sich mit beiden Händen über den Kopf, seine dunklen Haare standen ebenso nach außen ab wie vorhin das weiße Haar von Dr. Kainz. »Wenigstens kann ich der Frau sagen, dass ihr Mann durchkommt. Aber da gibt es ja noch die Eltern von dem Jungen.«

Heinz' Handy begann zu klingeln. Dörte zuckte nur hilflos mit den Schultern.

Kommissar Thomas Habermann war von seinem Boss nach draußen geschickt worden, um Fotos von den Schaulustigen zu machen. Obwohl es bereits Nacht war und gerade mal eine Stunde her, dass zwei Männer im Park der Psychiatrischen Klinik in Höchst gefunden worden waren, standen vor dem Haupttor bereits Dutzende Leute. Zwei Streifenwagen parkten davor, und mehrere Polizisten in Uniform ließen keinen rein oder raus.

Hatten all diese Leute nichts anderes zu tun? Die Temperaturen hielten sich am Tag bei um die dreißig Grad, und gerade spätabends, wenn endlich ein laues Lüftchen zu wehen anfing, gab es doch nichts Besseres als einen Biergarten, ein Freiluftkino oder einfach nur auf dem Balkon die Seele baumeln zu lassen, bevor man schlafen ging. Thomas hätte eines dieser Dinge getan, wenn er nicht hier stehen würde, um zu knipsen.

Ganz zu schweigen davon, dass morgen ein normaler Arbeitstag war und man wieder früh rausmusste. Das schien diese Katastrophenjunkies nicht zu stören. Vielleicht waren sie auch von ihrem langweiligen Alltag so angeödet, dass sie den Kick eines Verbrechens brauchten oder die Genugtuung, dass sie selbst noch nicht an der Reihe waren, vom Sensenmann geholt zu werden.

Thomas Habermann liebte seinen Job. Er war mit Leib und Seele Kommissar, Ermittler, ein Jugendtraum hatte sich für ihn erfüllt. Dieser Fall konnte, wenn er gelöst war, sicher eine weitere Treppe nach oben für ihn bedeuten. Er war ehrgeizig, auch wenn er sich nach außen hin anders gab.

Was ihn jetzt aber störte, besser anpisste, war, dass er zum Fotografieren nach draußen geschickt worden war. Vor gerade mal zwei Wochen, bei den ersten Morden in der Kaiserstraße, war Melek von Heinz Baldur hinausbeordert worden. Sie war die Praktikantin, noch mitten im Studium, sie war die, die an dritter Stelle kam. Nein, an fünfter, wenn man Harro und Dörte mitzählte.

Thomas beanspruchte für sich klar den Platz neben dem Hauptkommissar, er war der Copilot, die Nummer eins nach der Nummer eins. In dem Jahr, seit Heinz aus Köln hierhergekommen war, hatten sie mehrfach miteinander gearbeitet, Thomas mochte Heinz, und jetzt endlich ihre erste Mordermittlung als Team.

Beruhte das nicht auf Gegenseitigkeit? Befand Heinz Thomas' Arbeit für nicht gut genug? Er hätte gern ein Vieraugengespräch mit seinem Boss vereinbart, aber das war erst nach Beendigung der Ermittlungen möglich. Wenn Thomas ihm jetzt mit Befindlichkeiten und Rangordnungsproblemen gekommen wäre, hätte Heinz ihm wahrscheinlich den Kopf abgerissen.

Trotzdem sollte Melek hier zwischen den abriegelnden Polizisten stehen und ihr Smartphone nach oben halten, um Fotos zu schießen. Und er sollte neben Heinz den Überlebenden befragen, wenn der aus dem Koma erwachte, vielleicht den entscheidenden Hinweis hören, um den Fall endlich zu lösen. Zumindest sollte er bei der Frau sein, die die Männer im Park gefunden hatte. Doch dort war ja Melek, allein, mit ihrem iPad und ihrer schnellen und konstruktiven Art, mehr Informationen zu bringen als erhofft, und immer mit einer Spekulation in der Tasche.

Andererseits fand er die Kommissarsanwärterin auch extrem hübsch. Unter anderen Umständen hätte er sich Hals über Kopf in sie verlieben können. Hätte. Auf viel Gegenliebe schien er sowieso nicht zu stoßen.

Thomas knipste und bewegte sich langsam in einem Halbkreis. Er sah alle Sorten von Menschen, Paare, Gruppen, Familien. Wer bitte brachte seine Kinder zu so später Stunde zum Schauplatz eines Mordes mit? Manche winkten, als sie merkten, dass er sie fotografierte, es war beschämend.

Morgen würden sie die Bilder mit den Fotos von den anderen Tatorten vergleichen, nach einem Gesicht in der Menge suchen, das sich wiederholte, es dann durch die Gesichtserkennungssoftware schicken. Mit den Aussagen, die sie schon hatten, vergleichen. Je mehr Teile sie am Boden ausbreiteten, desto größer war die Chance, das ganze Bild zu sehen.

Morgen wollte er Heinz auch seine Sammlung an Möglichkeiten um die Zahl Neun vorlegen. Er hatte zu Hause weiter recherchiert, gegoogelt und eine Datei mit Berichten und Informationen dazu angelegt. Seinem Gefühl nach hatte diese Zahl mehr Bedeutung, als sein Boss ihr zuzuschreiben schien. Heinz hörte sich seine Ergebnisse zwar an, aber Thomas meinte ihn inzwischen gut genug zu kennen, um zu merken, wann sein Boss einer Sache Bedeutung zumaß oder nicht.

Thomas hoffte, dass er richtiglag.

Fünf Tote in der kurzen Zeit, derselbe Täter, davon war auszugehen, so was erlebte Frankfurt, ja auch ganz Deutschland, selten.

Serienmorde.

Gestern, als Thomas sich nach seinen Recherchen mit einem Freund noch auf ein Absackerbier getroffen hatte, waren sie darauf zu sprechen gekommen.

»Schreib ein Buch drüber und werde berühmt«, hatte der Freund ihm geraten. Vor dem Einschlafen hatte Thomas tatsächlich darüber nachgedacht, doch jetzt, hier draußen, schienen ihm sowohl der Aufstieg zum Hauptkommissar als auch eine Karriere als Krimiautor sehr weit weg zu sein.

Sein Smartphone gab die Titelmusik von »Mission Impossible« von sich, ein Klingelton, der zu dem Fall passte. Die Nummer kannte Thomas nicht, es war keiner vom Team.

»Kommissar Habermann?« Eine männliche Stimme.

»Bin ich.«

»Stefan Wagner vom Klinikpersonal. Ich habe Probleme an einem der Seiteneingänge. Dort haben sich drei Journalisten Zutritt verschafft und wollen nicht wieder gehen. Hauptkommissar Baldur hat mir gesagt, dass Sie sich darum kümmern würden, und mir Ihre Nummer gegeben. Könnten Sie kommen?«

Thomas überlegte kurz, ob das jetzt eine bessere, wichtigere Anweisung seines Bosses war, aber in der Sache spielte es ohnehin keine Rolle.

»Bin sofort da. Auf welcher Seite?«

»Das ist ein Angriff auf die Pressefreiheit. Die Menschen haben ein Recht darauf, vor einem Serientäter gewarnt zu werden.«

Ein kleiner Reporter mit einem Schnauzbart regte sich lautstark auf, als Thomas ihm den Weg zurück durch den Nebeneingang nach draußen wies. Die anderen beiden, einer mit einer Kamera auf der Schulter, ein Zweiter mit Mikro und Tablet unterwegs, hatten sich auch beschwert, waren aber Thomas' Anweisungen schneller gefolgt als der Dritte.

»Niemand ist in Gefahr.« Thomas hob die Hand, zeigte auf die Tür.

»Das ist ja eine Verhöhnung der neuen Opfer.« Der Kleine zwirbelte seinen Schnauzer. »Passen Sie auf: Ich bin Mitte vierzig und verheiratet. Ob ich fremdgehe oder nicht, spielt keine Rolle, aber ich will es hier und jetzt als Statement von Ihnen hören: Bin ich in Gefahr?«

»Sie sind höchstens in Gefahr, wenn ich Sie wegen Behinderung der Polizei festnehme.« Thomas spürte, wie ihm die Zornesröte ins Gesicht stieg. Warum zum Teufel war er nicht an Baldurs Seite? Das hier war nicht seine Aufgabe. Hier sollte die Streife ran.

»Ich werde Sie zitieren!«, rief der Schnauzbart, während Thomas ihn durch die Tür schob. Er lehnte sich außer Atem dagegen, hörte den Schnauzbart draußen weiterschimpfen.

»Herr … Herr …?«

»Wagner. Stefan Wagner.«

»Könnten Sie an der Tür bleiben?«

»Hatte ich ohnehin vor. Das ist ja ein richtiges Affentheater hier.«

»Wem sagen Sie das.«

Auf dem Flur kam ihm eine hübsche, dralle junge Frau entgegen. Sie trug nur ein Shirt und knappe Shorts, was nicht so richtig in die Klinik zu passen schien. Auf dem Kopf eine Baseballmütze und eine Sonnenbrille auf der Nase, trotz der späten Uhrzeit. Die Sonne war schon vor zwei Stunden untergegangen. Wahrscheinlich ein modisches Accessoire. Sie kam ihm bekannt vor.

»Entschuldigen Sie?« Die junge Frau lächelte Habermann sehr süß an. Das war besser als die Menschenmassen und die Presse.

»Ja?«

»Wissen Sie, wo die Damentoilette ist?«

Sie errötete leicht. Das gefiel ihm.

»Ehrlich gesagt kenne ich mich auch nicht aus, aber gucken Sie mal weiter vorne, da gibt es eine Tafel mit Wegbeschreibung, da steht es sicher drauf.«

»Danke dir.«

Sie war schnell zum Du übergegangen und blieb noch stehen, faltete die Hände vor ihrem Bauch. Thomas sah, dass sie unter dem Shirt keinen BH trug.

»Kann ich noch was für dich tun?«

»Was ist denn passiert?«

Thomas überlegte kurz. Konnte die junge Frau von der Presse sein, ein männliches Pendant zum Schnauzbart? »Besuchst du hier jemanden?« Er stellte eine Gegenfrage, er hatte keine Lust, nach dem Debakel mit Kabinsker auf eine Journalistin hereinzufallen, die ein falsches Theater abzog.

»Meine Oma. Ich muss immer so weit fahren, kann nur abends kommen. Ich war gerade bei ihr, als der Trubel losging.«

»Geht das Zimmer deiner Großmutter auf den Park hinaus?« Vielleicht hatte er sogar eine mögliche Zeugin gefunden.

Die junge Frau schüttelte schnell den Kopf. Wieder dachte er, dass er sie kennen müsste, ging die Bekanntschaften aus seinem Singleleben und deren Freundinnen in seinem Kopf durch, aber er kam nicht darauf. Sie passte wirklich überhaupt nicht hierher, auch dieser Gedanke war wieder da.

»Ich muss jetzt wirklich dringend. Wir sehen uns sicher!« Sie drehte sich um und lief den Flur entlang.

Krass grüne Hinteransicht, dachte Thomas und überlegte, ob er sie spontan nach ihrer Nummer fragen sollte. Doch nicht im Dienst, niemals im Dienst, das konnte ins Auge gehen.

Sein Smartphone meldete sich.

»Ja?«

»Hier noch mal Stefan Wagner. Ich brauche noch mal Ihre Hilfe am Nebeneingang, der Pressetyp ist zurück, diesmal mit noch vier anderen. Sie wollen mich und die Klinik verklagen, wenn ich sie nicht reinlasse. Sie wollen mit dem Leiter der Ermittlungen reden.«

»Vermaledeites Pack!«

Thomas sprintete los, versuchte gleichzeitig, seinen Boss zu erreichen. Er brauchte dringend eine anspruchsvollere Aufgabe hier.

Der Besuch kam um Viertel nach zwei in der Nacht.

Heinz hatte Melek und Thomas eben nach Hause geschickt, eine kurze Nachtpause, ein kleines Ausruhen, ehe es morgen weiterging. In der Klinik war alles getan worden, jetzt mussten sie auf die Auswertungen warten. Dörte und Harro waren immer noch an der Arbeit, würden wohl selbst diese kurze Pause nicht bekommen, aber Melek und Thomas sollten durchatmen, eine Mütze Schlaf nehmen, sie brauchten einen klaren Kopf.

In ein paar Stunden würden sie wieder zusammenkommen, um zehn hatte Heinz ein Treffen mit dem Polizeipräsidenten, um elf die erste offizielle Pressekonferenz zu den neuen Toten.

Heinz selbst war in sein Büro gefahren, wollte die Berichte in seinem Kopf ordnen, suchte nach Zusammenhängen. Hier hatte er Ruhe vor dem nächsten Sturm. Ihnen allen war der Frust anzusehen, die Anspannung, die die beiden neuen Opfer auslösten.

Immerhin hatte sein Magen beim Anblick des verstorbenen Robert Reininger Ruhe gegeben, erst später bei dem Onkel des jungen Mannes, Klaus Reininger, der immer noch im künstlichen Koma lag, hatte er saures Aufstoßen gespürt, es aber so gut es ging ignoriert.

Wenn man geduldig wartet, wird das schönste Wetter, sagte Mama Edith gern. Wenn ich geduldig warte, gewöhne ich mich auch wieder an den Anblick von Ermordeten. Könnte die logische Weiterführung des Spruches für ihn persönlich lauten. Und wenn Luis länger in der Stadt blieb und sie sich regelmäßiger sehen und reden konnten, dann würde sein Privatleben vielleicht etwas rosiger aussehen.

Heinz machte das Fenster in seinem Büro weit auf und setzte sich an seinen Schreibtisch. Durch das Licht angelockt, kam ein erster Nachfalter herein und setzte sich auf die Akten.

»Lös mir den Fall!«, rief Heinz dem Insekt zu, und der Falter schlug seine Flügel einmal zusammen. Konnte das »Ja« bedeuten? Heinz pustete dem Falter auf die Flügel, doch der blieb reglos auf den Akten sitzen.

Es klopfte.

Scheinbar arbeiteten auch andere Kollegen im Präsidium die Nacht durch.

»Nur zu!«

Luis steckte seinen Kopf herein.

Heinz war im ersten Moment völlig irritiert. Warum tauchte Luis hier auf? Wie? Woher hatte er gewusst, dass Heinz zu dieser Zeit noch in seinem Büro war?

Wie war er überhaupt vom Eingang unten bis in sein Büro gekommen? Das war das Frankfurter Polizeipräsidium, hier sollte nicht jeder einfach mitten in der Nacht durch das Haus laufen können, dafür gab es unten die Anmeldung. Keiner hatte durchgeklingelt und ihn über den späten Besucher verständigt. Wenn der Nachtdienst unten seinen Posten am Eingang verließ, musste die Haupttür abgeschlossen bleiben. Wie also? Das würde noch Konsequenzen haben.

»Ich dachte, da du nicht nach Hause gekommen bist, schaue ich mal vorbei.«

Luis hatte die große Tüte dabei und zog daraus wieder zwei Henninger Bier. Wie ein Zauberkünstler immer und immer wieder den gleichen Trick vollführt.

»Luis? Komm rein. Ein Bier ist eine tolle Idee, aber hier im Büro geht das nicht. Wie bist du unten reingekommen?«

Zu seinem Erstaunen erfasste Baldur eine Erleichterung. Luis war also geblieben. Immer noch.

»Darf ich mich setzen?« Luis steuerte die Couch an. Setzte sich, bevor Heinz etwas dazu gesagt hatte. »Ah, hier pflegt also der Herr Hauptkommissar zu ruhen, wenn er zu Hause nicht auftaucht.«

Der Kumpel aus einer fernen Vergangenheit wusste Bescheid über ihn. Heinz hatte ihm wirklich alles erzählt bei den letzten Begegnungen. Mehr geredet als in dem ganzen Jahr zuvor.

Luis öffnete beide Bierflaschen an der Kante des dreieckigen blauen Tisches, nahm einen tiefen Schluck, stellte seine Flasche ab, hielt Heinz die andere hin. »Komm her, Kumpel. Dort an deinem Schreibtisch siehst du aus wie ein alter Kauz, der vergessen hat, was Lebensfreude ist.«

Luis hatte recht. Er war ein alter oder zumindest älterer Kauz geworden. Die Lebensfreude war schon länger auf der Strecke geblieben. Heinz sah Luis vom Schreibtisch her zu, wie er trank, die Füße auf dem Tisch ablegte und zufrieden wirkte.

Nein, Schlimmes konnte seinem Kumpel aus der späten Teenagerzeit nicht zugestoßen sein in den Jahren. Sein Gesicht wirkte immer noch jugendlich, auch körperlich hatte er sich kaum verändert. Lang, schlaksig, volles Haar, kein Grau zu sehen. Vielleicht ein paar kleine Lachfalten um den Mund, mehr Zeichen des Alters waren bei Luis nicht zu erkennen. Baldur überlegte. Er war damals achtzehn gewesen, als sein Vater starb, Luis drei Jahre älter, als er kurze Zeit später in Heinz' Leben getreten war. Also musste Luis heute siebenundvierzig sein. Sicher schätzte ihn jeder viel jünger ein.

»Trinkst du nun endlich dein Bier, Kumpel?«

Luis hielt ihm immer noch die Flasche hin. Heinz' Handy klingelte. Er winkte schnell ab, nahm den Anruf an.

»Harro hier.«

»Leg los.«

»Also, soweit ich mich um den Mann im Koma kümmern konnte, hier meine Beobachtungen: Diesmal wurde meiner Meinung nach ein kleines Beil benutzt. Ich durfte mir beim Verbandswechsel die Wunden ansehen. Neun tiefe Wunden, wie schon bei den anderen nur an der Vorderseite des Körpers. Bauch, Brust, Oberschenkel diesmal. Sicher mit vollem Schwung ausgeführt, sind die Hiebe tief in das Fleisch, in das Fett des Mannes eingedrungen. An drei Wunden wurde sozusagen nachgehackt. Mehrfach. Das Fleisch erscheint mehrfach gespalten, die Hiebe an den Schenkeln gehen bis an den Knochen. So als hätte jemand nicht aufhören können. Die Aggression nimmt zu. Hoher Blutverlust wie bei einem der ersten Opfer in der Kaiserstraße. Es grenzt an ein Wunder, dass der Mann noch lebt. Fesselspuren konnte ich diesmal nur an den Handgelenken erkennen, vielleicht hat das Opfer unter Schock nicht mal versucht, wegzulaufen. Auch hier sind wieder die K.-o.-Tropfen in einer geringen Menge in einer ersten Blutprobe nachgewiesen. Ich nehme an, um die Opfer nur kurz zu betäuben, damit sie bald wieder aufwachen und nicht alles verschlafen wie der Erste in der Kaiserstraße.«

»Das heißt demzufolge, sie werden nicht weit weggebracht.«

»Bleiben in der Stadt.«

»Trotzdem Tausende Möglichkeiten.«

»Aber sicher keine Wohnung mehr mit eng angrenzenden Nachbarn. Keines der drei letzten Opfer wurde geknebelt.«

»Und danach werden sie entsorgt.«

»Die Ablageorte, an denen wir die Leichen finden, stehen meiner Meinung nach in keinem Zusammenhang.«

»Also nichts wirklich Neues?«

»Ja und nein. Das führt mich zu dem zweiten, dem jungen Mann, dem Neffen des Überlebenden. Der direkt in der Pathologie gelandet ist. Was beim ersten Blick schon zu sehen war, hat sich bestätigt. Hier keine Gewaltexzesse. Keine Folter.«

»Woran ist er gestorben?«

»Jemand hat ihm Nase und Mund so lange zugehalten, bis er erstickt ist.«

»Warum ist der Neffe anders ermordet worden? Weil er jung und unverheiratet war?«

»Frag mich was Leichteres. Benzodiazepine auch hier im Blut. Aber fast sanft entschlafen, wenn man ihn mit den anderen Opfern vergleicht. Ich habe Fasern auf Lippen und Nase gefunden. Dörte ist an der Auswertung dran. Sie tippt wieder auf indische Seide. Seidenhandschuhe. Kannst du bequem im Internet bestellen.«

»Scheiße.«

»Komm und trink dein Bier, Kumpel.« Sagte eine Stimme von der Seite.

Heinz hatte Luis ganz vergessen. Wie in der Zeit eingefroren saß er immer noch auf der Couch, hielt eine Flasche in die Höhe. Heinz hob die Hand Richtung Luis, traf eine Entscheidung.

»Pass auf, Harro. Ich bin im Büro, komme aber noch mal zu dir in die Klinik.«

»Ich bin sowieso die ganze Nacht da.«

Heinz legte auf. Drehte sich Richtung Couch. »Luis, es tut mir leid. Ich will noch zu meinem Kollegen zurück ins Klinikum. Dort wird gerade eine Leiche seziert. Diese Morde setzen uns zu, kein Ende in Sicht. Und wir tappen quasi noch im Dunkeln. Soll ich dich irgendwo absetzen?«

»Ich dachte, wir reden noch.«

Luis stellte seine und Heinz' Flasche ab, stand auf. Er kam zu Heinz an den Schreibtisch, neben ihn, ganz nahe, Gesicht vor Gesicht. Heinz bemerkte, dass Luis nach nichts roch, weder Rasierwasser noch Schweiß. Er nahm jetzt doch Schatten unter den Augen wahr, die konnten aber auch vom sterilen Licht im Büro kommen.

»Lässt du mich jetzt verschwinden?«

Heinz stockte der Atem. Diese Frage erschreckte ihn mehr als all die Toten, die er in den letzten Wochen zu Gesicht bekommen hatte. Er holte mit einem Seufzen Luft, so viel Luft, wie er kriegen konnte, setzte zu einer Antwort an, ließ es aber, denn darauf hatte er keine.

Luis kam so nahe, dass er nur zu flüstern brauchte. »Den, der zu sterben wünscht, lässt der Tod niemals im Stich. Oder, Heinz?«

Stille breitete sich aus.

Ein Geheimnis zwischen ihnen wurde aus dem Meer des Unbewussten an Land gespült.

Heinz' Handy klingelte wieder, unterbrach die Stille, zerriss den Moment. »Ich muss da ran, Luis.« Seine Stimme klang flehend, klein.

»Kumpel, ich bin der Letzte, der dich von deiner Arbeit abhält. Los, klär den Mord!«

Da war der alte Luis wieder, der mit einer Seite seines Mundes lächelte, während die andere reglos blieb.

»Nimm mich doch ein Stück mit. Setz mich an einer schicken Bar ab und komm nach, wenn du kannst. Auf einen späten Absacker!«

Heinz nickte Luis schnell zu. Er machte die Tür zum Büro auf. Ihm fiel ein, dass er jetzt gleich beim Hinausgehen unten an der Anmeldung Stunk machen konnte, weil jemand den nächtlichen Besucher ins Präsidium gelassen hatte. Das Handy am Ohr, ließ er Luis den Vortritt.

»Dörte hier.«

Wieder schaltete Heinz' Hirn um, und er vergaß den Vorfall. Es gab Wichtigeres. »Ich bin auf dem Weg zu Harro, gib mir schon mal, was du hast.«

Luis tänzelte vor Heinz den leeren Flur entlang, seine Schritte klackten auf dem Marmorboden.

Das O'Reilly's Irish Pub am Hauptbahnhof war auch um halb vier Uhr früh noch gut besucht. Bestellungen wurden aufgenommen, Stouts gezapft.

Heinz konnte Luis nirgends entdecken. Nachdem er ihn hier abgesetzt hatte, war er zu Harro zurück an den Leichenfundort gefahren, sie hatten dort im Klinikum zusammen mit Dörte die letzten Informationen geteilt, das Ganze war dürftiger ausgefallen, als er gehofft hatte. Die Fasern waren wieder aus reiner Seide mit einem geringen Elasthananteil gewesen wie schon am ersten Tatort, die Vermutung, dass der Täter Seidenhandschuhe getragen hatte, war bestätigt worden.

Heinz sah den jungen Mann vor sich, der so reglos und bleich auf dem Seziertisch gelegen hatte, aller Möglichkeiten eines langen und erfüllten Lebens beraubt. Die Frau des Komapatienten Klaus Reininger war bereits in der Klinik eingetroffen, harrte an seinem Krankenbett aus. Die Mutter von Robert Reininger hatte einen Kuraufenthalt unterbrochen, würde morgen ihren toten Sohn sehen.

Sie drehten sich im Kreis, konnten nur hilflos warten, bis der nächste Tote auftauchte.

Frustriert war er von dort wieder hergekommen. Hin und her wie ein verstörter Tiger in seinem Käfig. Er kam sich völlig nutzlos vor. Mit seiner schlechten Laune und Unruhe störte er nur die Arbeit der Kollegen.

Er setzte sich auf einen Barhocker und zeigte dem Mann am Zapfhahn mit seinem erhobenen Zeigefinger an, dass für ihn noch ein Stout kam. Eines war wohl in Ordnung. Ein kleiner Absacker, obwohl er sich keinen leisten konnte in solchen Zeiten. Wo verdammt war denn jetzt Luis? Heinz zückte sein Handy, fluchte zugleich leise vor sich hin, er konnte die Nummer nicht finden.

»Zu spät!«, sagte jemand vor ihm.

Heinz sah auf und blickte in das hübsche Gesicht einer Frau. Er war irritiert.

»Zu spät für was?«

»Um mit mir zu flirten. Ab drei Uhr morgens nehme ich keine Einladungen mehr an.«

Heinz musste lächeln. Das war lange her, ein Flirt. Alles schien lange her zu sein, seit Rita ihn zu töten versucht hatte. Nein, hier und jetzt nicht. Nicht Rita. Er schob sie weit weg. »Sind Prinzipien nicht dazu da, gebrochen zu werden?«

Einer seiner alten Anmachsprüche. Er erinnerte sich. Erinnerte sich an das Gefühl einer beginnenden Eroberung, an das Prickeln, wenn man noch nicht wusste, wie die Frau vor einem zu knacken war. Das hatte ihn immer fasziniert. Wie ein ungelöster Fall, der vor ihm auftauchte. Vielleicht brauchte er das jetzt. Statt einem Bier mit Luis oder einem kurzen Nickerchen einfach einen stinknormalen Flirt mit einer hübschen Brünetten. Vielleicht diesen Fall, diesen verdammten Fall samt seinen Toten für eine Stunde hinter sich lassen. Ging das?

Die Frau lächelte. Kurzes braunes Haar, Pony in der Stirn, ein schmales Gesicht, aber volle Lippen. Vielleicht Ende zwanzig, höchstens Anfang dreißig. Eine ärmellose Bluse, ein kurzer Jeansrock. Eine große Handtasche auf der Schulter.

»Nele.«

»Hauptkommissar Heinz Baldur. Oder einfach Heinz.«

Auch bei seiner Vorstellung seinen Titel zu nennen war früher ein Teil seiner Strategie gewesen. War wohl immer gut angekommen. Zu oft, zu gut, wie man an Ritas Reaktion hatte erkennen können. Nein, nicht Rita, auf keinen Fall heute Nacht Rita. Verdammt. Bleib da, wo ich dich hingeschoben habe, weit, weit weg.

»Oh!« Das Lächeln wurde breiter. Sie benetzte mit der Spitze ihrer Zunge ihre Lippen. Heinz war klar, dass auch die Frau Erfahrung im Flirten hatte. Umso besser, man konnte schneller in medias res gehen, was um vier Uhr morgens das Beste war.

»Dann bist du einer, der auf Handschellen steht?«

Heinz grinste. Er überlegte, wie er sich weiter verhalten würde, wenn Luis jetzt doch noch hier auftauchte, aber das konnte er immer noch entscheiden. »Dienstmarke, Handschellen, alles dabei.«

»Auch die Waffe, Hauptkommissar?«

»Geladen und bereit, um hübsche Frauen zu beschützen.«

»Darf ich mich jetzt einfach mal gefahrlos zu dir gesellen?«

Heinz nickte, zeigte einen zweiten Finger Richtung Barmann hoch.

Die Stouts kamen, und sie stießen an. Plauderten über Frankfurt, über Musik, über diesen heißen Sommer, der kein Ende zu nehmen schien. Als die Sperrstunde da war, hatte sich Luis immer noch nicht gezeigt. Es galt, eine Entscheidung zu treffen.

»Wohin jetzt?«, fragte Nele, und in ihren Augen schimmerte es leicht.

Es gab diesen Moment, wo er sie hätte mitnehmen können, mit zum Dornbusch 8, in seine Wohnung mit den unausgepackten Kisten und den vertrockneten Pflanzen. Für die eine kurze Stunde, bevor der Morgen graute und sein einsames Leben und die zähen Ermittlungen weiterlaufen würden. Sein Schwanz war vielleicht wieder bereit, das hatte er schon beim ersten Blick auf die Frau gespürt. Aber sein Herz nicht. Wie aus weiter Ferne, dort, wo er sie hingeschoben hatte, schien er Rita winken zu sehen, ihr rotes Haar, ihre grünen Augen.

Du bist ein Idiot, Heinzi.

Ja. Trotzdem.

»Nele, das wird heute nichts mit uns.«

»Oh!«

Sie stieß ihr Bierglas an seines. »Ist okay, ich geb dir meine Handynummer.«

Er hob die Hand zum Zahlen. Sie kramte in ihrer großen Handtasche. Was hatten Frauen wohl alles darin versteckt?

»Bist du mit dem Auto da, Heinz?«

»Soll ich dich noch mitnehmen, Nele, irgendwo absetzen?«

»Na, dann wüsstest du doch, wo wir wohnen.«

»Wir?« Er war kurz irritiert. Wenn sie einen Kerl zu Hause hatte, würde er sich beleidigt fühlen. Mein Gott, wie schnell er wieder in den alten Spielchen drin war.

»Ich wohne mit einer Freundin zusammen in einem kleinen Haus mit kleinem Garten. Eckenheim. Gute Gegend, aber die Mietpreise sind enorm.«

»Deine Freundin. Genauso hübsch wie du?«

»Hübscher, Baldur.« Sie strich über seinen Handrücken.

Vielleicht ja doch. Nicht bei ihm zu Hause, sondern dort in dem fremden Heim.

Nein, Baldur, nein. Rief Rita.

»Darf ich dich einladen, Heinz? Zu einem letzten Schluck sagst du jetzt nicht Nein, oder? Ein Schnäpschen in Ehren? Kurz und schmerzlos.«

Ihm fiel Luis wieder ein. Wenn die Frau eine Freundin hatte, konnte man das nächste Mal zu viert ausgehen. Oder hatte Luis vielleicht Frau und Kind?

»Dann lieber ein plumper Espresso. Ich muss ja noch fahren. Das nächste Mal bin ich dann dran.«

Sie kramte weiter, es konnte gut sein, dass sie ihre Börse nicht finden würde, dann konnte er immer noch einspringen. Er rutschte vom Hocker.

»Wenn oben was reinkommt, muss unten auch was raus. Bin gleich wieder da.«

Ihre feuchten Lippen warfen ihm einen Kuss hinterher. »Verlauf dich nicht, Hauptkommissar.«

Um fünf Uhr früh schreckte Thomas aus dem Schlaf hoch, in den er gerade erst gefallen war.

Er sprang aus dem Bett und machte den PC an. Loggte sich ins Polizeisystem ein. Suchte die Personenbeschreibung in den Aussagen von Manuel Pirlo heraus. Verglich sie mit den Angaben von Martina Keppler, der Patientin in der Klinik, von der Melek berichtet hatte. Dann mit der Aussage von Astrid Fahrenkauf, der Witwe des ersten Opfers. Und mit seinem eigenen Bericht von dem Kellner im Greens.

Thomas sah sich die Phantomzeichnung an. Spulte in seinem Kopf die Begegnung mit der jungen Frau ab. Verglich die Aussagen und seine Erinnerung. Ersetzte in seinem Kopf die Baseballkappe durch blondes Haar, die Sonnenbrille weg.

Es passte. Daher hatte er sie zu kennen geglaubt.

Jolly!

Verdammt!

Er schluckte. Wenn es stimmte, hatte er in der Klinik die einzige Verdächtige, die ihnen bis jetzt geblieben war, laufen lassen. Warum war sie dort gewesen? Aus demselben Grund, aus dem Heinz ihn nach draußen geschickt hatte, um die Fotos zu machen. Weil Täter schon mal gern an den Ort ihres Verbrechens zurückkehren. Oder an den Fundort der Opfer.

Scheiße!

Warum hatte sein Hirn diese Verbindung nicht zumindest nach Meleks Bericht über das Gespräch mit der Zeugin hergestellt? Weil er immer noch sauer gewesen war. Ihm das schlechte Gefühl, seine Versagensängste die Konzentration genommen hatten. Dumme Ausreden für sein krasses Versagen.

Was sollte er tun?

Ehrlich sein, die einzige Möglichkeit.

Sein Herz schlug zu schnell.

Trotz der nachtschlafenden Zeit nahm er sein Smartphone und rief Heinz Baldur an. Während eines Falles gab es ohnehin nur kurze Ruhezeiten, und jeder von ihnen war immer abkömmlich.

Nur die Mailbox.

Ungewöhnlich für seinen Boss.

Thomas lief mehrmals durch seine Wohnung. Draußen wurde es schon wieder hell.

Schließlich wählte er Meleks Nummer.

KALT

Karl-Heinz Baldur stöhnt.

Karl-Heinz Baldur träumt und muss doch aufwachen.

Er wünscht sich, unten zu bleiben, dort, wo auch immer unten jetzt gerade ist, aber er weiß, dass es keine gute Idee ist. Alles ist träge in ihm und ungeheuer schwer.

Er spürt Bewegung um sich herum wie bei hohem Seegang. Da ist auch ein Geräusch, ein Brummen, das tief in sein Hirn dringt und dort bohrt. Er zwingt sich, die Augen zu öffnen, es umgibt ihn Dunkelheit. Nein, nicht ganz, da ziehen helle Streifen links und rechts über ihm vorbei. Das Brummen ist konstant. Er ist in einem Auto. Auf der Rückbank. Nein, hinten im Laderaum. Ist er in einem Kombi? Wenn er recht hat, ist es ein Peugeot Kombi 407. Dunkelblau?

Er ist umgekippt. Er ist betäubt worden. K. o. gegangen. K.-o.-Tropfen? Wann? Er versucht, sich zu bewegen, es geht nicht. Ist er gefesselt? Gelähmt?

Heinz gibt Befehle ab, die sein Körper nicht befolgen kann. Heinz macht Geräusche, die seinen Kehlkopf nicht verlassen. Heinz merkt, dass er wieder ohnmächtig wird.

Er hat Angst? Er hat Wut? Er hat den Fall gelöst?

Der Traum zieht ihn wieder nach unten, und er kommt an den Ort, wo alles möglich ist, wo jede Begegnung entstehen kann.

Dort ist nur leider heute keiner.

Immer wenn sie sich dem Haus nähert, schon auf dem Zufahrtsweg dahin, hat sie Heimweh. Das Absurde dabei ist, dass sie sich nicht nach dem Haus sehnt, zu dem sie fährt, sondern nach ihrem alten Zuhause, trotz der Gewalt, trotz der Rohheit, trotz des Chaos dort.

Es kommt ihr vor wie ein nicht aufgegessenes Sandwich. Es ist mit etwas belegt, was man überhaupt nicht mochte, wovor es einem ekelte, man lässt die Hälfte stehen, am Abend bekommt man Hunger und wünscht es sich wieder auf den Teller, in der Erinnerung ist der Belag doch nicht so schlecht, man hätte es gern noch mal probiert, Geschmack auf den zweiten Bissen.

Nach was hungert es sie?

Mehr gefühltes Grauen, als sie in den letzten Wochen erlebt hat, wird es in ihrem Leben nie mehr geben. Außer sie bleibt und alles geht weiter. Bleibt, wie sie immer geblieben ist, sie ist nicht eine, die einfach eine Tür hinter sich schließen kann. Wobei sie überzeugt ist, dass es nicht mehr lange dauern wird, bis sie entdeckt wird. Die Polizei ist nicht dumm.

Vielleicht hat sie schon längst einen Fehler gemacht.

Der irre Einfall mit den Haaren hat sie schlaflose Nächte gekostet, sie hat es zu Hause nicht erzählt. Hat es geheim gehalten. Darin war sie besser als im Fortgehen. Wirklich keine gute Story, eher eine unheimlich dumme, eine zum Ängstigen. Welcher Teufel hatte sie da geritten?

Wenn sie ehrlich ist, und die Ehrlichkeit wächst in einer atemberaubenden Geschwindigkeit in ihr, wartet sie seit der Kaiserstraße auf Polizeisirenen, die in der Straße die Nachbarschaft erschrecken.

Die Scheinwerfer treffen auf die Hauseinfahrt. Sie hebt die Fernbedienung hoch und drückt auf den Knopf, der Mechanismus surrt, während sich das Tor öffnet. Sie wendet und fährt bis dicht an das Garageninnere heran, das Ausladen ist so einfacher. Sie öffnet die Fahrertür. Die Nachtluft ist lau, es duftet nach Sommer, fast wie im Süden. Fast wie in Spanien. Tarragona.

Es war wie eine Erscheinung gewesen, Fred in dem idyllischen Urlaubsort wiederzusehen. Sommer, Sonne, eine Woche Halbpension, Schnäppchenangebot mit Flug. Raus aus Frankfurt hatte sie gemusst, einmal nur weg vom Vater, bei dem sie lebte, ohne zu leben. Vollgestopftes Haus, Müll, Streit, die Trinkerei außer Kontrolle. Nicht in der Lage, sich zu lösen, auszuziehen, sich zu befreien. Sie war wie all der Nippes im Haus gewesen, ein verstaubtes, lebloses Objekt, gefangen in einer Blase aus Schuldgefühlen und Lebensangst.

Dann wenigstens Spanien, einmal noch raus, bevor der Verfall kam. Dazu hatte sie sich aufraffen können. Ihr Vater hatte getobt und sie übelst beschimpft, bis sie mit dem Koffer aus der Tür war.

Dann dort: Fred. Unfassbarer Zufall oder Fügung? Keine zwei Kaffeelikör in einer Bodega später waren sie beide schon zu ihr ins Hotelzimmer, gleich wieder vögeln. Als wäre keine Zeit vergangen, all die schrecklichen Jahre und Ereignisse unter seinen Stößen begraben. Was hatte sie da geritten? Fred und eine Art wiederkehrender Wahnsinn. Aber da hatte sie doch gefühlt? Hatte sich an ihn geklammert, als hätte es den Abschied, die Folgen, ihr ganzes elendes Leben dazwischen nie gegeben. Es war wie ein Traumbrunnen gewesen, in den sie wieder gefallen war, bis auf den harten Grund.

Der Ring war immer noch an seinem Finger gewesen, hinterher, als sie mit seinem Auto die Hauptstraße Richtung Meer gefahren waren. Morgen wieder? Hatte er anzüglich gefragt und ihr auf den Schenkel gegriffen. Dann von dem Leben hier geschwärmt, ihr erzählt, dass er sich hatte einbürgern lassen, jetzt zusammen mit seiner Frau einen Job in der Stadtverwaltung hatte und dass seine Chris wieder schwanger sei, zweites Kind, großartige Geschichte, oder?

Und du? Wie ist es dir so ergangen, Kindchen?

Sie weiß, dass sie ihn da hatte töten wollen. Ihn tilgen vom Angesicht der Erde, genau das hatte sie gedacht.

Sie hatte sich auf ihn gestürzt, er das Steuer verrissen, mit der Fahrerseite den Bus gerammt. Dieses Kreischen kann sie noch hören, Blech auf Blech. Jetzt zusammen sterben ist wie eine Wiedergutmachung, hatte sie noch gedacht.

Aber das Leben ließ sich nicht so leicht auslöschen. Ihr Ohr geschrammt, sein Knie gestaucht. Das war es. Ein Witz von einem Unfall. Blechschaden. Geschrei vom Busfahrer. Spanier und Touristen, die gafften. Die *policía* kam, nahm alles auf. Ein Unfall mit einem öffentlichen Verkehrsmittel wurde präzise dokumentiert.

Da wurde die Idee geboren, wie sie ihrem trostlosen Leben mit dem Vater, das nach der Woche wieder auf sie wartete, entkommen konnte, wie ein Neuanfang für sie überhaupt möglich wäre, wenn sie nach Frankfurt zurückmusste. Innerlich und äußerlich. Da wuchs eine Hoffnung in ihr wie das Kind damals.

Den Unfall benutzen. Etwas daraus machen, das sie neu erschaffen würde. Die Idee fraß sich in ihr Hirn. Es musste sein. Mit Freds Hilfe, zumindest das war er ihr schuldig gewesen. Sein neuer Job in der Stadtverwaltung konnte ihr dabei helfen.

»Sonst sag ich es deiner Frau.«

Diesmal hatte er die Absicht hinter ihren Worten erkennen können, hatte es nicht mehr gewagt, sie Schlampe zu nennen oder ihr zu drohen. Sie war kein siebzehnjähriges Täubchen mehr. In der Zeit, während er alles arrangierte, hatte er sie nicht mehr angerührt. Als kleinen Bonus kaufte sie ihm den Peugeot für schlappe fünfzig Alibi-Euro ab. Er übernahm auch noch das Benzingeld für die lange Rückfahrt.

Vor der Eingangstür ist ein kleiner überdachter Zutritt, dort steht Jolly. Die andere, die Zweite, der Schatten, der Zwilling, so viele Namen könnte sie ihr geben, so viele Bezeichnungen. Ihr Seelenspiegel.

Wie immer sieht Jolly einfach nur atemberaubend in dem engen Seidenanzug aus. Er unterstreicht ihre Kurven. Sie hat ihn sich im Internet bestellt, mit der Kapuze, nennt ihn ihr »Mörderoutfit«. Wahrscheinlich würde sie die vielen Selfies, die sie von sich gemacht hat, am liebsten posten. Verrückt, aber sexy.

Alles wäre doch zum Schreien komisch, wenn es immer noch nur Phantasien wären, oder? Doch darüber sind sie längst hinaus.

Sie selbst trägt immer nur einfache lange Hosen, ein langärmliges Shirt, eine Kappe, aber immerhin auch ein Paar Seidenhandschuhe. An den Füßen die Turnschuhe. In einer großen Größe. Das hat sie einmal in einem Krimi gesehen, es sollte von dem kleinfüßigen Täter ablenken. Dort hat es nicht gewirkt, ihr aber als Idee gefallen.

Jollys blondes Haar ist noch offen, es fällt über die Schultern, hebt sich vom schwarzen Stoff ab. Jollys Hände sind auch noch nicht verdeckt, sie hat die Handschuhe nicht an. Fingerabdrücke, Hautschuppen und Haare könnten am Anzug haften bleiben, könnten Spuren hinterlassen und zu den Sirenen mit Blaulicht führen, vor denen sie sich fürchtet.

»Vielleicht stelle ich mich.« Hat Jolly an diesem einen Abend gesagt und sie damit erschreckt.

Doch die Wahrheit ist simpel. Sie denkt, dass Jolly das Spiel des Tötens langsam langweilt und sie sich in eine andere Story hineinzuträumen beginnt. Vielleicht heißt es bald, stell dir vor, wie geil ich in schlichten Gefängnisklamotten aussehe, wie ich den Gang in den Hof entlangschlendere, gierig begafft von meinen Knastschwestern. Eine neue Geschichte. Jolly erhofft sich noch mehr, noch größere Aufmerksamkeit, wenn alles ans Licht der Öffentlichkeit kommt.

Sie versteht immer weniger, was im Kopf von Jolly vorgeht, was hinter diesem Spiegel wächst wie ein bösartiger Tumor, warum Jolly das eine tut, das andere lässt, warum gestern das Beil und vielleicht heute eine einfache Gabel.

Am Anfang hat sich Jolly daran aufgegeilt, sie hat ihr erzählt, dass ihr einer nach dem anderen abgegangen wäre, dort in der Kaiserstraße. Doch das sexuelle Element ist nicht mehr wichtig, das kann sie spüren. Jolly ergötzt sich immer mehr an der Öffentlichkeit. Nur so versteht sie auch Jollys Wunsch, den Mann zu töten, der hinten im Kofferraum schläft.

Sie muss inmitten der ängstlichen Gedanken schmunzeln.

Was hatte sie sich Sorgen gemacht, bevor sie die Bar betreten hat. Den ganzen Abend hindurch, als sie ihm hinterhergefahren ist, hat sie überlegt, wie sie es am besten anstellen kann, ihn zu locken, ohne Verdacht zu erregen. Dabei ist er auf sie angesprungen wie ein Leopard auf eine Gazelle. Hat vielleicht mit seiner eigenen Geschichte zu tun. Ob das, was die Medien breitgetreten haben, wahr ist? Sie würde es gern von ihm hören, vielleicht kann sie vorher mit ihm sprechen. Nein, lieber nicht, der Kontakt in der Bar war genug.

Keine Nähe mehr.

Sie weiß auch nicht, wie viel von dem, was über die Morde geschrieben wurde und was Jolly ständig im Internet nachliest, tatsächlich schon ermittelt wurde. Sie hat von der Praktik gehört, Beweise zurückzuhalten, um Täter aus der Reserve zu locken oder in Sicherheit zu wiegen. Vielleicht hat sie auch deshalb nie etwas über die Haare aus der alten Bürste gelesen. Vielleicht waren die aber auch während des Ausladens und Ablegens verloren gegangen. Vielleicht erzählt sie es Jolly doch noch.

Stell dir vor, einen falschen Täter zu erschaffen in Form eines alten Säufers.

Täter.

Das sind sie beide geworden. Auch wenn ihre eigenen Hände nicht getötet haben, macht es keinen Unterschied.

Sie schiebt diese Gedanken fort.

Lieber denkt sie an den Mann im Kofferraum. Seine grauen Augen haben ihr gefallen, seine Haut hat ihre berührt, als er sich auf die Toilette verabschiedet hat. Schmiegsam wie die Seide, aus der Jollys Anzug ist. Da hätte sie es fast gelassen, aber nur fast.

Sie wirft die Autotür zu. Ihr Rücken schmerzt, der Übergewichtige von gestern hat ihr fast einen Bandscheibenvorfall beschert. Selbst zu zweit war er kaum zu stemmen. Dass sie Jolly dazu überreden konnte, den Jungen, den Netten, Robbie, schnell und schmerzlos zu töten, darüber ist sie auch heute noch froh. Er war ein hoher Zusatzpreis gewesen, das hatte ihr überhaupt nicht gefallen.

Genauso wenig, wie ihr das jetzt gefällt. Es sind noch keine vierundzwanzig Stunden vergangen, und Jolly will wieder töten. Blutrausch oder exklusiver Höhepunkt vor dem Ende?

Aus der Garage kommt etwas Licht, das genügt.

Jolly verlässt den gläsernen Vorbau, kommt auf sie zu. Will den Körper mit bloßen Händen berühren.

»Wo sind die Handschuhe?« Plötzlich ist sie wütend. Wenn Jolly fällt, fällt sie auch. Sie kann nicht Jahre in einer Zelle verbringen, die Jahre bei ihrem Vater haben ihr gereicht. Warum sehnt sie sich dann zurück?

»Wir können ihn hinterher waschen. In der Waschküche mit einem Schlauch abspritzen.« Jolly kichert, das letzte Wort gefällt ihr. »Ich will ihn berühren, weißt du, direkt berühren, und vielleicht auch küssen oder das Blut lecken. Wie es schmeckt. Das wäre neu. Verstehst du? Ein neuer Geschmack, eine neue Geschichte.« Jolly hat rosige Wangen. Sie kann es kaum erwarten.

»Nein.« Sagt sie, und dieses Wort hat sie Jolly gegenüber noch nie verwendet.

Jollys Blick wird eng. Im wenigen Licht, das aus der Garage kommt, sieht sie aus wie ein trotziges Kleinkind.

Sie sieht nach oben, der Himmel wird rosiger als Jollys Wangen, die Sonne wird bald aufgehen, sie müssen sich beeilen. Den Wagen ausladen.

»Jolly, ich …« Ihr fehlen die Worte.

Zu ihrer Überraschung nimmt Jolly sie in den Arm. Die Seide reibt sich an ihrem freien Hals. Es tut gut und vertreibt ihre vielen Gedanken und Zweifel. Wenn man es positiv sehen will, dann muss sie sich diesmal auch nicht verhüllen, nicht schwitzen bei den auch nächtlich hohen Temperaturen.

»Ich danke dir.« Sagt Jolly, und auch das geschieht zum ersten Mal.

Trotz ihrer Hunderten von Geschichten und Phantasien haben die Worte Nein und Danke nie den Weg zu ihnen gefunden. Wieder muss sie an ein Finale denken, vielleicht sind das die Worte, die das Ende einleiten, wie der Mann im Kofferraum.

Sie macht sich los. Seufzt. »Na schön, wir waschen ihn hinterher ab.«

Jolly quiekt erfreut. Wie ein kleines Schweinchen.

Sie öffnet die Heckklappe, macht die Taschenlampe an, steigt hinein und sieht, dass der Mann sich die Decke vom Gesicht gezogen hat. Er muss zwischendurch aufgewacht sein. Jetzt aber atmet er völlig gleichmäßig, seine Augäpfel hinter den geschlossenen Lidern bewegen sich. Es sieht aus, als ob er träumen würde.

Jolly beginnt am Ende der Plane zu ziehen, und der Körper des Mannes bewegt sich. Er rutscht vorwärts, bis an den Rand. Sie springt heraus, und zu zweit heben sie ihn an, tragen ihn in die Garage, legen ihn ab. Sie geht zurück, schließt die Heckklappe, kommt zu Jolly, drückt den Knopf innen, und mit einem Surren schließt sich das Garagentor. Von der Tür, die von der Garage ins Haus hineinführt, geht es ein Stück durch einen breiten Vorraum zu den Stufen hinunter in den Keller, der in Waschküche und Heizungsraum aufgeteilt ist.

Heinz Baldur wird nach unten gebracht.

Es ist jedes Mal so einfach, dass sie fast darüber lachen möchte.

Sie standen unschlüssig vor Heinz' Wohnungstür Am Dornbusch 8.

»Wir können hier nicht einfach so hinein.«

Thomas Habermann trat von einem Bein auf das andere. Er fühlte sich schuldig. Schuldig wegen der gesuchten jungen Frau, schuldig wegen seines Ausfalls und dazu gleich noch mitschuldig daran, dass sie seit heute Nacht Heinz Baldur nicht mehr erreicht hatten.

Melek hatte immer noch ihr Smartphone am Ohr. »Harro, was sollen wir tun?«

»Geht rein. Wenn er einen Herzanfall oder so was in der Art hatte, zählt jede Sekunde.«

»Und wenn er nur kompletto verschlafen hat?«, rief Thomas laut. Er konnte sich nicht überwinden, er würde ohnehin einen Anschiss bekommen, zwei würden definitiv zu viel sein.

»Melek, sag deinem Kollegen, dass Heinz, selbst wenn er ›kompletto‹ verschläft, ich glaube sogar, selbst wenn er mit einer Frau schläft, niemals mitten in einer Mordermittlung sein Handy abstellen würde.«

Thomas nahm Melek ihr Smartphone aus der Hand. »Harro, ich will und kann nicht in die Wohnung meines Bosses eindringen, verstehst du das? Am besten, wir verständigen den Oberstaatsanwalt und lassen uns so was wie einen Durchsuchungsbeschluss geben.«

Es knackte, und Thomas sah auf. Melek stand ganz nahe an der Tür, und die Tür stand einen Spaltbreit offen.

»Ups!«, sagte sie und zwinkerte Thomas zu. »Wir gehen rein! Stellen Harro auf laut.«

Thomas gab ihr das Handy zurück, atmete tief durch und zog seine Dienstwaffe.

Melek legte ihm ihre Hand auf den Arm. »Zuerst willst du nichts machen und jetzt gleich schießen?«

Thomas' Lippen wurden zu einem Strich, er senkte die Waffe, behielt sie aber in der Hand. Melek und er machten ein paar Schritte in den Vorraum hinein.

»Heinz? Hallo, Boss?«

»Heinz, wir sind es, Melek und ich! Du bist seit heute Nacht nicht an dein Handy gegangen, und wir haben dich bei der Besprechung vermisst. Deshalb sind wir hier. Wenn du da bist, sag was.«

»Thomas. Hier ist keiner.«

Trotzdem liefen sie noch durch die ganze Wohnung.

Melek sah die Umzugskisten und konnte es kaum fassen, dass Heinz nach einem Jahr immer noch nicht richtig eingerichtet war. Als sie von Köln nach Wiesbaden gezogen war, war ihre neue kleine Wohnung in drei Tagen bereit für die ersten Besucher gewesen.

Das Bett im Schlafzimmer sah unbenutzt aus, auch sonst machten die Zimmer den Eindruck, als wäre schon seit Tagen keiner mehr nach Hause gekommen. Heinz war also nicht hier, nicht in seinem Büro, ging nicht an sein Handy und hatte sich weder abgemeldet noch sein Fehlen entschuldigt. Er war wie vom Erdboden verschluckt.

»Und? Was entdeckt?« Harros Stimme aus dem Smartphone klang blechern.

Melek und Thomas sahen sich an, schüttelten die Köpfe.

»Nein. Hier ist er nicht. Und er war aller Wahrscheinlichkeit nach auch nicht zu Hause.«

»Thomas, habt ihr alle Krankenhäuser schon gecheckt?«

»Alles, Harro, gleich nach unserer Besprechung im Präsidium, zu der er nicht erschienen ist. Krankenhäuser, Unfallberichte, Verbrechen in der Nacht. Heinz war nirgends dabei.«

»Gutes und schlechtes Zeichen«, fügte Melek hinzu. »Oder?«

Sie sah die Hülle von Philipp Poisels CD »Projekt Seerosenteich« neben dem CD-Player liegen, hob sie hoch. Diese Musik hatte sie sich vor über einem Jahr auch heruntergeladen, nach der Trennung von Simon, und immer wieder gehört: Ich will nur, dass du weißt, ich hab dich immer noch lieb.

»Verdammt, wo ist der Boss nur?«

»Kommt zurück, Melek und Thomas. Ich verständige Dörte. Und den Polizeipräsidenten. Wahrscheinlich ist er ohnehin der Einzige, der es noch nicht weiß. Großalarm.«

Dann, etwas leiser, sagte Harro über Lautsprecher das, was sie alle schon dachten. »Der oder die Täter haben ihn sich geschnappt.«

Melek merkte, wie ihr eine Gänsehaut über den Rücken lief. »Meinst du?«

»Zähl doch eins und eins zusammen. Nach der Kaiserstraße sind alle Opfer entführt worden. Jetzt auch Baldur.«

»Aber …« Melek rutschten die Worte weg. *Neden*, dachte sie, warum. »Heinz ist nicht verheiratet.«

»Ich hab das Gefühl, das spielt keine Rolle mehr.«

Harros Antwort gefiel Melek nicht, er konnte recht haben. Sie legte die leere Hülle der CD wieder hin und kam sich selbst leer vor.

Thomas' Handy begann in seiner Hosentasche die »Mission Impossible«-Melodie zu spielen. Es hörte sich in dieser Situation absurd und makaber an. Seine Hand zitterte, als er es sich ans Ohr hielt. Es war die Zentrale.

»Und?« Melek und Harro sprachen gleichzeitig.

Thomas brauchte eine Weile, um seine Stimme zu finden.

Sie hatten Heinz Baldurs Wagen am Hauptbahnhof gefunden, von ihm selbst keine Spur.

✂

Zuerst wähnte sich Heinz im Büro. Auf der Zweiercouch, unbequem wie nie zuvor. Er eckte mit beiden Ellbogen an, hart, so hart die Begrenzung.

Hart, so hart.

Dann war es ihm, als müsste er doch zu sich nach Hause gegangen sein, er lag in seinem Bett und hatte vergessen, das Schlafzimmerfenster zu schließen. Darüber musste Zeit vergangen sein, die Jahreszeit hatte gewechselt, Winter war eingekehrt.

Kalt, so kalt.

Für den Moment fehlte ihm jede Erinnerung. Er trieb in der harten Kälte oder kalten Härte eine Weile ohne Wissen. Auf eine seltsame Art fühlte er sich wohl in diesem Zustand, keine Gedanken, die ihn quälten, keine Bilder, die ihn verfolgten.

Treiben auf einem Eismeer, auf einer Scholle aus gefrorenem Wasser.

Wie immer war es sein Magen, der sich meldete und zu schmerzen begann. Das Ziehen, das Stechen, der bekannte Schmerz.

Mit dem Schmerz spulte sich ein innerer Film ab.

Sein erstes Puzzlestück in dem formlosen inneren Treiben war die Magenspiegelung, drei Monate nach der Vergiftung. Er war nachts mit dem Taxi ins Krankenhaus gefahren, da schon in Frankfurt, in seiner neuen, unpersönlichen Wohnung, in seinem neuen Leben, das voll mit Trümmern des alten war. Geheilt und doch nicht mehr heil. Die Schmerzen waren nach Mitternacht gekommen, er hatte sich schließlich um halb vier Uhr morgens in die Notaufnahme fahren lassen, hatte an eine Magenblutung oder Schlimmeres gedacht. Hatte seine Vorgeschichte verschwiegen, war stationär aufgenommen worden, war an einen Tropf mit schmerzstillenden Mitteln angeschlossen worden, die aber nichts stillten. Er hatte sich gekrümmt und geröchelt, die ganze restliche Nacht.

Dann Ultraschall. Blutproben. Der junge Stationsarzt hatte eine Spiegelung angeordnet, einen Tag später. Keine Geschwüre, kein Krebs, keine Entzündung. Alles gut, alles heile. Aber der Schmerz blieb. Weitere Untersuchungen waren geplant worden.

Schließlich war dem Krankenhaus doch seine Vorgeschichte aus Köln zugekommen, der junge Arzt hatte sich bei der Visite auf die Kante seines Bettes gesetzt.

»Herr Baldur, es gibt auch die Möglichkeit, dass Ihre starken Magenschmerzen rein psychosomatisch sind.«

Er hatte genickt, es schon gewusst, geahnt, aber die Hoffnung auf eine wohlklingende physische Diagnose nicht aufgeben wollen.

Psychosomatisch.

Klang kalt und hart.

Heinz versuchte, den linken Arm über seinen Kopf zu heben, seinen Körper zur Seite zu drehen. Wo auch immer er sich zum Schlafen hingelegt hatte, er musste sich jetzt bewegen, die Kälte kroch in ihn hinein, die Härte presste ihn zusammen.

Seine Hand stieß gegen eine Begrenzung. Über ihm. Klong! Machte es, und da kam er zu sich.

Er machte die Augen auf. Es war völlig dunkel um ihn herum. Er machte die Augen wieder zu, und die Dunkelheit war hinter seinen Lidern. Er hob erneut den Arm, klong! Kam keinen halben Meter weit. Er bewegte seine Beine, einen Fuß nach links, einen nach rechts. Pong, pong jetzt. Kein Spielraum an den Kanten. Er tastete sich mit den Fingern der rechten Hand langsam seitlich vor bis zu einer absolut stabilen Begrenzung, klack!

Klong. Pong. Klack.

Zeichentrick. Ich bin gefangen in einem Comic. Sprechblasen aus meinem Mund.

»Gefangen« blieb hängen. Gefangen in einer eisigen Kiste.

Die Kälte war um ihn herum.

Je mehr er zu sich kam, umso tiefer spürte er sie. Kälte in einer Dimension, wie sie kein Winter hätte bringen können. Er spannte die Muskeln an seinem Hintern an, es raschelte. Es knisterte. Es tat weh, weil es unter ihm hart und uneben zugleich war. Lag er auf Kieselsteinen?

Dann Zittern. Wie auf Kommando klapperten seine Zähne aufeinander, vibrierten die Muskeln an Armen und Beinen. Im Rücken und Po kleine, aber andauernde Zuckungen.

Dann Panik. Grelle Blitze, die die Dunkelheit hinter seinen Augenlidern erhellten, zerrissen, nicht wirklich, aber gefühlt. Keuchen, schnelles Atmen, zu wenig Luft, viel zu wenig Luft hier drinnen, Ersticken möglich. Jeder Muskel schien sich zu verkrampfen, wurde hart wie die Begrenzungen in dieser Kiste, diesem Sarg, ja, sprich es aus, Baldur, benenn es.

Ich bin begraben worden.

Irgendwo zwischen seiner fehlenden Erinnerung und seinen schreienden Magenschmerzen war er gestorben und wegen seiner Sünden in die Hölle gekommen, die statt aus Feuer aus Eis bestand.

Du brennst in den kalten Flammen deiner Vergehen!

Vom Comic zum klassischen Theaterdrama? Pathetischer Idiot.

Ha, ha!

Hatte er eben laut gelacht?

Nun, vielleicht war es auch zum Lachen. Vielleicht war diese melodramatische Panikattacke ja komisch genug, um sein Erinnerungsvermögen zurückzuholen.

Das Letzte war was gewesen? Konzentration, Hauptkommissar!

Die Frau an der Bar. Endlich wieder das Gefühl einer Lust, die ausgelebt werden wollte. Die Frau, die Ritas Bild heraufbeschworen hatte, auch wenn ihre Augen, ihre Haare braun gewesen waren, einfach nur braun.

Nele.

Sie war ihm bekannt vorgekommen, ein Gesicht, das er schon zu sehen geglaubt hatte, in einem ähnlichen Gesicht, mit dem er erst kürzlich zu tun gehabt hatte.

Und dann?

Er war von der Toilette gekommen, hatte einen Espresso getrunken. Sie waren zu seinem Wagen gegangen, neben dem ein Kombi parkte. Da war ihm schon schwarz geworden vor Augen, er war gefallen, innerlich zuerst, und auch sein Körper war nach unten gesackt, gleich danach.

»Deine Geschichte hat mich gerührt«, hatte sie ihm im Fallen oder schon am Boden zugeflüstert, »ich habe alles nachgelesen. Wegen der Sache mit meinem Vater hat die Presse es ausgegraben. Es stand überall.«

Wegen der Sache mit ihrem Vater?

Der Vater.

Der Vater von der Nele.

Die Nele.

Da war er schon an der Klippe der Ohnmacht gestanden, hatte erkannt, dass sie keinen natürlichen Ursprung haben konnte.

Die Nele. Der Vater. Die alte Story von Heinz Baldur.

Die Erkenntnis des Idioten von einem Hauptkommissar.

Cornelia, abgekürzt Nele.

Cornelia Kabinsker.

Ihrem Vater Bernhard ähnlich in den Gesichtszügen, die Verwandtschaft zu erkennen, deshalb war sie ihm vom ersten Moment an so bekannt vorgekommen. Der Unfall in Spanien, vielleicht wahr, aber nicht tödlich. Wann hatte sie sich zu dem falschen Ableben entschlossen? Endlich den alkoholkranken Vater aus ihrem wiedergeborenen Leben zu streichen. Hatte sie nie Angst gehabt, dem Vater hier in der Stadt zu begegnen? Nein, der alte Trinker verließ doch seine Bude nie. Oder jemand anderem aus ihrer Vergangenheit? Nein, sie war so einsam wie er. Das sicher. Das verband sie doch.

Dann war Heinz gelandet. Im Kofferraum.

Klong, pong, klack.

Serienmörder.

Nein, Serienmörderin.

Selten, hatte der Düsseldorfer Fallanalytiker gesagt, sehr selten, aber kann natürlich vorkommen.

Natürlich.

Natürlich Nele.

Wie eiskalt, wie steinhart.

Er war wirklich ein Idiot.

Und jetzt?

Wo zur Hölle war er?

Heinz brachte seinen Atem unter Kontrolle. Entspannte bewusst seine Muskeln, bis auf das Zittern in der Kälte, das blieb. Das war nicht mehr in den Griff zu bekommen.

Unter seinem Rücken knirschte es wieder. Er überlegte, worauf er liegen könnte. Eine Plastikplane oder Plastiktüte. Aber mit etwas gefüllt, kleine Teile und Unebenheiten bohrten sich in seine gesamte Rückenfront und auch in die Beine. Sein linker Fuß ging nach links, da war sofort die Begrenzung, sein rechter nach rechts, da wieder. Er zog die Zehen an, dort war die Kälte am schlimmsten, fast schon gefühllos seine Zehen, seine Beine bis zum Knie.

Weiter.

Langsam hob er den linken Arm wieder hoch, zuerst legte er seine Finger auf die Brust. Fühlte die eisige Haut. Sie musste ihn ausgezogen haben. Ausgezogen und verschleppt. Doch wohin? Immerhin ertastete er keine Wunden auf seiner Brust, seinem Bauch. Es gab keine neun Scherenstiche oder neun Brandwunden oder neun Zangenkneifer. Er war unversehrt. Noch. Für ihn also nur ein kaltes Grab mit schwindender Luftmenge? War er der Neun nicht würdig, weil er nur ein Arschloch war und kein verheiratetes Arschloch? Lief es auf das hinaus? Nur das?

Es fiel ihm tatsächlich schwerer, zu atmen. Das konnte aber auch an der Eiseskälte liegen.

Weiter.

Seine Hand ging weiter über seinen Körper hinaus, bis er an die Begrenzung über sich stieß. Er fuhr daran entlang. Glatt. Völlig glatt. Er kam zu einer Kante, gegen die er drückte. Nichts bewegte sich.

Aber er konnte Gummi an der Kante fühlen.

Glatter Deckel mit Gummikante.

Plastikverpackungen unter ihm.

Fast hätte er lachen müssen.

Luis hätte gelacht.

Heinz lag in einer Tiefkühltruhe.

Zeit lief, und Heinz lief mit.

Lief in Gedanken gegen die Kälte an.

Zeit rannte, und Heinz rannte mit.

Rannte mit seinen Lungen gegen den Sauerstoffmangel an.

Zeit stoppte.

Angst war da und winkte.

Todesangst.

Wieder ein Tod.

Noch einer.

Heinz lief.

Heinz rannte.

In eine weitere Dunkelheit hinein.

✂

Der Sohn ist mit seinem Vater im Auto unterwegs. Der Sohn am Steuer. Er hat gerade vor zwei Tagen seinen Führerschein gemacht, ein Frischling, fährt noch etwas ängstlich in Begleitung eines geübten Fahrers. Das ist sein Vater, die Mutter hat nie eine Führerscheinprüfung abgelegt, ihre Nerven stehen solche Tests nicht durch.

Es ist der 13. September 1990. Sechsundzwanzig Menschen sterben bei einem Überfall auf einen Vorortzug im südafrikanischen Johannesburg, und Amnesty International berichtet über eine Hinrichtungswelle in China.

Es ist ein Donnerstag, und es ist zu kalt für Mitte September. Als Vater und Sohn in den Wagen gestiegen sind, waren es nur vier Grad, und sie konnten ihren Atem in der Luft sehen.

Es soll eine Fahrt über die Autobahn werden, die Route beginnt in der Dürener Straße im Stadtteil Lindenthal, die Familie lebt seit zwölf Jahren in Köln. Von dort stadtauswärts kommt man auf die A 1. Sie wollen eine Stunde herumkurven, wie der Vater der Mutter gesagt hat, Übung für den Fahranfänger, dann irgendwo abfahren und sich einen schönen Kaffee leisten, wie Männer auf Tour das so machen. Dann hat der Vater der Mutter einen langen Kuss auf die Lippen gegeben, die Ehe ist ziemlich intakt, manchmal langweilig, aber meistens fühlen sich alle drei Familienmitglieder in ihrem Alltag wohl.

Der Sohn ist ein schüchternes Einzelkind, groß, gut aussehend, höflich. Er geht auf das Apostelgymnasium, wird nächstes Jahr das Abi machen, hat noch keinen Schimmer, was er danach studieren will. Er kommt mit der Welt zurecht, das ja, aber er ist doch recht allein unterwegs in ihr. Nicht so sehr, weil er als Außenseiter gehandhabt wird, eher, weil er sich nicht so leicht jemandem anvertraut und schwer Freundschaften schließen kann, er hat Kumpels, Klassenkameraden und Bekannte. Mehr nicht. Nichts, was in die Tiefe geht.

Doch. Einen doch. Er hat seinen Vater. Der sein bester Freund, sein engster Vertrauter, seine Bezugsperson ist.

Wenn man so sagen will, ist diese Vater-Sohn-Beziehung vom ersten Tag an geschmiedet worden, seit dem ersten Atemzug des Sohnes ist der Vater glückselig und in Liebe zu seinem Nachkommen entbrannt. Die Beziehung hat sich entwickelt, vom Kleinkind über das Schulkind bis ins Teenageralter kommen die beiden besser und besser miteinander aus, da geht kein Blatt dazwischen, ätzt die Mutter manchmal neidisch. Nicht mal in der schwierigen Pubertät hat ein Kampf oder eine Rivalität zwischen Vater und Sohn stattgefunden, es ist eher ein Miteinanderwachsen. Noch gibt es keine erste feste Freundin, man wird sehen, wie sich die Dinge dann entwickeln werden, aber darüber machen sich die beiden heute keine Gedanken. Es gibt heiße Flirts mit Mädels aus der Klasse, das schon länger, ja, aber das ist eines der wenigen Geheimnisse, die der Sohn vor dem Vater hat.

Der Vater wirft dem Sohn die Autoschlüssel zu, hey, Heinzi, jetzt zeig mir mal, ob sich die Investition in deine Fahrprüfung gelohnt hat.

Der Sohn fängt sie auf, grinst, steigt ein. Zuerst ist er noch nervös, lässt den Motor einmal an der Ampel absaufen, aber als sie auf die A 1 auffahren, spürt er schon die kommende Routine des Autofahrens und mag es.

Sie fahren und fahren, gerade an der Ausfahrt nach Erftstadt vorbei, immer weiter, und der Vater beugt sich vor, um das Autoradio anzustellen. Jetzt ist der Sohn locker genug, dass sie sich etwas Musik gönnen können. Vielleicht die Beatles oder Bee Gees, Vater wie Sohn lieben die alten Hits.

Der Geisterfahrer ist mit dem Auto seiner Mutter unterwegs. Er hat seinen Führerschein schon seit drei Jahren und ist bis jetzt unfallfrei unterwegs. Er ist auch nicht auf die falsche Seite der Autobahn aufgefahren, weil er sich geirrt hat, sondern weil er sterben möchte.

Er ist unsterblich verliebt, was in dem Alter öfter vorkommt, und wurde nicht erhört. Seine Welt, sein Herz, sein ganzes

Leben scheint in Trümmern zu liegen, und er kann das Gerede über die Zeit, die alle Wunden heilt, es kommt immer etwas Besseres nach, und du bist noch so jung, du findest noch Dutzende andere, nicht mehr hören. Er möchte nicht andere Frauen finden, er möchte die eine, die ihn nicht möchte. So einfach und doch so tödlich kann die Liebe sein.

Er hat sich den Wagen seiner Mutter genommen, ist nach Euskirchen gefahren, wo die Angebetete lebt, wollte sie überraschen, vielleicht doch noch überreden. Doch wie das Leben so läuft, war sie nicht allein, hatte die Nacht mit einem anderen verbracht, den er sogar kennt, weil es ein Kumpel von ihm ist.

Auf dem Weg zurück spürt er den Schmerz des Verlustes so intensiv, dass er beschließt, seinem im Moment nutzlos erscheinenden Leben ein Ende zu setzen.

In seinem tiefen Kummer ist er vollkommen egoman, kein Gedanke an seine Mutter, seine Freunde, sein Umfeld. Keine Idee von einem Leben, das ihm noch so viel mehr bieten würde als diese eine missglückte Liebe.

Er könnte gegen einen Baum fahren, gegen den Stützpfeiler einer Überführung oder sich von einer der Rheinbrücken ins Wasser manövrieren. Aber er wählt die dramatischste Form des Selbstmordes, er wählt das Aufsehen eines Zusammenstoßes. Crash in der Liebe und im Tod.

Er denkt nicht an die Menschen in dem entgegenkommenden Fahrzeug, keine Sekunde lang denkt er an das Schicksal der anderen, sein eigenes hat ihn gefühllos und mitleidslos werden lassen.

Er hat das Autofenster heruntergelassen, und der Fahrtwind lässt seine Haare flattern. Seine Augen sind weit aufgerissen, seine Lippen zu einem Lächeln verzogen, das so breit ist, dass es in den Wangen wehtut. Er weint, während er lächelt, seine Tränen werden aus dem Fenster gerissen.

Ein erstes ihm entgegenkommendes Fahrzeug beginnt zu blinken und zu hupen, ein zweites schlingert gerade noch an ihm vorbei. Im Rückspiegel kann er den Wagen bremsen sehen. Die A 1 vor ihm macht eine weite Kurve, und er beschleunigt.

Es ist der 13. September 1990, und es gibt eine weitere Schlagzeile in den Nachrichten des Tages. Ein schwerer Verkehrsunfall auf der A 1. Ein auf der falschen Spur befindliches Auto ist mit einem entgegenkommenden Pkw frontal zusammengestoßen. Der Geisterfahrer und der Beifahrer des anderen Wagens sind auf der Stelle tot, der Fahrer des Pkw, ein Fahranfänger, überlebt wie durch ein Wunder nur leicht verletzt.

Es gibt einen Ort, wo Zeit und Raum sich aufheben. Es gibt einen Ort, wo wir ewig leben und immer wieder sterben können. An diesem Ort treffen wir jeden und jedes, ob es nun schon lange aus unserem Leben verschwunden ist oder wir täglich damit zu tun haben. Wir können an diesem Ort lieben und leben in einem solchen Maß, wie wir es brauchen. Wir können selbst sterben dort, immer und immer wieder, und mit einem Wimpernschlag, einem Rollen der Augäpfel, zu neuem Leben erwachen.

Dieser Ort kann dunkel oder hell sein, durchzogen von Symbolen oder Zeichen. Dämonen wie Engel kommen an diesen Ort und jede Menge Wesen, die dazwischenliegen. Dort können wir fliegen und fallen, nackt durch die Menge laufen, Primaballerina oder ein Käfer sein.

Dieser Ort ist die Heimstätte des Heilens und der Hort der Wiederholungen. Alles, was wir nicht bewältigen, kehrt dort wieder, immer und immer wieder. Dort kann immer der 13. September 1990 sein.

Dort trifft der Sohn auf den Geisterfahrer.

»Du hast meinen Vater getötet«, sagt er immer und immer wieder. Schreit es, flüstert es, spuckt es aus.

Das Gesicht des Geisterfahrers wechselt von Mal zu Mal. Einmal ist er Dämon und einmal Engel. Einmal tötet der Sohn ihn, einmal tötet er sich selbst, einmal sterben sie beide in einem Feuerball. Dann folgen Vergessen und Verdrängung. Sogar Vergebung blitzt auf.

Doch alles hilft nur peripher.

Unter der Oberfläche, in den Schatten, lauern der Schmerz und, gefährlicher noch, der Gedanke an einen freiwilligen Tod. Das Leben ohne den Vater, den Freund, den Vertrauten erscheint zu lange, der Weg zu weit.

Das darfst du nicht tun, sagt ihm eine innere Stimme. Das hätte dein Vater niemals gewollt. Denk auch an deine Mutter. Das sagt auch der Geisterfahrer, der wissen muss, wovon er spricht.

Ich sterbe vor Einsamkeit, antwortet der Sohn.

So allein, so allein.

Es vergehen Jahrtausende oder nur drei Monate, da überrascht der Sohn sich selbst und den anderen. »Du schuldest mir was.« Sagt der Sohn zu dem Geisterfahrer. »Du schuldest mir einen. Einen, der alles für mich war. Du musst statt seiner bei mir bleiben. Kein Ersatz, niemals, nur ein Lückenbüßer. Kumpel.«

Der Geisterfahrer nickt.

Er hat keine andere Wahl, es ist der Traum des Sohnes.

»Ich will es nicht mehr. So nicht. Nicht mehr so.« Sagt Nele, obwohl sie keiner hört. Oben in ihrem Zimmer spricht sie in den Spiegel hinein. Sieht sich an. Ihr Gesicht, ihre Haare, ihren Mund, ihre Augen. Sieht ihr reales Spiegelbild, versucht, dahinter ihre eigene Seele zu entdecken.

Wann ist das aus ihr geworden?

Ein Monster.

Viel schlimmer, als Fred oder ihr Vater es je waren.

Nele empfindet Scham. Reue. Das ist neu. Bei den anderen Männern hat sie nur Genugtuung gespürt. Nein, bei Robbie aus dem Schwimmbad, da hat sie sich auch schlecht gefühlt. Da hatte es begonnen zu nagen. Oder doch schon früher?

Sie dreht sich und sieht ihr Bett. Schmal, nur für eine Person bestimmt. Hier ist sie Einzelwesen. Hier oben gibt es nur die Geschichte von ihr selbst, die Geschichte einer verlorenen Frau.

Sie denkt an den Mann unten. Ein kalter Fisch ist der, hat Jolly gesagt. Nele hat ihr geholfen, den Fisch einzufrieren. Ihn einzusperren, das Vorhängeschloss dranzumachen.

Wozu haben wir das große Teil? Es ist nur halb voll. Er passt da perfekt rein. Für später, für jetzt.

Ein neues Spiel, eine neue Geschichte.

Nele dreht sich wieder zum Spiegel hin. Es muss ein Ende haben, das kranke Spiel. Sie schlägt die Hand vor den Mund. Ihr Spiegelbild macht dasselbe zur selben Zeit.

»Lass es, Jolly. Ich hab nachgedacht. Lass es jetzt gut sein.«

Nele ist wieder nach unten gegangen. Jolly hat den Anzug nun ganz ausgezogen, steht nur in Höschen und Hemd an der Waschmaschine, hebt den Schraubenzieher hoch, dreht ihn in der Hand. Eine Schere liegt daneben, ein Messer. Sie kann sich nicht entscheiden. Kratzt sich am Kopf.

»Lass es sein. Wir holen den Kerl wieder da raus, fahren zurück und legen ihn irgendwo ab. Lebend. Ja? Hören damit auf.«

»Wir holen den Kerl da raus, fahren zurück und legen ihn irgendwo ab. Leeeebend. Ja? Hören damit aaaauf.« Jolly äfft sie nach.

Nele packt Jolly an den nackten Schultern. »Bitte.«

Jolly dreht sich um und rammt Nele die Schere in den Unterleib.

Melek rannte.

Diesmal hatte sie noch Jeans und Bluse an, ihre Sneakers, ihre Alltagsklamotten. Rannte auf Beton, zwischen Passanten hindurch, über Kreuzungen. Sie war aus dem Präsidium losgelaufen, hatte Luft und einen klaren Kopf gebraucht. Sie lief die Bertramstraße hinunter, am Hessischen Rundfunk vorbei, bog rechts ab, weiter, dann wieder rechts, links, rechts, links, wahllos durch Straßen und Gassen.

Schon jetzt schwitzte sie enorm, auch dieser Tag heiß, über dreißig Grad. Einer der besten Sommer, die sie je erlebt hatte, doch viel hatte sie davon in den letzten Tagen nicht mitbekommen. Wochenlang Ermittlungen, kein Ergebnis.

Hatte sie sich die praktische Ermittlungsarbeit so vorgestellt?

Natürlich war klar, dass nicht jeder Fall schnell gelöst werden konnte, aber das Zupackende aus ihrer Zeit bei der uniformierten Polizei fehlte ihr. Nicht die Straße, nicht die Rohheit, aber die Möglichkeit, schnell und sofort Handschellen anzulegen an einen Betrunkenen, einen Randalierer.

Ihr Boss war verschwunden.

Heinz Baldur wie vom Erdboden verschluckt. Vorhin im Konferenzraum waren alle einer Meinung gewesen, dass es etwas mit den Ermittlungen zu tun haben musste, dass der Hauptkommissar von dem Täter oder den Tätern entführt worden sein musste.

Doch was jetzt? Aufschrei, Großalarm, Suche. Und dann? Wenn der Erfolg ausblieb, würden sie ihn ohnehin finden, gefoltert, neun tiefe Wunden, am Ende vielleicht mit einem Nudelholz erschlagen oder verblutet.

An welchem Ort würde seine Leiche auftauchen?

Melek war am jüdischen Friedhof angekommen. Bremste, verschnaufte. Ihre Bluse war durchgeschwitzt, aber bei ihrer Rückkehr würde es keinem auffallen bei der Hektik und dem Aktionismus.

Sie betrat den stillen Ort, ging jetzt langsam einen Weg entlang, sah die alten, mit Moos überwachsenen Grabsteine. Hier war es kühler, leiser, ein Ort der Besinnung. Das tat gut, Melek atmete die reine Luft ein. Als Muslimin holte sie sich Kraft an einer heiligen Stätte eines anderen Gottes. Papa Dursun hätte das trotzdem gefallen. Gott ist der Eine, und er hat viele Namen, wichtig ist nur, dass du an ihn glaubst und ein guter Mensch bleibst, hatte er einmal gesagt, als sie ihn in ihrer Pubertät zu provozieren versucht und mit dem Christentum gedroht hatte. Was für ein Mann. Ich liebe dich, Papa, dachte sie weiter und sah sein Gesicht vor sich.

Sein Antlitz wurde schnell von Thomas' verkniffenem Gesichtsausdruck verdrängt.

Thomas, der wie rasend begonnen hatte, die Suche nach Baldur voranzutreiben und zu koordinieren. Seinen Fehler wiedergutzumachen. Melek konnte sich nicht vorstellen, dass ein alter Hase wie Heinz Baldur die Blondine nicht sofort wiedererkannt hätte, sie verhaftet hätte. Also, das junge Ding konnte ihrem Boss nicht begegnet sein. Außer sie war nicht allein unterwegs und Baldur war überwältigt worden. Wieder die Möglichkeit mehrerer Täter. Zwei oder drei? Ein Pärchen?

Bernhard Kabinsker fiel ihr ein. Ein alter Mann, der eine junge Frau vorausschickt und dann die Männer killt, die es mit ihr treiben? Nein, Kabinsker war ausgeschlossen worden aus dem Kreis, dabei würde auch Melek bleiben, und der Sex hatte bei den Taten selbst keine große Rolle gespielt, der Sex war nur das Lockmittel. Hatte es auch Baldur gelockt?

Lächerlich, ein Mann wie er würde keiner drallen Blonden willenlos folgen. Aber vielleicht einer anderen? Eine zweite Frau? Kein Mann im Spiel, dafür zwei Frauen, die anlockten, folterten, töteten?

Welche Frau? Doch eine Prostituierte? Keine der Spuren, kein DNA-Profil hatte bisher weitergeführt und zu Bernhard Kabinsker nur die DNA einer Toten. Hier drehten sie sich im Kreis.

Sie war an drei schwarzen Denkmälern angekommen, blieb stehen. Ihr Smartphone summte, sie ging nicht ran.

Bernhard Kabinskers Tochter Cornelia. In Spanien bei einem Autounfall umgekommen. Die Akten von den spanischen Behörden standen immer noch aus. Was, wenn …? Melek begann wieder zu rennen. Zurück ins Präsidium.

Der Konferenzraum war jetzt leer. Nur auf dem Tisch wahllos Fotos, Notizblätter, ein paar leere Kaffeetassen, keiner hatte nach dem Krisentreffen zu Heinz Baldurs Verschwinden etwas zurückgeordnet oder aufgeräumt. Man konnte die Eile spüren, die Dringlichkeit. Jeder von ihnen wusste, dass die Zeit für Heinz im Ablaufen begriffen war.

Melek aktivierte das iPad und suchte im Posteingang. Da war der Unfallbericht aus Tarragona, der Beamte aus der schönsten Urlaubsstadt der Welt hatte Wort gehalten.

Auf Spanisch. Natürlich. Scheiße.

Melek kopierte den Text mit dem Unfallablauf, rief ein Übersetzungsprogramm auf. Das Deutsch war holprig, aber es genügte. 2012 war es auf der Rambla Nova zu dem Unfall gekommen. Bei einem Überholmanöver hatte es einen Zusammenstoß eines Pkw mit einem Bus gegeben, vier Personen leicht verletzt, keiner getötet. Der Pkw ein Peugeot Kombi 407, der Fahrer und Fahrzeughalter ein eingebürgerter Deutscher aus Frankfurt am Main. Fred Junglen.

Was hatte der Beamte am Telefon in Tarragona gesagt? Die Junglens, ein Ehepaar, das sich dort niedergelassen hatte und in der Stadtverwaltung arbeitete.

Glocken begannen in Meleks Kopf zu läuten.

Es gab die Sterbeurkunde von Cornelia, die hatte ihnen Bernhard Kabinsker gezeigt. Aus Tarragona, dem Vater zugeschickt. Aber der Bericht vor ihr widersprach dem: vier Personen verletzt, keine Toten. Sie rief die eingescannte Sterbeurkunde aus den Fallakten in ihrem iPad auf. Das Dokument, der Stempel, sah alles korrekt aus. Cornelia Kabinsker galt offiziell als tot.

Aber der Unfallbericht. Die Automarke.

Das konnte kein Zufall sein.

Melek wählte die Nummer in Tarragona. Die Stadtverwaltung. Bitte, bitte, geht ran, macht keine Siesta oder was ihr sonst so macht, da im Süden.

Die Junglens, Auswanderer aus Frankfurt, in der Stadtverwaltung. Dort, wo auch die Sterbeurkunde ausgestellt worden war. Freunde der Familie, die wussten, wie dringend die junge Frau weg vom alkoholkranken Vater musste?

Sie hätte ausziehen können. Einfach so. Den Mann seinem Schicksal überlassen. Hätte doch bei diesen Junglens in Spanien bleiben können. Aber das hatte sie schon in all den Jahren nach dem Tod der Mutter nicht geschafft, hätte es höchstwahrscheinlich nie gemacht. War dort in Spanien die Idee entstanden, sie einfach sterben zu lassen?

Das Freizeichen nahm kein Ende. Offenbar hatte sie Pech, und die Behörde hatte heute geschlossen, oder kein Schwein ging ran, weil alle ihren ersten Kaffee mit Schuss tranken oder so was. Die Zeit lief weiter. Heinz Baldur konnte in diesem Moment schon die erste von neun Stichwunden mit beispielsweise einem Küchenmesser zugefügt werden.

Melek brach den Anruf ab.

War die Frau aus Spanien wiedergekommen? Welche Identität hatte sie nach ihrer Rückkehr angenommen? Sich unter welchem Namen hier wieder angemeldet? Dafür hätte sie Dokumente gebraucht, eine Geburtsurkunde.

Kabinsker, der von der Schlampe von einer Frau erzählte, die sich hatte anbumsen lassen, die er nach der Geburt des Kindes hatte heiraten müssen. Heidelinde Kabinsker hatte ihre Tochter unehelich zur Welt gebracht. Der Mädchenname. Cornelia Kabinsker war unter dem Mädchennamen der Mutter geboren worden. Hatte sie sich damit eine neue Existenz aufgebaut? Wie hatte Heidelinde Kabinsker vor ihrer traurigen Ehe geheißen?

Das Standesamt in Frankfurt Mitte.

»Guten Tag. Sie sind mit der Stadtverwaltung Frankfurt am Main, Raum Hessen, Frankfurt Mitte, verbunden. Zurzeit sind alle Leitungen besetzt. Bitte haben Sie etwas Geduld. Wenn es sich um einen Termin für eine Eheschließung handelt, drücken Sie bitte die Eins.«

Abbruch.

Bok! Scheiße!

Die Zeit rannte.

Melek wählte die Nummer von Bernhard Kabinsker selbst. Bitte, wenigstens du, alter, kaputter Mann. Lebloses Tuten.

Verdammt!

Was noch? Was schnell? Was jetzt?

Der Wagen. Der Peugeot 407 Kombi. Auch hier konnte es sich nicht zufällig um dieselbe Automarke handeln. Der Unfallbericht. Der Fahrer. Der Autobesitzer. Fred Junglen. Hatte er Cornelia Kabinsker seinen Wagen geschenkt? Oder verkauft? Wie war der Wagen danach nach Deutschland gekommen? Wem gehörte er jetzt?

Melek rief die Liste der Ämter auf, wählte die Nummer der Zulassungsstelle, ihre Finger trommelten auf den Konferenztisch, einer der Plastikbecher fiel um, der Rest des schwarzen Getränks verteilte sich auf der Tischplatte, wurde von einem weißen Blatt Papier mit Gekritzel darauf aufgesogen. Ein

Anrufer klopfte in der Leitung an, es war Thomas Habermanns Nummer. Sie wischte sie weg.

»Zulassungsstelle Am Römerhof, guten Tag.«

»Melek Arslan, Mordkommission Frankfurt. Endlich. Ich brauche eine dringende Information.«

»Oh, da müssten Sie ein Ersuchen stellen, einen Suchvorgang beantragen. Wir können nicht jedem, der anruft, einfach eine Info geben. Das Formular können Sie –«

»Hören Sie.« Melek hörte den hysterischen Klang ihrer Stimme. Sie atmete einmal tief durch. »Ich gebe Ihnen jetzt meine Dienstnummer durch. Die können Sie überprüfen. Es ist dringend. Nicht nur das. Es geht um Leben und Tod. Klingt wie ein Klischee, ich weiß, aber bitte. *Sizden rica ediyorum.*«

Eine kurze Pause am anderen Ende. Melek hielt ihren Atem an.

»Ben sana yardımcı olacağım.«

Eine Landsmännin, Melek spürte Tränen unter ihren Lidern.

»Was brauchen Sie?«

»2012.« Melek sah auf den Unfallbericht. »August. Oder September. Anmeldung eines Pkws. Peugeot, Peugeot Kombi, 407er Modell. Gebrauchter Wagen. Nein, nicht An-, sondern Ummeldung. Ein spanisches Kennzeichen. Junglen, Fred Junglen, der alte Besitzer. Können Sie nachschauen, es eilt!«

Thomas Habermann stürmte in den Konferenzraum. »Verdammt, hier bist du. Wir suchen dich. Ich hab mir schon in die Hosen gemacht, weil ich dachte, jetzt bist du auch verschwunden.«

Melek hob die Hand, stoppte ihren Kollegen. Die Frau von der Meldestelle redete schon.

»Es sind in dem Zeitraum achthundertundachtzig Peugeot Kombis 407 im Raum Frankfurt neu angemeldet worden, einhundertsiebenundzwanzig umgemeldet, gebrauchte Fahrzeuge, die den Besitzer gewechselt haben. Davon neunzehn Ummeldungen von ausländischen Kennzeichen.«

»Spanien? Tarragona? Der Name des Erstbesitzers ist Junglen?«

Thomas kam an Meleks Seite. Die Pause am anderen Ende der Leitung war kürzer als gedacht.

»Ja. Hab ich hier.«

»Die Adresse. Bitte, schnell!«

Der Endspurt begann.

Melek legte auf, sah den Kollegen an. Ihre Augen waren weit aufgerissen.

»Was hast du gemacht, Melek?«

»Deduziert, *Sherlock*, deduziert.«

Es tut mir leid, sagt sie oder denkt es nur.

Sie weiß, dass der Mann sie nicht hören kann, trotzdem möchte sie es sagen. Etwas hat sich in ihrem Inneren verändert, hat sich gedreht. Sie empfindet Leid. Mitleid.

»Es waren nur Geschichten, Geschichten in unseren Köpfen. Wer hätte gedacht …« Ihre Stimme klingt erstaunt darüber, obwohl ihr Herz kalt bleibt.

Wie der Körper des Mannes. Er strahlt Kälte aus, Kälte, die in ihrem Empfinden einen Widerhall findet. Noch ist er unversehrt, nicht bei Bewusstsein, aber noch heil. Das wird nicht mehr lange so sein.

Jolly hat ihren Fisch aus der Tiefkühltruhe geholt. Bereit, ihn zu filetieren.

Aber Jolly braucht noch was, ist noch mal raus aus der Waschküche. Hat sich was Besonderes überlegt, will ihn mit seinen eigenen Handschellen fesseln, die sind noch oben bei seinen Klamotten. Was für ein Spaß! Immer mehr, immer wahnwitziger!

Am Ende wird sich ihr Blut mit dem des Mannes neben ihr vermengen, und so wird es doch noch eine Vereinigung zwischen ihnen geben.

Sie denkt an ihren Vater. Den Trunkenbold. Den Schläger. Den Jammerlappen. Der so anders war als der Mann neben ihr auf dem Boden der Waschküche. Doch sie kann jetzt auch den Vater, den Papa, sehen, den es früher gab.

Papa, der ein kleines Mädchen an der Hand nahm und mit ihm in die Garage ging, weil es sich vor den Spinnen und Mäusen darin fürchtete. Der mit ausufernden Bewegungen alle Spinnweben vor ihnen auseinanderreißen wollte, zerteilen wollte, damit das Kindchen nicht daran kleben blieb und sich ekelte.

Nicht ganz so schlecht, wie ich immer von ihm dachte.

Außerhalb ihrer guten Erinnerung kann sie den Schmerz langsam fühlen. Diesmal ist er nicht durch ihr Ohr in ihren Kopf eingedrungen, sondern durch die Schere, die Jolly ihr in den Unterleib gerammt hat.

Jolly, denkt sie, Jolly. Wir haben uns gefunden im Abgrund und sind Hand in Hand durch die Schlucht des Wahnsinns gelaufen. Keiner hat uns aufgehalten, keiner uns gestoppt.

Meine Spiegelseele.

Das hatte sie schon ganz am Anfang gechattet, als sie beide noch anonyme Nicknamen in einem virtuellen Raum waren, der nur ihnen zu gehören schien. Wir sind wie Zwillinge, die sich gespiegelt gegenüberstehen. Beide unterwegs im dunklen Land der verlorenen Seelen.

Nele dreht den Kopf von dem Mann weg auf die andere Seite, sieht auf dem Boden in der Ecke eine grüne Wäscheklammer liegen. Das bringt sie zum Lachen, trotz der Schmerzen im Unterleib. Grüne Wäscheklammer auf Boden in Waschküche. Stillleben.

Sie erkennt, dass sie in all ihren Taten, Untaten, ein Gegenüber für ihren eigenen Schmerz gesucht hat. Lange wird der Schock über die Verletzung nicht anhalten, dann wird der Schmerz Gegenstand und Wirklichkeit werden und von ihr nicht nur gehört, sondern erlebt werden. Ihr Kopf dreht sich wie von selbst wieder zurück.

Der Mann neben ihr rollt unter seinen Lidern die Augen.

Träumt er von besseren Zeiten, von der Liebe oder deren Gegenteil, dem Hass? Wann hat sie so zu hassen begonnen, dass sie wuchs in ihr, die dunkle Saat, bis hin zu ihrem Austreiben, ihrem Ausleben? Damals, als Fred sie fickte und verließ, als sie schwanger wurde, der Papa sie zur Abtreibung zwang und die Mama nur danebenstand und die Augen verschloss vor dem Leid ihrer Tochter. Warum hat sie nur den Tod von Männern gewollt? Warum niemals ein Pendant zu ihrer Mutter? Vielleicht, weil sie immer Angst hatte, auch Abscheu, so zu werden wie diese schwache Frau. Zu kuschen, zu folgen, aufgefressen zu werden vom Leben, vom Krebs, vom Tod.

Statt in ein eigenes Leben ist sie nur ins Gegenteil gerannt. Auf die andere Seite der Medaille.

Der gewollte Missbrauch ihres Körpers, für den sie ohnehin kein Gefühl mehr hatte, gleich nachdem sie nach der Abtreibung aus der Narkose erwacht war. Wie lange danach hat sie gewartet, um mit dem Nächstbesten zu schlafen, Sex zu haben, es zu treiben, um Fred zu vergessen? Die Abstinenz war jedenfalls kürzer gewesen, als es ihr die Ärztin in der Praxis geraten hatte. Sie hatte danach Blutungen bekommen und war wieder zurück in diese Praxis gebracht worden von Papa, der da schon lange keine Spinnweben mehr zerteilt hatte für seine Tochter, die Schlampe, das Hurenkindchen. Ihr Unterleib hatte geglüht, das wusste sie noch, dann ihr ganzer Körper, und am Ende stand die Ärztin neben dem Bett, auf dem sie lag, und erklärte ihr, dass sie keine Kinder mehr bekommen würde.

Danach, nach der Genesung, hat sie nichts mehr halten können. Sie hat sich durch das Viertel gevögelt, durch die Straße und weit darüber hinaus. Begonnen, Geld dafür zu nehmen. Schmerz und Lust haben sie angetrieben und das Gefühl, mit ihrem Körper Macht auszuüben, Macht über die Männer. Mit Ring am vierten Finger umso lieber. Wenn sie keuchend und schwitzend in ihr kamen, da schon hat sie sich immer und immer wieder den Tod der Männer vorgestellt. Da schon eine schale Rache im Kopfkino genossen.

Wer hätte gedacht, dass durch die Begegnung mit Jolly all das real werden würde?

Die Schere in ihrem Leib treibt die Schmerzen jetzt doch hoch, jetzt kommen sie durch. Nele schreit, stöhnt, diesmal ist es ihr ureigenes Hörspiel, das abläuft. Sie kann sich selbst zuhören.

Jolly, will sie sagen, du gehst zu weit, das Töten hat dich wahnsinnig werden lassen, das Blut ist dir zu Kopf gestiegen, die Macht über Leben, Tod und Schmerz hat dich irre gemacht. Doch Jolly ist noch nicht wieder zurück, zu wem also soll sie sprechen?

So kämpft sie nur gegen den Schmerz im Unterleib, dort, wo keine Liebe, keine Fruchtbarkeit mehr lebt, kämpft um ihren letzten Funken Menschlichkeit, indem sie mit dem Mann neben sich mitleidet. Noch ist er nicht wieder bei Sinnen.

Ist sie selbst es in den letzten Wochen, Monaten gewesen? Was ist aus ihr geworden, seit sie sich Jolly angeschlossen hat? Nein, nicht angeschlossen, auch nicht zusammengeschlossen haben sie sich. Sie hat sich ihr untergeordnet. Sie ist am Ende doch wie ihre Mutter geworden, ist auf die andere Seite der Medaille zurückgewechselt. Ein schlechter Witz. Eine ganz böse Pointe.

Was wird Jolly dem Mann antun?

Neun Stiche, neun Hiebe, neun Tritte oder Schläge?

»Warum immer neun?« Hatte sie Jolly einmal gefragt.

Schere9, so hat sich Nele selbst in dem Chat genannt. Schere als Bild für ihre Schenkel, die sich immer und immer wieder öffneten, in der ewig unerfüllten Hoffnung, beim Schließen zu zerschneiden, was sie quälte. Neun fürs Kegeln, was ihre Eltern früher in der Freizeit so gern gemacht hatten. In ihrer Erinnerung die einzige Zeit, in der ihr Vater fröhlich war. Alle neune! Schere9, die nun durch eine Schere sterben wird. Ironie auf einer so hohen Ebene, dass die Götter etwas zu lachen haben.

Banal die Antwort von Jolly damals.

»Eins bis neun sind einmalig, ab zehn geht es wieder von vorne los, und das gefällt mir nicht. Klingt öde. Also neun. Bevor die Langeweile in den Zahlen und im Leben beginnt. Die Neun ist vollkommen. Der Tod ist vollkommen. Und du! Schere9, einfach geil, dein Nickname! Was sind wir doch für zwei irre Täubchen. Mega!«

Täubchen.

Papa hat sie früher so genannt, damals als ihn der Alkohol noch lustig machte und nicht in den Abgrund führte. Ob er geweint hat, als sie ihren Tod nach dem Unfall in Tarragona vorgetäuscht hatte? Sie wird es nicht erfahren.

Täubchen.

Du nicht, Jolly! Du warst nie so naiv wie ich bei Fred damals, wirklich nicht! Bist du nie gewesen. Was auch immer dich so hat werden lassen, du bist der Teufel, Jolly, ein Satan in der Gestalt eines blond gelockten Engels.

Täubchen.

Das Wort dreht sich in ihr. Gurrt.

Nele liegt auf dem Rücken, auf dem Boden in der Waschküche, und der Mann liegt neben ihr. Als ob sie ein altes Ehepaar wären, das sich zur letzten Ruhe begeben hat.

Sie spürt, wie sich die Nässe unten ausbreitet. Langsam. Die Schere hält den Blutfluss auf. Noch. Das Blut wird fließen, und das wird Jolly gefallen.

Wieder sieht sie zur Seite. Der Mann atmet schneller. Wie lange noch, bis er erwacht?

Sie kann nur schwer denken, es tut so weh, so unfassbar weh. Und doch setzt sich eine Idee, ein Gedanke fest, ein kleines Aufflackern in ihrem inneren Dunkel.

Melek und Thomas sitzen auf dem Rücksitz. Vorne zwei Uniformierte. Die Sirene heult. Die Autos vor ihnen auf der Franz-Rücker-Allee fahren seitlich an den Rand, eine Gasse entsteht. Passanten bleiben stehen, als der Korso von drei Fahrzeugen an ihnen vorbeibraust.

Dahinter kommt noch ein Rettungswagen. Auch sein Martinshorn heult. Der Fahrer blinkt an der Kreuzung. Nimmt die Kurve hart. Der Wagen schlingert.

»Wir kommen zu spät.«

Sagt Thomas.

Melek klebt ihm eine.

Nele hört, wie Jolly die Waschküche betritt.

Sie hört sie erst leise kichern, dann macht Jolly Musik an. Das gefällt ihr. Hier unten sind Musik und Schreie erlaubt.

Jolly ist neben ihr, küsst sie aufs Ohr. Die Musik heute kennt sie gar nicht. Ist absolut neu. Weil Neles Tod auch neu sein wird für Jolly. Die erste Frau, die schreit und stirbt. Dann der nächste Mann, der nicht zu den übrigen »Fremdgängermorden« passt. Und dann? Jedes Alter, jedes Geschlecht, weil alle sterblich sind?

Ihr wird übel, Nele sieht eine Zukunft, von der sie kein Teil mehr sein will.

Es muss ein Ende geben.

Jollys Lippen verlassen ihr Ohr.

Nele krümmt sich zur Seite.

Der gekühlte Mann neben ihr hat die Augen jetzt offen. Sieht sie an, kann sich aber noch nicht bewegen. Ein Wunsch kommt in ihr hoch, sie würde ihn gern noch ein letztes Mal küssen. Nur flüchtig. So wie im Film manchmal, bevor eine große Liebe zu Ende geht.

Zu spät.

Schon lange.

Jetzt.

Papa. Das Wort taucht noch auf. Verloren und einzeln.

Sie bietet Kräfte auf, greift sich mit ihrer Rechten an die Hüfte, tastet sich bis an den Griff der Schere. Der Schmerz ist göttergleich. Sie packt und zieht. Hört sie ein Plopp? Die Musik ist zu laut. Sie keucht und richtet sich auf. Sieht hin. Tasten, hören. Sehen. Hinsehen, um zu treffen. Gleich wird sie Blut schmecken.

Jolly steht vor der Waschmaschine, wippt, ihr Arsch sieht so unfassbar geil aus, bereitet ihre heutigen Folterwerkzeuge aus dem einfachen Werkzeugkasten vor. Wippt auch mit dem Kopf, zuckt mit dem Fuß, mag diese neue Musik. Jolly sieht sie nicht kommen, dreht sich im letzten Moment nicht um.

Nele hebt die Schere, ja, jetzt macht sie ihrem Nicknamen alle Ehre. Schere9 sticht zu, in den Rücken ihres Gegenübers, mit all ihrer verbliebenen Kraft.

Blut spritzt, zwei Ströme vermengen sich also doch.

Irgendwo hört sie das ironische Lachen von Göttern.

Sie steht an der Tür zur Waschküche, krallt sich am Rahmen fest. Hat sich ihr T-Shirt ausgezogen, presst es sich auf die Wunde am Unterleib.

Hier entscheidet es sich.

Wenn sie sich jetzt umdreht, wird sie doch versuchen, Jolly zu retten. Wird die Schere aus ihrer Schulter ziehen und sie nach oben schleifen, in die Garage, mit ihrer letzten Kraft sie beide in eine Notaufnahme, in ein Krankenhaus fahren. Wie lange wird es dauern, bis die Polizei dort auftaucht?

Vielleicht stelle ich mich, hat Jolly einmal gesagt. Will sie sich selbst auch stellen? Will sie ihre Taten sühnen?

Nein. Schreit es in ihrem Inneren.

Hinter ihr stöhnt Jolly. Oder ist es eine Lautfolge in der Musik, die immer weiterläuft?

Sie macht einen Schritt nach vorn. Jetzt muss sie gehen. Muss es schaffen. Ihr schwindelt. Noch einen Schritt. Ist über die Schwelle der Tür. Lässt die Waschküche und Jolly hinter sich.

Dreht sich nicht um.

Im Wagen erbricht sie sich auf den Nebensitz. Inzwischen ist das T-Shirt rot, ihr Blut tropft unter dem Stoff durch.

So oder so werde ich wieder tot sein.

Sterben an dieser Verletzung oder, wenn mein Körper es übersteht, gestorben sein für dieses Haus, dieses Leben, diese Stadt.

Weit entfernt hört sie Sirenen.

Nele startet den Motor.

Ein dunkelblauer Peugeot Kombi 407 verlässt die Einfahrt. Fährt die verkehrsberuhigte Anwohnerstraße hoch, an all den hübschen Häusern vorbei. An der ersten Kreuzung biegt sie rechts, an der zweiten links auf die Franz-Rücker-Allee ab, das Auto schlingert ein wenig auf der Straße, fängt sich, fährt weiter.

Das erste von drei Polizeifahrzeugen mit Blaulicht und Sirene biegt in dem Moment an der Kreuzung rechts ein.

Im Rückspiegel könnte sie es sehen. Sieht aber auch jetzt nicht zurück.

Die Decken über den Schultern und auf den Beinen wärmten ihn kaum. Immerhin wurde damit seine Blöße bedeckt. Er sah zwischen seinen Beinen gelben Schleim auf dem Asphalt, er musste hier draußen erbrochen haben. Der Notarzt mit einer grellen Schutzweste, die Heinz Baldurs Augen wehtat, nahm ihm die obere Decke wieder ab. Stattdessen wickelte er eine silberne Folie um Heinz' Oberkörper.

»Nicht!« Heinz' Einspruch war so leise. Das Silber raschelte und erinnerte ihn an das Knistern unter ihm in der Tiefkühltruhe.

»Sie haben einen Schock erlitten, Hauptkommissar. Das hier wärmt besser. Ich werde Ihnen jetzt eine Spritze geben, das pikst etwas.«

Nein, keine Spritze, ich hasse Nadeln, wollte er sagen, aber da pikste es schon in seinem Oberarm, und der kleine Schmerz war nichts gegen den in seinem Herzen.

»Ich hab hier Tee für dich, Boss!«

Melek war auf einmal an seiner Seite, hielt ihm einen Pappbecher hin. Ihr dunkles Haar kräuselte sich an der Stirn, das hatte er schon bei ihrem ersten Zusammentreffen bemerkt.

»Keinen Tee. Lieber Kaffee.«

»Also, auf Kaffee würde ich auf jeden Fall verzichten. Schon auf Anordnung des Arztes.«

Sie lächelte ihn an. Um ihre dunklen Augen herum lag ein Schimmer, der von Sorge, Angst, vielleicht ein wenig mehr erzählte. Ihre Hand, die ihm den Pappbecher mit der dampfenden Flüssigkeit hinhielt, zitterte leicht. Ein Nagel an ihrem rechten Zeigefinger war eingerissen.

Hinter Melek sah er eines der Polizeifahrzeuge. Die Sirene war ausgeschaltet, nur das Blaulicht drehte sich. Er konnte Thomas Habermann sehen, der sein geliebtes Smartphone an sein Ohr hielt, neben ihm ein Streifenpolizist, der seine Mütze abgenommen hatte und sich am Kopf kratzte. Thomas redete schnell, seine Lippen formten sicher Worte wie »grün« und »geilkrass«.

Das Blaulicht drehte sich über den beiden, hatte Unruhe in die Anliegerstraße gebracht. Etwas weiter entfernt hielt in dem

Moment der nächste Einsatzwagen, die Tür ging auf, und Harro deNärtens' massige Gestalt stieg aus, schneller und behänder, als man es ihm zutrauen wollte. Sein Blick machte die Runde, er entdeckte Heinz und bewegte sich auf ihn zu, schien durch das blaue Licht zu tauchen, von ihm zerschnitten und wieder zusammengesetzt zu werden. Heinz meinte, ein Kopfschütteln des Rechtsmediziners wahrzunehmen, was hast du nur gemacht, Baldur, altes Haus, Kollege, konnte es bedeuten.

Dörte tauchte an Harros Seite auf, er hielt kurz an, sie klopfte auf seine Schulter, das alte Dörte-klopft-Spiel. Harro deutete in Heinz' Richtung, und jetzt sah Dörte zu ihm. Er sah sie winken, ihre Hand bewegte sich nach oben, wogte im blauen Licht.

Sie kamen näher, kamen zu Heinz, verstellten schließlich seinen Blick auf das Licht und die ganze Szenerie vor dem Haus, in dem die Mörderinnen, die Serientäterinnen, dingfest gemacht worden waren.

Falsch. Nur die eine, die junge, die blonde, die dralle, die mit den großen Brüsten, die aussah, als könnte sie kein Wässerchen trüben, fleischgewordene Phantasie vieler Männer, ob nun verheiratet oder nicht. Sie würde herrlich auf alle Titelblätter passen, würde sich wunderbar als barocker Todesengel machen, welch ein Geschenk für Virtuelles und Gedrucktes. Sie war im zweiten Notarztwagen, wurde versorgt, würde überleben.

Die andere war fort.

Die aus der Bar.

Nele.

Er hatte sie gesehen, als er wieder die Augen aufgeschlagen hatte und sich bewusst geworden war, dass er nicht mehr in einem eisigen Sarg lag, sondern auf einem kalten Boden. Immer noch Kälte, aber erträglicher. Sie hatte neben ihm gelegen, hatte sich einen Gegenstand aus dem Unterleib gezogen, eine Schere, aua, hatte er gedacht, das muss wehtun. Sie hatte den Gegenstand, die Schere, in den Rücken einer anderen gestoßen, einer Blonden, der Blonden, nach der sie alle fahndeten.

Jolly.

Aua, auch das hatte schmerzhaft ausgesehen.

Jolly und Nele.

Cornelia.

Ihre Verletzung würde heilen. Sie würde weiterziehen. Sie hatten sich auf dem Pfad der Suche getroffen, seiner wie ihrer, vielleicht war das der Grund, warum sie ihn gerettet hatte. Auch das war ihm klar. Wenn sie nicht das mörderische Blondchen niedergestochen hätte, wären seine Kollegen wahrscheinlich zu spät gekommen.

Die Fahndung nach Cornelia Kabinsker oder Nele Horad, wie sie sich seit vier Jahren nach dem Mädchennamen ihrer Mutter nannte, würde sicher schon angelaufen sein. Melek hatte ihm in ein paar Sätzen Bericht erstattet.

Nele/Cornelia würde es wieder schaffen, unterzutauchen. In einer tieferen Schicht wusste er das. Nele/Cornelia war eine Pflanze, die sich anpasste, anglich, mit ihrer Umgebung verschmolz. Wie schnell sie sich seinen Bedürfnissen angepasst hatte und wie leicht es ihm gefallen war, sich auf sie einzulassen.

Der Becher Tee war doch in seine Hand gewandert. Er fühlte das Heiße hinter der Pappe, die Haut seiner kalten Finger sog es auf, es schmerzte etwas, stach. Weiß war der Becher, unten mit einem dunklen Rand versehen. Ein Vogel war darauf abgebildet, ein Reiher musste das sein, nein, ein Storch, der lange Schnabel rot, die Federn weiß und schwarz, das eine Bein leicht angewinkelt. Heinz beugte die Finger, der Becher kippte leicht in seine Richtung. Der Tee darin war hell, eine hellbraune Flüssigkeit mit kleinen Bläschen oben. Dampffäden stiegen auf, drehten sich, schlugen eine Pirouette und verflüchtigten sich, letzte kleine Schleifen bildend.

Wie er das alles wahrnahm.

Jedes Detail schien sich in seinen Kopf zu bohren und dort zu drehen. Das musste der Schock sein. Oder eine neue Dimension. Vielleicht bin ich doch gestorben, dort unten, da drinnen, und das hier ist mein Weg in die Zwischenwelt. Fehlte nur noch sein Vater. Sollte der ihn nicht abholen, am Ende seiner Zeit, und hinübergeleiten? So hieß es doch.

Quatsch, du lebst und stehst unter Schock. Dein Körper ist unterkühlt, du solltest eigentlich schon längst auf dem Weg ins Krankenhaus sein.

Da, wieder das Selbstgespräch. Wollte er doch aufgeben, seit Luis wieder in sein Leben getreten war.

Alte Gewohnheiten pflegen wiederzukommen. Sagte sein innerer Dialogpartner, dessen Stimme Luis' Stimme verdammt ähnlich war. Luis. Er sollte ihn anrufen, sich melden, Bescheid geben, wo war sein Handy geblieben?

Quatsch! Du weißt, was mit Luis ist. Akzeptiere es und bau keine Geschichten drum herum. Kein Raum mehr für Selbstbetrug.

Wie recht die Stimme hatte. Heinz nickte in den leeren Raum.

Er löste den Blick vom Tee, da standen sie alle vor ihm. Auch Thomas hatte sich dazugesellt. Die Truppe, sein Team. Sie alle hier so in Sorge, so in Kümmernis um ihn. War er mehr in ihren Herzen, als er es bis jetzt je wahrgenommen hatte? Gab es die allumfassende Einsamkeit, in der er immer geschwommen war, gar nicht?

»Melek hat's gefunden«, sagte jemand aus der Runde vor ihm jetzt. »Melek hat die Zusammenhänge erkannt und uns hierhergebracht.«

Heinz nickte. Trank einen Schluck. Die plötzliche Hitze in seinem Mund brachte ihn ins Schwanken.

»Boss! Hey, Boss!«, rief jemand. »Wo ist denn verdammt noch mal der Notarzt?«

Er rutschte. Die Gesichter waren mit einem Mal über ihm. Melek seinem am nächsten.

Melek. Nele. Rita. Jolly.

Zwei Frauen hatten versucht, ihn zu töten, zwei dazu beigetragen, ihm das Leben zu retten. Gleichstand.

BALDUR

Melek saß am Krankenbett und sah Heinz an. Die Falten um den Mund und die dunklen Ringe unter den Augen. Seine linke Hand zuckte auf der Decke wie die Pfote eines schlafenden Hundes.

Du musst darunterschauen, hatte er zu ihr gesagt, darunter, daneben, dahinter, manchmal auch drüber hinweg. Lösungen gibt es in den Randzonen, dort, wo wir hingehen, wenn wir träumen.

Was träumte Hauptkommissar Heinz Baldur jetzt?

Er würde wieder gesund werden, natürlich, das hatten die Ärzte versichert. Vielleicht wäre er gestorben, wenn Melek und die anderen nicht rechtzeitig gekommen wären, vielleicht hätte er aber auch einen Weg gefunden, sich zu befreien. Vielleicht.

Sie hatten ihm viel zu berichten, wenn er erwachen würde. Inzwischen lagen die Informationen zur wiederauferstandenen Cornelia Kabinsker, sprich Nele Horad, vor. Nach außen hin hatte die vierunddreißigjährige Frau ein unauffälliges Leben gelebt, mit ihrer Freundin Jolanda Teich, einer Studentin, ein kleines Häuschen in Eckenheim gemietet, gearbeitet, ihre Steuern bezahlt. Quasi vor den Augen der Ermittler hatte sie gearbeitet, im Blumenladen Rosenrot, dem Ort, wo die Sonnenblume gekauft worden war, nachbarlich nah zum ersten Tatort.

Melek und die Kollegen waren im Laufe der Ermittlungen dort vor Ort gewesen. Hätte ihr selbst oder den anderen etwas auffallen müssen? Ich mit meinem Übereifer und doch voller blinder Flecken, dachte sie.

Heinz war damals nicht dabei gewesen, somit hätte er die Frau auch nicht wiedererkennen können. Trotzdem. Was hatte ihn dazu bewogen, mit ihr mitzugehen?

Weil sein Schwanz vor seinem Hirn gedacht hat, oder? Schlicht und einfach. Tödlich banal.

Wann werde ich Sex haben? Dieser nächste Gedanke erschreckte sie, sobald er auftauchte, doch er ließ sich nicht unterdrücken. Wann meine Jungfräulichkeit verschenken? Und an wen?

Aus einem spontanen Impuls heraus nahm sie seine zuckende Hand in ihre und hob sie an. Beugte sich im Sitzen nach vorn, so weit, dass sich ihre rechte Brust und seine Fingerspitzen berührten. Erschauerte kurz. Legte die Hand vorsichtig zurück.

Die Tür ging auf. Melek fühlte sich ertappt und spürte eine heiße Wärme in ihre Wangen schießen, doch der Besucher hatte bei seinem Eintreten den Blick zu Boden gesenkt und nichts von ihrer Aktion mitbekommen. Er blieb in der Türöffnung stehen.

»Hey, Thomas.« Melek flüsterte, wollte ihren Boss im Krankenbett nicht wecken.

Thomas sah auf, legte seinen Kopf schief. »Oh, Melek, du bist da. Wie geht es ihm?«

»Er schläft sich nur aus. Der wird bald wieder.«

»Na dann, alles grün. Bald wieder Baldur.« Thomas lachte leise. Dann wurde er ernst, seine Augen schimmerten. »Es war meine Schuld. Ich hab die eine gehen lassen. Sonst wäre es schon längst zu Ende gewesen. Er wird mich nicht mehr um sich haben wollen.«

»Das glaube ich nicht. Er mag dich.«

Thomas setzte sich auf den Stuhl auf der anderen Seite des Bettes. Er und Melek umrahmten Heinz unter dem weißen Laken. Sein Mund stand jetzt offen, sein Atem ging regelmäßig.

Eine Weile schwiegen sie, und die Stille zwischen ihnen füllte sich.

Jetzt werden wir uns gegenseitig Dinge gestehen, dachte Melek. Wie Verdächtige, Zeugen oder Täter. Die Wahrheit braucht diese Stille, um zu wachsen. Das nehme ich mit, wenn mein Leben nach dem Praktikum weiterläuft und ich wieder beim BKA Studienseminare belege. Das hat mir dort bis jetzt keiner beigebracht.

Thomas holte Luft, und Melek wartete gespannt, da begann Heinz' Handy auf dem Nachtkästchen neben ihr zu vibrieren. Es summte und drehte sich auf der glatten Fläche.

»Nimm ab.«

»Thomas, das ist sein Handy!«

»Nimm ab, es wird einer von den Kollegen sein. Wahrscheinlich sogar Harro deNärtens, der hat mich eben auf dem Weg hierher angerufen und gefragt, ob er bei Heinz durchklingeln kann. Der ruft sonst gleich wieder an. Sag, es geht ihm gut, er schläft und er ruft zurück. Mach schon.«

Das Vibrieren hielt an. Melek griff zu.

»Melek Arslan am Apparat von Hauptkommissar Baldur.«

Thomas hob den Daumen, und Melek kam sich blöd vor. Wozu gab es die Mailbox. Zu spät.

»Hallo?«

»Äh, ja. Melek Arslan am –«

»Ich hab Sie g'hört! Hier ist die Mama vom Hauptkommissar. Geht es ihm so schlecht, dass er nicht reden kann? Herrgott noch einmal, ich hätt doch kommen sollen. Aber mir geht's ja selber nicht so wirklich gut. Mein Herz, wissen Sie. Ich rufe aus Österreich an, aus Wien. Waren Sie schon mal in unserer schönen Hauptstadt?«

Melek stand auf und machte drei Schritte zum Fenster hin. Umschloss mit ihrer freien Hand ihren Mund und das Handy, um Heinz nicht zu wecken. »Nein, Frau Baldur, ich war noch nie in Österreich. Also, es geht ihm ganz gut. Er schläft nur gerade.«

»Na, Gott sei Dank. Ich habe alles in den Nachrichten verfolgt. Aber die Details muss ich noch wissen, die Interna, wie man so schön sagt. Schließlich macht man sich als Mutter doch Sorgen, oder?«

»Ja, natürlich.«

»Ist das ein tschechischer Name?«

»Bitte?«

»Melek Asslran?«

»Nein, türkisch. Arslan. Arslan heißt Löwe.«

»Ah ja?«

»Ich werde ihm ausrichten, dass Sie angerufen haben. Ach, Frau Baldur?«

»Ja?«

»Ihr Sohn hatte einen guten Freund hier zu Besuch, vielleicht könnten Sie den verständigen, ihm sagen, dass Heinz im Krankenhaus liegt. Ich habe leider keine Handynummer von ihm.«

»Ein Freund? Wer soll das denn sein?«

»Ja, sein Freund aus früheren Zeiten. Luis, hat er gesagt. Luis. Ich weiß jetzt auch leider keinen Nachnamen.«

...

»Frau Baldur, sind Sie noch dran?«

»Luis?«

»Ja.«

»Luis ist wieder da?«

»Ich dachte, Sie wüssten vielleicht –«

»Sagen Sie meinem Sohn einfach, dass ich mich gemeldet habe. Ja?«

»Ja natürlich ... Hallo?«

Melek nahm das Handy vom Ohr. Schüttelte den Kopf. So brüsk war sie selten abserviert worden. Sie drehte sich zum Bett zurück. Heinz hatte die Augen offen.

Thomas drückte seinen Oberarm. »Heinz. Boss.«

Melek setzte sich, legte das Handy auf das Nachtkästchen zurück, vergaß den Anruf.

Heinz gähnte. »Hey. Arslan und Habermann. Da hat man fast das Gefühl, im Präsidium wach zu werden. Fehlen nur noch Dörte und Harro.«

Heinz' Stimme klang fast wie immer.

Thomas griff in seine Jacke und zauberte ein Heft heraus. »Kreuzworträtsel. Ist gut für den Kopf und lässt die Stunden vergehen.«

»Junge, du überraschst mich immer wieder. Echt grün.«

Die drei lachten. Es tat gut.

Thomas räusperte sich. »Sorry. Boss.«

»Lass uns später darüber reden. Gibt es Wasser? Ich verdurste.«

»Ich hole welches.« Melek stand auf. Sah ihn an. »Danke übrigens, dass ich deine Praktikantin sein durfte.«

»Du weißt schon, dass dein Job noch nicht erledigt ist?«

Heinz und Thomas grinsten beide anzüglich, Melek wusste immer noch nicht, warum.

Ein paar Tage später saßen sie zu dritt an einem anderen Krankenbett.

Jolanda Teich hatte den Angriff von Nele Horad/Cornelia Kabinsker mit der Schere überlebt. Wenn sie genesen war, würde sie in die JVA Preungesheim überstellt werden und dort auf ihren Prozess warten.

Heinz hatte sich einen Stuhl genommen, er fühlte sich schwach, schwankend. Er hätte noch im Krankenstand bleiben sollen, aber das hatte er strikt abgelehnt. Er musste hier dabei sein. Thomas und Melek standen.

»Haben Sie eine Ahnung, wohin sich Ihre Mitbewohnerin abgesetzt haben könnte, Frau Teich?«

Jolanda Teich blinzelte. Ihre blonden Locken ließen sie im Krankenbett wie einen barocken Engel aussehen. Äußerlich.

»Wollen Sie nicht Jolly zu mir sagen? Frau Teich klingt so, als wäre ich schon uralt.« Sie kicherte, und Melek dachte, dass die junge Frau das Ganze immer noch als ein Spiel betrachtete.

»Aber gerne.« Heinz rückte mit dem Stuhl näher. »Also, Jolly.«

»Ich habe ehrlich keinen blassen Schimmer, wohin Nele verschwunden ist. Wir standen uns nicht wirklich nahe.«

»Aber zum gemeinsamen Morden hat es wohl gereicht.«

Jolly blinzelte wieder, diesmal schneller, Tränen sammelten sich unter den Lidern. »Wenn ich es Ihnen doch sage, Herr Hauptkommissar. Ich habe keinen Einzigen getötet. Es war Nele. Die war irre, völlig durchgeknallt.«

»Aber Sie haben es nicht verhindert.«

»Wie hätte ich denn?«

»Sie hätten die Polizei anrufen können, zum Beispiel.«

»Ich hatte Angst. Todesangst. Wenn ich nicht mitgemacht hätte, wäre ich auch abgeschlachtet worden.«

Melek reichte Heinz ihr iPad, der scrollte durch den letzten Bericht der Spurensicherung.

Dann sah er zu der jungen Frau hoch.

»Sehen Sie, Jolly, das widerspricht ein wenig dem, was ich hier nachlesen kann. Dass wir auf den Werkzeugen in der Waschküche, die höchstwahrscheinlich für mich vorbereitet waren, nur Ihre Fingerabdrücke gefunden haben. Auch auf meinen Handschellen, die Sie sich, ohne mich zu fragen, genommen haben. Der hübsche Seidenanzug, der in Ihrem Zimmer lag, und die langen Handschuhe strotzen innen nur so vor Ihrer DNA. Und zu guter Letzt waren auch auf meinem nackten Körper Spuren von Ihnen zu finden.«

Die Tränen flossen, Heinz blieb unbeeindruckt.

»Hier habe ich sogar noch eine Rückmeldung aus Havixbeck. Ihr DNA-Profil hat auch dort einen Treffer ergeben. Ein Unfall mit Todesfolge. Nie ganz geklärt. Die Kollegen werden Ihnen sicher auch noch ihre Aufwartung machen.«

Sie wischte sich über die Augen, schien zu überlegen.

Thomas übernahm. »Auf jeden Fall werden Sie wegen gemeinschaftlichen Mordes in vier Fällen angeklagt.«

»Vier?«

»Oh, das wissen Sie ja noch gar nicht. Es sind leider nur vier. Eines Ihrer Opfer, Klaus Reininger, hat überlebt. Wir sind schon auf seine Aussage gespannt.«

»Das ist jetzt eine Finte von Ihnen, oder?« Jolly verzog einen Mundwinkel, es sah wie ein kurzes Lächeln aus, das sie zurückzuhalten versuchte.

Heinz, Melek und Thomas sagten nichts.

Jolanda Teich sah einen nach dem anderen an. »Wissen Sie, wie viele Menschen da draußen mich jetzt kennen?«

»Ist es Ihnen darum gegangen?« Melek konnte sich nicht mehr beherrschen. »Publicity? Die berühmten fünfzehn Minuten Ruhm, jetzt?«

»Fünfzehn? Lächerlich. Im Netz bleibt es für immer.«

Wieder ein kurzes Schweigen. Jolly streckte ihren Arm aus und griff nach Heinz' Hand. Er ließ sie gewähren. Wieder ein paar Tränen, ihre Gemütslage schien im Sekundentakt zu wechseln.

»Stellen Sie sich vor, mein Papa hat mich missbraucht. Immer und immer wieder. Von klein an. Und dann all diese Männer. Es war die Hölle. Ich musste mich wehren.«

»Liebe Jolly. Wir sind die Polizei und keine Kindergartenkinder, die sich in eine Märchenstunde verirrt haben.«

Melek sah, dass Heinz jetzt Jollys Hand drückte. »Natürlich glaube ich, dass irgendetwas in Ihrer Kindheit verdammt schiefgegangen sein muss, aber wissen Sie, die Story mit dem Missbrauch, der immer an allem schuld sein soll, ist ein alter Hut. Ihr Vater hat sich schon kurz nach Ihrer Geburt von Ihrer Mutter getrennt und lebt seitdem in Dänemark, hatte kaum Kontakt zu Ihnen. Ihre Mutter war als freie Firmenberaterin immer viel unterwegs, Sie sind bei den Großeltern in der Nähe von Havixbeck aufgewachsen. Sehen Sie, wir haben schon recherchiert, mit Ihrer schockierten Familie geredet. Soll wirklich einer von denen der Schuldige sein? Vielleicht war Ihr Opa der Böse? Wir können ihn gerne dazu befragen, wenn Sie möchten.«

»Nein. Bitte. Lassen Sie die Alten in Ruhe. Es genügt, dass sie wissen, dass ich …« Jolly blinzelte, und ihre Mundwinkel gingen nach unten, es war das erste Mal, dass sie eine ehrliche kleine Reaktion zeigte. Immer noch hielt sie Heinz' Hand. Sah zu Melek und Thomas. Dann zurück zu Heinz. Das Ehrliche in ihren Augen war wieder verschwunden.

»Stellen Sie sich vor, vor mir liegen drei Dinge, Hauptkommissar: der Schraubenzieher, die Schere und ein kurzes Messer. Welches soll ich nehmen? Keines davon gefällt mir wirklich. Nele ist hinter mir. Wir holen den Kerl aus der Truhe, bettelt sie, fahren zurück und legen ihn irgendwo ab. Ja? Hören einfach damit auf. Bitte! Ihre Stimme ist ekelhaft hoch, und ich spüre ihre Hände auf meinen nackten Schultern. Ich mache ene, mene, muh, und raus ist die Schere. Ich drehe mich um, es ist so leicht, so leicht. Immer ist es so leicht. Wie die Spitze in Neles unteren Bauch dringt. Ihre Pupillen weiten sich, damit hat sie nicht gerechnet. Nele, Nele, sage ich, schüttle den Kopf. Sie fällt nicht gleich um, sie schwankt erst, dann knicken ihre Beine ein. Es sieht aus, als würde sie zusammengefaltet werden. Gut, geil, was? Jetzt du.«

Melek und Thomas sahen sich kurz an, dann wieder fasziniert zu Heinz und der jungen Frau im Krankenbett. Heinz legte das iPad auf dem Nachtkästchen ab und umschloss jetzt mit beiden Händen Jolanda Teichs Finger.

»Okay. Stell dir vor, ich liege in der Tiefkühltruhe, mir ist schrecklich kalt. So kalt wie noch nie in meinem Leben. Frieren ist gar kein Ausdruck dafür.«

Jolly strahlte jetzt. »… du liegst in der Tiefkühltruhe! … Das war meine neue Idee! … Frieren ist gar kein Ausdruck … Das wird eine schöne Geschichte, Hauptkommissar.«

Heinz zwinkerte aufmunternd. »Würdest du eine Aussage machen, Jolly? Es ist wie eine Geschichte erzählen. Alles von Anfang an.«

Jolly nickte.

Dass aller guten wie schlechten Dinge oftmals drei sind, wurde eingehalten. Heinz Baldur besuchte Rita einige Zeit später ebenfalls in einem Krankenhaus.

Die Fahrt von Frankfurt nach Fröndenberg hatte wegen eines Staus nach einem Unfall über vier Stunden gedauert. Es hatte nicht viel gefehlt, und er wäre umgedreht. Aber Rita brauchte ihn. Es war das erste Mal, dass er sie direkt besuchte, die Gefängnisleitung hatte ihn persönlich angerufen.

Rita hatte versucht, sich mit einem abgerundeten Messer aus der Kantine das Leben zu nehmen. Natürlich war es ihr nicht gelungen. Jetzt lag sie im Justizvollzugskrankenhaus NRW, und Heinz hatte noch am Kiosk davor ein paar Blumen gekauft. Albern, nutzlos, aber er konnte nicht mit leeren Händen auftauchen.

Ritas Handknöchel waren verbunden, man konnte außer weißem Verbandsmaterial nichts sehen, aber ihr Blick blutete sich in sein Herz hinein, gleich schon, als er die Tür zum Krankenzimmer aufmachte und sie bleich und weiß auf dem ebenso bleichen und weißen Kissen lehnen sah.

»Heinz.« Ihre Stimme war ein Hauch in dem überhitzten Raum.

Heinz spürte, wie ihm der Schweiß vom Nacken hinunter über die Schulterblätter rollte, Tropfen für Tropfen. Er hob die Blumen hoch und winkte in Ritas Richtung. »Aus dem Büdchen, klassisch ich, nicht? Oh, Kleines.«

Rita lächelte über ihren Kosenamen, und Heinz erschreckte es, dass es sich, schon während er ihn aussprach, so vertraut anfühlte, als hätte es diese Zeit, diese Tat, diesen Abgrund zwischen ihnen nie gegeben. Der Schweiß breitete sich über seinen Rücken aus, ein wenig fühlte es sich an wie Tränen, die heiß über seine Haut rieselten. Er legte die in Zellophan verpackten gelben Rosen auf das Nachtkästchen, zog sich den Stuhl vom leeren Nebenbett heran und setzte sich.

Rita hob ihre beiden Hände in die Höhe, drehte sie vor ihren Augen hin und her, sah auf die Verbände und verharrte mitten in der Bewegung, so als wäre ihr von einem Moment auf den anderen der Strom in ihrem Inneren abgestellt worden.

»Was machst du bloß für Sachen, Kleines.« Heinz streckte seine Linke aus, um Ritas Hände nach unten zu drücken, doch sie entzog sich ihm und legte ihre Hände wieder auf der bleichen und weißen Bettdecke ab. Sie sah ihn direkt an, und sein Magen und sein Herz begannen zu rumoren.

Heinz liebte Rita. Immer noch. So einfach war das.

»Rita, Rita. Meine Rita.«

Wieder hob Rita beide Hände, aber diesmal zu einer abwehrenden Geste, die Heinz, der zu einer Versöhnungsrede ansetzte, verstummen ließ.

»Hör mir zu, Baldur. Hör einfach nur zu, ich habe nicht die Kraft, alles doppelt und dreifach zu sagen.«

Heinz lächelte. Sie waren so schnell wieder auf ihrer Beziehungsebene, in ihrer eingefahrenen Kommunikation gelandet, dass er ob dieser Vertrautheit nur lächeln konnte. Er liebte, liebte, liebte Rita.

»Heinz, es ist vorbei. Muss vorbei sein. Endgültig.«

Sein Lächeln bekam Sprünge. »Was?«

Er hatte mit vielem gerechnet, selbst damit, dass sie wieder versuchen würde, ihn zu töten, sich vielleicht mit ihren bloßen verbundenen Händen aus dem Krankenbett heraus auf ihn stürzen würde, auch wenn dieses Bild in seinen Gedanken voller Lächerlichkeit war.

Ritas Atem ging schneller. Das Sprechen strengte sie sichtlich an. »Hör zu. Das, was ich getan habe, tut mir unendlich leid. Auch wenn es in dem Moment, in der Situation damals, für mich das Richtige schien.«

»Schnee von gestern, Kleines.«

»Unterbrich mich nicht. Ich bitte dich. Ich flehe dich an. Hör mir zu.«

Rita hatte noch nie um etwas gefleht. Die Sprünge in Heinz' Lächeln wurden zu Gräben. Er nickte.

»Ich habe nicht deinetwegen versucht, mir die Pulsadern aufzuschneiden. Nicht deinetwegen. Ich weiß, das ist jetzt für dich schwer zu ertragen, schwerer als meine Tat, schwerer als alle Taten, die du aufgeklärt hast oder noch klären wirst.«

Die Gräben in Heinz' Lächeln wurden zu Abgründen. Sie konnte es nur seinetwegen getan haben. Er liebte sie und sie ihn. Welchen Grund hätte es sonst gegeben?

»Ich habe es meinetwegen getan, Baldur. Meinetwegen. Schon mein Versuch, dich zu töten, war der Versuch, selbst am Leben zu bleiben.«

Das Weiß des Bettzeugs, das Bleiche auf Ritas Haut drückten auf Heinz' Lider, er fühlte sich müde.

»Jetzt wirst du müde, Heinz, das weiß ich doch. Aber bitte hör mir zu. Trotz deiner Müdigkeit, die dich nach unten zu ziehen beginnt. Die Müdigkeit, die sich mit deiner Einsamkeit mischt. Deiner unendlich tiefen inneren Einsamkeit. Siehst du, ich kenne dich immer noch viel zu gut.«

Jetzt lächelte Rita ihrerseits. Kurz, aber innig. »Nur noch drei Dinge, Heinz, bevor ich dich entlasse von hier, von mir, von deinen falschen Schlüssen, die du ziehst, wenn es um emotionale Dinge geht.«

Ein Bild drängte sich ihm auf. Da war eine Straße, die zu seinem Herzen führte. Davor eine Baustelle. Riesig, nicht zu übersehen. Und ein Schild, auf dem »Umleitung« stand.

Der Schweiß auf seinem Rücken hatte die untersten Regionen erreicht und bahnte sich einen Weg in seine Unterhose. Es brannte in der Falte. Er wünschte sich Luis an seine Seite, aber sie hatten vereinbart, dass Luis nicht in dieses Krankenhaus mitkommen würde. Mit Rita wollte Heinz einfach nur allein sein. Ihr in die Augen sehen und wissen, es konnte alles wieder gut werden, oder?

Ritas Augen waren so groß und weit, er konnte Gewässer in dem Grün erkennen.

»Also, Heinz. Eins: Ich will leben. Nach meiner Entlassung muss ich neue Pfade einschlagen. Muss. Zwei: Du warst und bist mein Delirium. Aber in der Gruppentherapie im Gefängnis habe ich gelernt, dass man auch davon geheilt werden kann. Und Heilung brauche ich.«

Ich bin auch in Therapie, wollte Heinz sagen. Gehe brav zu meinem Seelenklempner, mein nächster Termin ist heute, nach dem Besuch bei dir fahre ich dahin, und der kann mich geraderücken, sodass ich die Heilung für dich sein kann. Glatte Lüge, sagte Luis. Heinz drehte sich schnell einmal um, doch niemand sonst war im Krankenzimmer.

»Und drei, Heinz: Wenn ich dich heute nicht wegschicke, werde ich dich wieder töten. Immer und immer wieder. Oder stattdessen mich selbst. Verstehst du?«

Er verstand. Mit einem Mal verstand er, und die Liebe wuchs. Die Liebe häufte sich zu einem unendlich großen Gebirge an, das er nie besteigen, nie überwinden würde. Sein Lächeln versank hinter dem höchsten Gipfel, kein neuer Morgen mehr möglich.

»Ich verstehe, Rita.«

Seine Stimme klang wie immer.

Rita schloss die Augen, und ihr Atem ließ ihren Oberkörper an- und abschwellen.

Heinz saß in Stille neben ihr und passte sich ihrem Atemrhythmus an.

Am Ende waren sie beide eingenickt.

Von: waschküche@gmail.com
An: baldurheinz@polizei.hessen.de
Betreff: Eine Geschichte

Hauptkommissar Heinz Baldur!
Ich nenne Sie beim Namen, Ihrem ganzen und vollständigen Namen. Das ist für mich etwas Neues, glauben Sie mir.
Und ich wechsle zurück zum Sie. Das ist so etwas wie ein Neuanfang zwischen uns beiden.
Sie verstehen?
Hallo also …
Gestresst, atemlos, erschöpft?
Zu viel von allem in Ihrem Leben?
Dann machen Sie eine Pause. Eine Pause von sich selbst.
Setzen Sie sich entspannt hin.
Die Schultern lockern sich,
die Arme werden schwer,
die Füße geben den Druck ab,
der ganze Körper lässt los.
Atmen Sie tief ein und langsam aus.
Und mit dem Ausatmen lassen Sie alles los, was Sie belastet, beschwert, bedrückt.
…
Wunderbar.
Und jetzt gehen Sie mit mir auf eine kleine Reise,
auf eine kleine innere Reise,
auf eine Reise in die Welt Ihrer Vorstellungskraft:

Stellen Sie sich vor, Sie wären doch gestorben. Keiner hätte Sie gerettet. Keine Kavallerie wäre erschienen. Sie hätten sich verabschiedet nach einer mehr oder weniger harten Folter, ich darf Ihnen verraten, bei Ihnen wäre ein Schraubenzieher an die Reihe gekommen.
Neunmal. Alle neune. Kegelsprache oder einfach eine dumme Zahl! ☺
Am Ende wären Sie verblutet oder am Schock gestorben, oder die hübsche Jolly hätte Ihnen den Schädel eingeschlagen. Ich

hätte Sie entsorgt, hätte alles um Ihren Tod herum aufgeräumt, ich bin nämlich so was wie die Küchenhilfe. Gute Pointe, wenn man bedenkt, dass Jolly die Werkzeuge aus der Küchenschublade wählt. Ja, auch die Zigaretten waren da drin, die hatte der Vormieter unseres Häuschens vergessen.
Also, Sie sind tot.
Jetzt ist alles möglich. Sie lösen sich auf, Sie gehen nach oben, Sie werden wiedergeboren, oder sagen wir in dieser Geschichte, Sie bleiben an Ort und Stelle, eine vergessene Seele, und hängen in der Ecke oben wie eine Spinne im Netz.
In der Waschküche geht es weiter.
Das Muster wechselt, nicht die Sucht, zu töten. Die wächst.
Es wird kein Mittvierziger mehr sein, verheiratet, untreu, nein, das ist abgespielt. Es ist eine Frau, vielleicht erst dreißig, vielleicht auch älter. Es ist ein Junge, der noch zur Schule geht, dann wieder ein Mann, der gerade sein Pensionsalter erreicht hat, Junggeselle, Biergläsersammler.
Sie können nichts dagegen tun.
Nur warten.
Zeit vergeht.
In der Welt außerhalb der Waschküche tritt der Polizeipräsident zurück, der nächste und der übernächste Shitstorm im Internet gehen über die Polizei hernieder, und was die Berichterstattungen über die Mordserie angeht, ist Frankfurt der Nabel der Welt.
Dann sagen wir mal, etwas unrealistisch, aber für diese Geschichte zwingend nötig, und es ist ja nur eine Geschichte, geschieht ein kleines Wunder, eine Gottheit erbarmt sich Ihrer Seele und schickt Sie zurück. Nicht in Ihren Körper, nein, der verfault ja schon in irgendeinem Grab.
Die Gottheit, die Sie zurückschickt, macht Platz für Sie in einem anderen Geist – das können solche fiktiven Gottheiten und tun es vielleicht öfter, als wir ahnen. ☺
Und plötzlich haben Sie wieder eine Form, eine Gestalt, einen Körper. Und Sie wissen, wo das Haus liegt, wo die Waschküche, wohin die Opfer gebracht werden, wissen, was läuft und weiterlaufen wird.

Was tun Sie?
Gehen Sie zur Polizei?
Denken Sie daran, Sie haben sich mitschuldig gemacht, schon allein durch Nichtstun und Nichtweggehen.
Gehen Sie selbst hin und töten das Böse?
Denken Sie daran, das Töten will ertragen werden. Vorbereiten, nachbereiten, suchen, finden, planen, all das ist nichts gegen das Gefühl nach der finalen Ausführung. Das schaffen Sie nie und nimmer in Ihrer neuen Gestalt.
Sie gehen also. Nur das.
Weit fort.
Spanien?
Zu nah!
Sie haben ja wieder Beine, um zu rennen, zu fliehen. Auch wenn Sie vieles von sich selbst mitnehmen.
Aber nicht alles.
Nicht alles.
Nicht.
Seien Sie ehrlich. Das ist es, was Sie tun. Gehen. Fliehen. Auf und davon.
Wir sterben viele Tode, und der letzte ist vielleicht nicht der schlechteste.
Heißt es doch.
Stellen Sie sich vor!

NACHSCHLAG

Zurück nach Frankfurt ging es schneller. Wenig Verkehr und ein herrliches Abendrot über Frankfurts Himmel. Heinz Baldur schaffte seinen Termin rechtzeitig.

Der Therapeut wies Heinz seinen Platz ihm gegenüber zu. Es war die erste Stunde seit Beendigung des Falles, die er wieder bei dem bärtigen Rübezahl vereinbart hatte, bezahlt von seinem Arbeitgeber, obwohl Heinz immer noch nicht sagen konnte, welche Abteilung der Frankfurter Behörden seine Therapie übernommen hatte. Dr. Ignaz Kobler hatte seinen Block und Stift neben sich liegen, es war immer wieder wohltuend, dass der Therapeut nicht in so ein modernes Netbook oder Tablet tippte.

Auf dem niederen Tisch zwischen ihnen stand ein Glas Wasser, halb voll, vielleicht würden sie später noch darauf zu sprechen kommen, auf Sichtweisen und Perspektiven. Doch jetzt sah Dr. Kobler dem Ersten Hauptkommissar Heinz Baldur einfach nur in die Augen. Auch Kobler hatte grüne Augen, wenn auch nur halb so groß wie die von Rita.

»Wie geht's?«

Heinz überlegte.

Gut hätte gestimmt, denn seit der Fall gelöst war, die Serientäterin hinter Schloss und Riegel saß und auf ihre Anklage und Verhandlung wartete, konnten die verheirateten Männer mittleren Alters in Frankfurt wieder frei durch die Innenstädte laufen und mit jungen Dingern flirten, ohne dafür mit dem Tode bestraft zu werden.

Schlecht hätte ebenso gestimmt, denn Nele Horad, oder besser: Cornelia Kabinsker, befand sich immer noch auf freiem Fuß. Dass Jolanda Teich die Führungspersönlichkeit und Mörderin gewesen war, spielte nur eine kleine Rolle. Für ihre Mittäterschaft sollte Nele zur Rechenschaft gezogen werden. Fast hätte er seine Unachtsamkeit mit seinem eigenen Tod bezahlt.

Du sammelst Tode an, auch so ein Ausspruch von Luis.

Absolut scheiße kam aber auch in Frage, denn die Sache mit Rita bohrte und schwelte in seinem Kopf, seinem Herzen und auch in seinen Genitalien. Seit er von ihr weg war, spürte er einen unheimlichen Drang nach Vereinigung.

Wie also ging es ihm? Haltlos. Stolz. Geil. Todtraurig.

Gemischte Gefühle.

Passte am besten.

Er kannte aber seinen Therapeuten gut genug, um zu wissen, dass der diese unbestimmte Aussage seines Patienten nie einfach so hätte stehen lassen. Entscheidungen waren gefragt, klare Ansagen, und sicher hatte der Mann recht damit.

Während Heinz noch seine Lippen nach außen stülpte, um sich zwischen den Möglichkeiten zu entscheiden, kam Luis in das Therapiezimmer und setzte sich neben Dr. Kobler.

Heinz wollte schon den Mund aufmachen, denn er und Luis hatten sich gestern bei einem weiteren Kumpel-Treffen endlich verständigt: keine kleinen Lügengeschichten mehr zwischen ihnen. Heinz und Luis, klar definiert, was sie waren, wer wen darstellte in diesem Spiel. Sie hatten ausgemacht, dass Luis sich nicht blicken lassen würde, solange Heinz mit dem Therapeuten sprach. Nicht im Krankenhaus bei Rita und nicht in der Therapie. Das war die Verabredung. Danach würde Heinz gern in die Kneipe um die Ecke kommen, oder sie konnten sich zu Hause ein weiteres Henninger reinziehen und reden. Dass Luis bei Heinz in Frankfurt bleiben könnte, stand zur Debatte.

Heinz überlegte, was er jetzt zu dem Therapeuten sagen sollte.

Dr. Kobler kam ihm eine Zehntelsekunde zuvor. »Was für ein Gedanke ist Ihnen eben durch den Kopf geschossen, Herr Baldur? Sie haben so ausgesehen, als hätten Sie ein Gespenst gesehen.«

Heinz hatte ihm schon früher vom Unfalltod seines Vaters erzählt, von der Zeit danach, den Schuldgefühlen, der Einsamkeit, von seiner ersten Therapie während seiner Gymnasialzeit. All das war schon Thema gewesen und würde wieder Thema sein.

Luis schlug die Beine übereinander, sah Heinz an. Legte den

Kopf schief. Atmete tief ein. Sein Mund zeigte das typische Luis-Lächeln. Halbmond.

Dr. Ignaz Kobler wartete.

Für Sekunden stand es im Raum. Heinz beschrieb es Luis später als den Schatten einer neuen Möglichkeit, einen Moment der absoluten Wahrheit.

»Nichts in meinem Kopf, absolut nichts, Dr. Kobler.« Heinz sah am Therapeuten vorbei.

Luis atmete aus, stellte beide Beine nebeneinander und beugte sich nach vorn, dorthin, wo das Wasserglas stand. Griff zu.

Es war eine Bewegung im Glas wahrzunehmen, ein Schwanken auf der Wasseroberfläche, als hätte jemand das Glas tatsächlich berührt.

Danksagung

Ein Dankeschön geht an:

Gabriela,
Dr. Cornelia Assaf,
Astrid Üffing,
Dr. med. Katharina Janssen
Albert Sellner,
Brigitte Hesidenz,
Chris Willer,
Birgit & Frank Orlinski,
Lennart & Laurens,
Andrea & Martin Friedrich,
Stefan Wirtz,
Regina & Peter Molden.

Ein Extra-Dank an meine Lektorin Hilla Czinczoll.

Isabella Archan
TOTE HABEN KEIN ZAHNWEH
Broschur, 368 Seiten
ISBN 978-3-95451-776-3

»Ein ungewöhnlicher und sehr witziger Krimi. Ihre Hobbyermittlerin allein ist schon preisverdächtig.« Saarländischer Rundfunk

»Bühne frei für eine spannende, lustige, nicht immer ernst gemeinte Mörderjagd. Ein wenig grotesk, viel Humor.« Radio Köln

www.emons-verlag.de